视听中国
SHITING ZHONGGUO

新时代
文艺评论

陆 薇 王雪梅 郝雯婧 牟 榕◎著

重庆大学出版社

图书在版编目（CIP）数据

新时代文艺评论/陆薇等著.-- 重庆：重庆大学
出版社，2022.12（2025.7重印）
（视听中国）
ISBN 978-7-5689-3642-2

Ⅰ.①新… Ⅱ.①陆… Ⅲ.①文艺评论—中国—当代
Ⅳ.① I206.7

中国版本图书馆 CIP 数据核字 (2022) 第 235119 号

新时代文艺评论
XINSHIDAI WENYI PINGLUN

陆 薇 王雪梅 郝雯婧 牟 榕 著
策划编辑：陈筱萌
责任编辑：李桂英　　版式设计：祝思雨
责任校对：关德强　　责任印制：张 策

*

重庆大学出版社出版发行
社址：重庆市沙坪坝区大学城西路21号
邮编：401331
电话：（023）88617190　88617185（中小学）
传真：（023）88617186　88617166
网址：http://www.cqup.com.cn
邮箱：fxk@cqup.com.cn（营销中心）
全国新华书店经销
重庆天旭印务有限责任公司印刷

*

开本：787 mm×1092 mm　1/16　印张：9.75　字数：210 千
2022年12月第1版　2025年7月第2次印刷
ISBN 978-7-5689-3642-2　定价：48.00元

作者介绍 ZUOZHE JIESHAO

陆薇，四川传媒学院副教授，长期从事影视艺术、网络视听、传媒教育等领域的融合研究，四川省文艺评论家协会会员，四川省影视高等教育学会会员，四川省电影家协会会员等。

王雪梅，四川传媒学院研究员（一级艺术研究），硕士生导师，长期从事网络视听、戏剧影视艺术、传媒高等教育等领域的融合研究，全国广播电视和网络视听行业青年创新人才，四川省学术和技术带头人后备人选，四川省高等学校戏剧与影视学类专业教学指导委员会委员，四川省教育厅优秀创新创业导师人才库首批入库导师，四川省文化和旅游厅专家库成员，四川省广播电视局专业技术职务任职资格评审委员会成员等。

郝雯婧，四川传媒学院副教授，二级艺术研究，长期从事影视传媒艺术、文化传播、非遗文化等领域的融合研究，四川省文化和旅游厅专家库成员，四川省文化和旅游厅导游资格口试评委等。

牟榕，研究生助教，具有历史文化、人类学、藏文化研究经验，曾在文旅行业一线从事文化传媒、新媒体运营工作，具备专业、行业研究视角。

前 言 QIANYAN

伴生于文学创作的文艺评论，古已有之。新中国成立70余年来，文艺评论更是作为社会主义文艺的重要组成部分，百花齐放，不断发展，成为推动社会主义文艺高质量发展、引领文艺从高原攀向高峰的不竭动力，不可或缺。

党的二十大提出中国式现代化的本质是"坚持中国共产党领导，坚持中国特色社会主义，实现高质量发展，发展全过程人民民主，丰富人民精神世界，实现全体人民共同富裕，促进人与自然和谐共生，推动构建人类命运共同体，创造人类文明新形态"。在中国式现代化的坐标中，一方面，文艺作为时代的号角，鼓舞中国式现代化进程；另一方面，文艺作为时代的镜像，映射中国现代化进程。作为文艺创作的"镜""桥"与"灯"，文艺评论既要勾连创作者与大众，发挥"引导创作、多出精品、提高审美、引领风尚"的功能，书写中国式现代化的文艺气象；更要凝聚社会共识，赋予大众信心和能力，动员社会力量实现中华民族伟大复兴，彰显中国式现代化的文艺力量。中国文艺评论的发展过程，是中国文艺不断发展、走向成熟的过程，侧写了中国式现代化的精神品格。因此，深入了解中国文艺评论的发展、内涵、价值、时代使命，了解中国文艺评论与政治、经济、文化等因素的关系，总结概括中国文艺评论在理论探索和批评实践中存在的问题及经验教训，是有利于探索中国式现代化进程中文艺高质量发展建构方向和策略的。

自2014年中国文艺评论家协会成立，文艺评论工作在国家层面指导机构的助力下上升到了国家顶层设计的高度。在同年召开的文艺工作座谈会上，习近平总书记提出要加强和改进党对文艺工作的领导，"党的领导是社会主义文艺发展的根本保证。党的根本宗旨是全心全意为人民服务，文艺的根本宗旨也是为人民创作。把握了这个立足点，党和文艺的关系就能得到正确处理，就能准确把握党性和人民性的关系、政治立场和创作自由的关系"。

但随着传媒技术的迭代发展与互联网时代的来临，中国文艺评论的发展却滞后于文艺创作生产力，特别是在近年来媒体融合的背景下、文艺消费多样化的前提下，新时代的文学评论不能仅是附庸于现实作家作品的评论性写作，还要展现时代精神，发挥新时代的重要作用和功能，切实落实文学批判的价值并促进新时代文学发展的方向，促进文学思潮的发展。基于此，要正确认识新时代的文艺评论工作，准确把握新时代文艺发展文艺评论工作的方向，才能在塑造文学评论的精神品格和话语体系中不断推进文学评论的新时代理解力，真正做好新时代文艺评论工作。

本书开篇从中国文艺评论的历史发展脉络开始回顾，在厘清文艺评论的基本概念与现实意义基础上，着重分析了新时代文学评论的内涵价值、发展机遇和困境思考，并对新时代的影视评论、戏剧评论与音乐、美术、舞蹈、摄影等其他文艺评论分别进行了深入的解读，探索新时代中国文艺评论的高质量发展路径。本书一共六章，第1章：文艺评论发展历程与现实形态；第2章：新时代文学评论；第3章：新时代影视评论；第4章：新时代戏剧评论；第5章：新时代其他文艺评论；第6章：新时代文艺评论高质量发展。

本书能够顺利出版，要感谢很多支持并帮助我们的朋友，是你们的支持和鼓励让我们一直有动力完成这本书。谢谢！

目 录 MULU

第1章　文艺评论发展历程与现实形态

文艺评论古已有之。文艺评论是社会主义文艺的重要组成部分。文艺评论来源于人民，也为了人民，更属于人民。新中国成立70余年来，文艺评论发展百花齐放，更是不可或缺，如何建构融汇古今、开放包容、人文关怀、科学有序的文艺评论话语体系是学界与业界长期以来讨论的问题，也是具有紧迫性和艰巨性的，不能一蹴而就。所有的文艺工作者都要有清醒的认知：文艺评论是社会主义文艺最根本的立场和最鲜明的特征，是社会主义文艺繁荣发展的关键所在，文艺评论连接文艺作品与观众，贯通文艺理论与艺术实践，体现了社会主义文艺的过去、现在和未来，连接了文化传播的发展，更是推动社会主义文艺高质量发展、引领文艺从高原攀向高峰的不竭动力。

2021年8月，中央宣传部、文化和旅游部、国家广播电视总局、中国文联、中国作协等五部门联合印发了《关于加强新时代文艺评论工作的指导意见》，意见对加强新时代文艺评论提出了总体要求，提出了"要把好文艺评论方向盘""要开展专业权威的文艺评论""要加强文艺评论阵地建设""要强化组织保障工作"等，这代表着文艺评论发展进入了新的阶段。中国文艺评论的发展过程，也是中国文艺不断发展、走向成熟的过程，因此，深入了解中国文艺评论的发展、内涵、价值、时代使命，了解中国文艺评论与政治、经济、文化等因素的关系，总结并概括中国文艺评论在理论探索和批评实践中存在的问题及经验教训，是符合新时代文艺评论高质量发展建构方向和策略的。

1.1　文艺评论基本概念

1.1.1　文艺评论概念

文艺评论缘起于文学评论，是评论者在文艺欣赏的基础上，进行阐述和评判的文章，是"文艺审美判断的理性表达"，是对文艺作品、文艺现象或者文艺思潮的一种评论实践。文艺评论是立足于专业水准上的价值判断，是评论者科学理性认识的体现，是基于专业分析基础上的价值判断。

文艺评论与一般的思想评论、作品分析不同，文艺评论坚持的立场和价值导向都关系着社会主义文艺的性质，也关系着国家软实力的提升，文艺评论的作用、意义都关系着社会主义文艺发展的根本问题。

因此，文艺评论遵循"百花齐放，百家争鸣"的方针，文艺评论的目的是通过对文艺作品、文艺现象、文艺思潮、文艺实践等形态的思想内容、创作风格、艺术特点等进行议论、评价，揭示评论对象的思想价值和审美意义，进一步探讨文艺创作的价值规律和表现方法，提升文艺作品的思想性和价值性，加强文化传播的深度和广度，提高阅读、鉴赏水平，对创作、欣赏、传播都起着新的规范和引导作用。

随着文艺作品、文艺现象、文艺思潮、文艺实践等文艺形态的丰富，社会大众对文化艺术存在和发展的规律性认识越来越理性，文艺评论的对象也开始丰富，文学、戏剧、影视、音乐、书画、舞蹈等等艺术形式都进入文艺评论的范畴，相应产生了文学评论、影视评论、戏剧评论、音乐评论、舞蹈评论等等，可"评"，也可"论"。

文艺评论是基于评论的对象进行评论，所评论的观点基本上来自所评的作品本身，是基于对文艺作品、文艺现象、文艺思潮、文艺实践等文艺形态的分析，包括对作品的评价、感受、原因、现象、发展、探索等等，要有总体的评价。文艺评论基于各种文艺形态相关材料，可以旁征博引，可以查阅各种资料，可以了解文艺形态的前世今生，可以深入解读文艺形态的过去、现在、未来，可以大胆探索文艺形态的发展。

1.1.2　文艺评论名字的定性与跨性

文艺评论，是文艺、艺术、审美，还是美学？是评论、理论、论说、评价，还是批评？它为什么不叫"文艺批评""艺术评论"或者"艺术批评""文学批评""美学批评"等等？文艺评论，是属于行业，还是属于学科？事实上，文艺评论一词在定义和定性的时候，是具有跨界性的内涵的。

1）从行业发展来看文艺评论

根据国家现有的文化艺术行业的区分，文艺评论是一项职业，是以评论文艺现象为职业的规范性行业，属于文化艺术行业的范畴。从文艺评论行业历史来看，文艺评论无疑早已是一门成熟的文化艺术行业了；从文艺评论机构、行业组织来看，有中国文学艺术界联合会（简称"中国文联"），各级别的"中国文艺评论家协会"，这个协会的主要职责就是评说当代文艺状况，促进文艺事业发展；从评论者的主体来说，这一行业的参与者来自四面八方，有专家系统，也有个人爱好者，有来自文学界的文学家、艺术界的艺术家、教育界的专家、文化艺术产业的工作者、艺术新闻媒体的从业者等等，也有普通文艺爱好者或一般群众，他们发挥各自不同的作用；从文艺评论包含的内容来说，文艺评论还可以依据单一的文化艺术门类进行细分，如文学评论、戏剧评论、电影评论、电视艺术评论、音乐评论、舞蹈评论、美术评论、设计评论等等。

因此，文艺评论属于文化艺术行业，其发展历史可以追溯到五四运动，再到新中国成立之初。开始的时候，"文艺评论"也叫"文艺批评"，但是"批评"一词逐渐尖锐，有对错误言行加以指责的否定性语义，为了保护和调动文艺评论者参与文艺事业的积极性，比"文艺批评"更加温和的"文艺评论"一词就一直沿用至今。"文艺评论"替代"文艺批评"，事实上标志着中国文化艺术行业发展的进步，是对文艺评论者劳动成果的尊重、认可和保护。

近年来，文艺评论发展取得了很多的成效，2016年，习近平总书记在中国文联十大、中国作协九大开幕式上讲话，强调："在广大文艺工作者辛勤努力下，我国文艺界出现新气象新面貌，文学、戏剧、电影、电视、音乐、舞蹈、美术、摄影、书法、曲艺、杂技、民间文艺、文艺评论、群众文艺、艺术教育等都取得丰硕成果，主旋律更加响亮，正能量更加强劲，为人民提供了丰富精神食粮，向世界展示了中华文化魅力。"2021年，习近平总书记在中国文联十一大、中国作协十大开幕式上的讲话强调："广大文艺工作者倾情投入、用心创作，推出大量优秀作品，开展系列文艺活动，发挥了聚人心、暖民心、强信心的作用。文学、戏剧、电影、电视、音乐、舞蹈、美术、摄影、书法、曲艺、杂技、民间文艺、文艺评论、群众文艺、艺术教育等领域都取得长足进步，我国文艺事业呈现百花齐放、生机勃勃的繁荣景象。"

2）从学科的划分来看文艺评论

从学科的划分来看，文艺评论包含两大方面：第一个方面，文艺评论自身遵循现代规范学科制度，涵盖三大学科门类，哲学学科、艺术学科、文学学科，在现有哲学一级学科门类下设二级学科美学，艺术一级学科门类下设艺术学理论、音乐与舞蹈学、戏剧与影视学、美术学、设计学等学科，文学学科门类下设一级学科中国语言文学与二级学科文艺学。哲学学科中有"美学理论""美学批评"，还可细分为普通美学、文艺美学、艺术美学等等；艺术学学科中有"艺术理论""艺术批评"，还可细分为音乐评论、舞蹈评论、戏剧评论、戏曲评论、电影评论、电视艺术评论、美术评论、设计评论等等；文学学科中有"文学理论""文学批评"等等，还可细分为中国语言文学、外国语言文学等等。第二个方面，从文艺评论的评论方法来看，评论依附于评论的主体，但是评论的手段可以多元，评论的知识体系涵盖也是多元，可以运用社会学、心理学、传播学、人类学、经济学、管理学等等学科知识进行评论。可见，文艺评论有一个综合的语义，"评论"定义整合了"评价""论说""理论""批评"，"文艺"定性也整合了哲学、艺术、文学学科，评论的手段更综合了社会学、心理学、传播学、经济学等交叉学科，文艺评论具有跨学科的属性。

基于此，对文艺评论的定义，就不能简单地在某一学科范畴之下，文艺评论一词，传统强调"文"为"道"之文，其地位和作用高于"艺"，从而可以让"文"与"艺"聚合为"文艺"一词，由此体现出"文""艺"并重、以"文"导"艺"，"文"不只代表狭义的"文学"，还代表"语文""人文""文化"等更宽广而深厚的意蕴。[1]文艺评论是一种阐释、理解和评价文艺对象的综合性评论，以文艺对象为中心，深入分析文艺对象的一般性、差异性、特殊性与共通性，深入解读文艺对象自身的特点，深入评价与其他相关文艺对象的差异性。

3）文艺评论的跨界属性

当下，是跨界的时代，也是开放、交融的时代，文艺评论围绕评论对象这个中心，呈现"百花齐放、跨界共生"现象。文艺评论并不单独属于任何一个行业、学科、门类、界别，它的评论者来自各行各业，它的传播平台也是四通八达。文艺评论应全面地发挥自身跨行业、跨界别、跨学科、跨门类等作用，在不同的长处、短处、优势、劣势中相互交融、互相串联，延宕发展。

从行业来看，文艺评论虽然属于大文化艺术行业范畴，但是细分有全国文联，省市和地市州也有"文艺评论家协会"、文化企业、艺术企业、文化艺术机构、教育业等。

从界别来看，文艺评论横跨多界，涵盖了创作界、评论界、产业界、传播界等，还可细分为理论界、批评界、思想文化界、经济贸易界等等。文艺创作、文艺作品、文艺评论、文化传播都属于此范畴。

从学科来看，文艺评论涵盖了文学、艺术学、哲学或美学等一级学科。

从评论对象的艺术门类来看，文艺评论涵盖了文学、音乐、舞蹈、戏剧、电影、电视艺术、美术或设计等艺术门类的文艺作品。

从评论主体来看，文艺评论有大众评论者、专业评论者；有职业评论者，也有个人爱好者；有来自文联、作协、文化艺术产业、艺术媒体、文学学科、艺术学学科、美学学科等界别、行业、艺术门类或学科的专家，也有来自相关思想文化界、公共事务、时尚文化、流行文化等领域的专家，还有来自文化艺术产业的工作者、艺术新闻媒体的从业者等等，也有普通文艺爱好者或一般群众；有观众，也有创作者、专业艺术家等等。

从传播平台来看，文艺评论有专业平台，也有大众平台。专业平台面向专家学者，大众平台面向最广大的公众群体；有主流平台，包括各种艺术媒体，包括报纸、杂志、书籍、电视等传统艺术媒体，也有新媒体平台，包括互联网、移动网络、微博、微信等新兴艺术媒体，主流平台代表公信力，新媒体平台代表大众化，新旧艺术媒体平台的传播力量触达公众。

从语境来说，文艺评论可以运用社会学、心理学、传播学、人类学、经济学、管理学等等专业学科知识，用本学科专业圈才能理解的学术语言，也可以用普通公众能够理解的公共语言；可以从评论对象的理念、视角、标准、原则和方法等角度进行评论，也可以就评论对象本身进行评论。

从服务面向来说，文艺评论服务于公共文化事务，也服务于学科专业发展。

因此可以看出，文艺评论具有相互依存的跨界属性，在艺术公共领域、文化公共领域都发挥着自己重要的作用，承担着繁荣社会主义文艺的责任。

1.2 文艺评论历史发展脉络

中国文艺评论的发展过程，就是中国文艺不断发展、走向成熟的过程。从历史发展脉络来说，中国文艺评论从古代起源，经历了时代化、大众化、中国化的发展历程。不管是先秦时期文艺的百花齐放，还是魏晋时期文艺的自觉，抑或唐宋时期文艺生活的全面提升，再到五四时期新文艺的诞生等，文艺评论在任何一个时期都一直在场，并伴随发展，扮演着开拓者、引领者与破冰者的角色。

纵观中国文论发展，文艺评论从不同的视角对如何看待和把握文艺现象提出了自己的观点，也解读了文艺创作的特点，有不同的学说和论调，为当今开展文艺评论工作提供了借鉴的价值。孔子的"兴观群怨"，出自《论语·阳货》，指诗的社会功能，"诗，可以兴，可以观，可以群，可以怨"；孟子的"知人论世"，出自《孟子·万章下》，指了解一个人并研究他所处的时代背景，现也指鉴别人物的好坏，议论世事的得失，"颂其诗，读其书，不知其人可乎?是以论其世也"；老子的"大音希声"，出自《老子》，指最大最美的声音乃无声之音，"大音希声，大象无形"；庄子的"心斋坐忘"，出自《庄子·人间世》，指坐忘达到的最高状态是"内不觉其一身，外不知乎宇宙，与道冥一，万念俱遣"，"若一志，无听以耳，而听之以心；无听之以心，而听之以气；听止于耳，心止于符。气也者，虚而待物者也，唯道集虚，虚者心斋也"，故又称为"庄子心斋法"；董仲舒的"诗无达诂"，出自董仲舒《春秋繁露》卷五《精华》，指对《诗经》没有通达的或一成不变的解释，因时因人而有歧义，有鉴于此，注释者权衡众说，选取自认为最贴切、最能反映原意的那一种说法，介绍给读者；刘勰的"操千曲而后晓声，观千剑而后识器"，出自《文心雕龙》，指练习很多支乐曲之后才能懂得音乐，观察过很多柄剑之后才知道如何识别剑器；韩愈的"文以明道"，韩愈在散文创作方面极力主张"文以明道"，倡导文章的一种社会政教公用性，韩愈重视文章的语言艺术和一种内在的"气"，所以他又提出了文章的"养气说"；司空图的"韵外之致"，唐代文学评论家司空图提出"韵外之致，味外之旨"，指在读诗的时候，发散思维，跟着诗人的形象描写展开联想，十有八九就能找到诗中的意境了；欧阳修的"穷而后工"，出自《梅圣俞诗集序》，指诗人在受到困厄艰险环境的磨砺，幽愤郁积于心时，方能写出精美的诗歌作品，"世所传诗者，多出于古穷人之辞也"；黄庭坚的"夺胎换骨"，是化用前人诗歌意境而进行的再创造；严羽的"妙悟说"，出自《沧浪诗话》，指诗歌妙悟源于禅宗之悟，好的诗歌都是通过妙悟得来的；李贽的"童心说"，认为"童心"是创作"天下之至文"的内在基础，是一切文学作品（诗歌、小说、戏曲等）的根本；王士祯的"神韵说"，清代著名诗人倡导"神韵说"，指诗的意境以清远为尚；沈德潜的"格调说"，强调"学古"和"论法"，对诗歌的体格声调作出严格的规定，目的就是保证诗歌内容体现"温柔敦厚"的宗旨；袁枚的"性灵说"，是对明代以公安派为代表的"独抒性灵，不拘格套"（袁宏道《叙小修诗》）诗歌理论的继承和发展，其含意包含性情、个性、诗才，性情是诗歌的第一要素，"性情之外本无诗"（《寄怀钱屿纱方伯予告归里》）；翁方纲的"肌理说"，是诗论主张，主张"为学必以考证为准，为诗必以肌理为准"；王国维的"境界说"，出自《人间词话》，指有境界的作品，言情必沁人心脾，写景必豁人耳目，即形象鲜明，富有感染力量，"词以境界为最上。有境界则自成高格，自有名句"。

另外，五四新文化运动兴起的"文学革命"和"革命文艺"等思潮、新中国成立以来社会主义文艺思想的发展演进等都可以纵观文艺评论隶属发展脉络。

1.2.1 古代文艺评论起源

古代文艺评论的发展是一直伴随着中国古典文艺发展而进步的，诸子百家、魏晋风度，唐代百花齐放的文学发展，宋代古文运动，明清文学发展，都包含了文艺评论的影子，也形成了自有的话语特色和评价标准。事实上，在古代，"评论"一词十分广泛，对"评论"有"评林""评释""评品""评定""评订""评""批点""评阅""批""评次""评较""评点""评论""阅评""批阅""点评""品题""参评""批较""加评""点阅""评选""批选""评钞""论赞"等多种说法。

在古代文艺评论中，"诗言志"是重要观点。事实上，"诗言志"很早就有言论，《尚书·虞书·尧典》曾说："诗言志，歌永言，声依永，律和声。"《毛诗序》："诗者，志之所之也，在心为志，发言为诗。情动于中而形于言，言之不足，故嗟叹之，嗟叹之不足，故咏歌之，咏歌之不足，不知手之舞之足之蹈之也。"[2]《毛诗序》首先接触到诗的情感特征，并将其与言志联系在一起，进行系统的论述，实际上是文学批评上的情感阐发，对后世诗论有深远影响。

在古代文艺评论中，"义以载道"也是重要观点。"文以载道"代表了帝王文化文学的评论价值与评价体系，代表了儒家文艺思想，尤其是在进入唐代以后以韩愈、李翱为代表的力主儒家"道统"思想在文艺评论价值标准中大放光彩，这一标准也把古代的文艺创作引导到了儒家正统地位的宏伟事业中。

在古代的文艺评论中，"情感的价值诉求"也是重要观点。"陆机《文赋》、刘勰《文心雕龙》、钟嵘《诗品》把注重情感的文艺评论价值诉求完整形成一个价值评价标准，为中国文艺评论史奠定了一个以审美为初衷的'重情'价值评价标准基础。"[3]尤其是《文心雕龙》，被誉为中国文学理论批评的扛鼎之作，也是中国历史上的第一部文学理论的系统论著。

古代的文艺评论是在文人大量创作的经验和大量批评的实践中自然生成的，也从不同的角度总结了不同文学艺术样式的风格类型，唐朝司空图有《二十四诗品》，明代王骥德创作了戏曲论著《曲律》，明代杨慎有《词品》，清朝李渔有戏曲理论和批评，清代魏谦升有《二十四赋品》，清代许奉恩有36类《文品》，清代郭麐和杨夔生分别有12类《词品》和《续词品》，清代黄钺有《二十四画品》，等等。这些文艺评论代表作分别从诗、画、戏剧、文等艺术形态来呈现，形成了古代文艺评论起源。

1.2.2 近现代文艺评论发展

在鸦片战争以后，受"西学"的影响，近现代包含文艺评论在内的中国文化体系都有重大的改变，尤其是文言文向现代白话文的改变。因此，在近现代，中国文艺评论进行了话语的变革，不只是简单地用白话文取代文言文，更是进一步体现了文艺创作经验基础上的实践，也让文艺评论更好更切实地指导文艺创作。

晚清诗人黄遵宪，有"诗界革新导师"之称，提出了"我手写我口"，并示范用白话文来写诗；梁启超主动探索两种新文体，用现代的思想、欧化的语法，创制了雄辩的文体；王国维最早运用西方哲学、美学、文学观点和方法剖析评论中国古典文学，有大量的词学理论与批评；胡适的《文学改良刍议》提出了白话文为文学的正宗，其《尝试集》为白话新诗首创；鲁迅更是用大量的白话文小说奠定了文学主流话语；等等。这些文学创作的实践者也是推动话语变革的评论家，正是他们的努力，才形成了中国近现代的文艺评论思想。

1.2.3　解放后对接延安传统的文艺评论发展

1942年，毛泽东同志《在延安文艺座谈会上的讲话》提出"为工农兵服务""为政治服务"，明确了文艺领导权属于无产阶级，文艺及文艺评论要作为革命事业的一部分，起到团结人民、教育人民、打击敌人、消灭敌人的作用。延安讲话始终坚持了对文艺"人民性"的强调，奠定了解放后中国当代文艺评论的政治性。

在新中国成立前夕，第一次文代会，中华全国文学艺术工作者代表大会，对1942年的延安讲话精神进行了全面的继承，确认了以"新的人民的文艺"为新的文艺方向。在第一次文代会上，文艺界卓越的组织者与理论家周扬提出："批评必须是毛泽东文艺思想之具体应用，必须集中地表现广大工农群众及其干部的意见，必须经过批评来推动文艺工作者相互间的自我批评，必须通过批评来提高作品的思想性和艺术性。批评是实现对文艺工作的思想领导的重要方法。"[4]这次大会为文艺评论的发展奠定了稳步发展的基础，激发了广大文艺评论者的激情，大会的精神也很快在全国的文艺界落实，为新中国成立后文艺事业的发展起到了重要的作用。

新中国成立后，文艺评论的发展进入新的阶段，也面临新的价值评估，更需要统一的思想和发展方向。对于文艺评论工作，一些文艺工作者在新旧文艺之间，新观念、旧观念，新思想、旧思想，新立场、旧立场，在转型和转换过程中，还存在一定的矛盾，有一部分文艺工作者没有及时地转变思想就投入新中国的建设中。在《延安讲话》精神的指导下，新中国成立初期的文艺评论工作，"新的人民的文艺"不断得到强化，起到了统一文艺各界的思想，发扬新文艺精神的作用。1956年，毛泽东同志提出了"百花齐放，百家争鸣"，这是社会主义科学文化事业的发展方针，也为文艺评论创建了宽松、开放的文化氛围；1958年，周扬提出了"建立中国自己的马克思主义的文艺理论和批评"观点，进一步为文艺评论事业的发展指明了理论发展的方向；1964年，毛泽东同志提出了"古为今用，洋为中用"，这一观点被确立为方针，为文艺评论事业的发展带来了新的局面，加快和繁荣了文艺评论事业，取得了良好的成效。

1.2.4 改革开放后的文艺评论

改革开放是中国当代文艺评论事业发展的一个重大时间节点，尤其是党的十一届三中全会后，在以经济建设为中心取代以阶级斗争为纲的决策指引下，文艺工作在"拨乱反正"中也进入了百花齐放新的局面。

1979年10月30日，邓小平《在中国文学艺术工作者第四次代表大会上的祝词》指出："党对文艺工作的领导，不是发号施令，不是要求文学艺术从属于临时的、具体的、直接的政治任务。"[5]他还纠正了之前一个时期对《延安讲话》的错误理解，重新重视了文艺的艺术规律和自主性："我们要继续坚持毛泽东同志提出的文艺为最广大的人民群众、首先为工农兵服务的方向，坚持百花齐放、推陈出新、洋为中用、古为今用的方针，在艺术创作上提倡不同形式和风格的自由发展，在艺术理论上提倡不同观点和学派的自由讨论。"与此同时，党调整了文艺方针政策。[6]

1980年7月26日，《人民日报》社论提出了"文艺为人民服务，为社会主义服务"的"二为"方向。这些政策层面的调整"是对过去把文艺与政治关系过分简单化、教条化倾向的一种拨乱反正，为文艺思想解放奠定了政策基础"[7]。

到了20世纪80年代中期，在西方现代思潮的冲击下，中国社会、文艺各界在观念、方法、理论等方面出现了学术争鸣，尤其在1985年（文艺学美学的"方法论年"），讨论达到了高潮，文艺评论在理论上也在尊重艺术规律的前提下，走向具体观念的创新建构新阶段，极大地激发了文艺评论的活力，文艺评论也走到了思想解放的前沿，焕发出新的生机。

20世纪90年代，伴随社会主义市场经济体制的逐步形成，文艺评论的发展也与经济的发展日益密切。为了避免文艺评论变成赚钱和享乐的工具，遏制拜金主义、媚俗、商业化等现象的出现，文艺评论的政治地位得到进一步确认，文艺评论的文化空间被打开，文艺评论的内容变得多元化、丰富化。从20世纪90年代开始，"文艺评论的理论生产有了显著突破和进展，广泛吸收了哲学、政治学、社会学、历史学、心理学等各种学科的理论与方法，在更为广阔的文化视野下全面认识文艺作品及其所反映的社会生活的丰富性与复杂性。这一走向文化研究的发展趋势延续至今，为文艺评论不断开拓新局面持续提供能量"[8]。

1.3 新时代文艺评论新发展

纵观文艺评论在新中国成立以后的发展，从20世纪50年代，政府领导文艺工作的"工具"之说；到20世纪60年代，文艺评论进入到"促进"或"推动"创作之说；到20世纪80年代，文艺评论"坚持真理，修正错误"之说；到20世纪90年代，文艺评论"正确引导"文艺事业之说；到21世纪之初，文艺评论为文艺事业发展"营造良好氛围"之说；最后到新时代以来，文艺评论"引导创作、多出精品、提高审美、引领风尚"之说。

党的十八大，开启了中国特色社会主义新时代，中国特色社会主义事业是亿万人民群众的事业，习近平总书记对肩负着培根铸魂使命的文艺事业提出了新要求，对新时代文艺工作者也寄予了新的期望，新时代文艺评论也面临着全新的发展。

1.3.1　新时代文艺评论发展顶层设计

2014年5月30日，中国正式成立了中国文艺评论家协会，文艺评论工作在国家层面有了指导机构，也把文艺评论工作上升到了国家顶层设计。

2014年10月15日，习近平总书记在文艺工作座谈会上发表重要讲话，讲述了5个问题，第一个问题是实现中华民族伟大复兴需要中华文化繁荣兴盛，"历史和现实都证明，中华民族有着强大的文化创造力。每到重大历史关头，文化都能感国运之变化、立时代之潮头、发时代之先声，为亿万人民、为伟大祖国鼓与呼。中华文化既坚守本根又不断与时俱进，使中华民族保持了坚定的民族自信和强大的修复能力，培育了共同的情感和价值、共同的理想和精神。"第二个问题是创作无愧于时代的优秀作品，"优秀文艺作品反映着一个国家、一个民族的文化创造能力和水平。吸引、引导、启迪人们必须有好的作品，推动中华文化走出去也必须有好的作品。"第三个问题是坚持以人民为中心的创作导向，人民既是历史的创造者，也是历史的见证者；既是历史的"剧中人"，也是历史的"剧作者"。文艺要反映好人民心声，就要坚持为人民服务、为社会主义服务这个根本方向。这是党对文艺战线提出的一项基本要求，也是决定我国文艺事业前途命运的关键。只有牢固树立马克思主义文艺观，真正做到了以人民为中心，文艺才能发挥最大正能量。第四个问题是中国精神是社会主义文艺的灵魂，"实现中国梦必须走中国道路、弘扬中国精神、凝聚中国力量。核心价值观是一个民族赖以维系的精神纽带，是一个国家共同的思想道德基础。如果没有共同的核心价值观，一个民族、一个国家就会魂无定所、行无依归。"第五个问题是加强和改进党对文艺工作的领导，"党的领导是社会主义文艺发展的根本保证。党的根本宗旨是全心全意为人民服务，文艺的根本宗旨也是为人民创作。把握了这个立足点，党和文艺的关系就能得到正确处理，就能准确把握党性和人民性的关系、政治立场和创作自由的关系。"

2015年10月20日，国家正式发布了《中共中央关于繁荣发展社会主义文艺的意见》，意见贯彻习近平总书记在文艺工作座谈会上重要讲话精神，从指导思想、创作导向、文艺灵魂、创作精品、队伍建设及党的领导6个方面25点阐述了"繁荣发展社会主义文艺"的意见，对繁荣发展社会主义文艺做出了全面部署。第一大方面是做好文艺工作的重大意义和指导思想，第二大方面是坚持以人民为中心的创作导向，第三大方面是让中国精神成为社会主义文艺的灵魂，第四大方面是创作无愧于时代的优秀作品，第五大方面是建设德艺双馨的文艺队伍，第六大方面是加强和改进党对文艺工作的领导。

2016年11月30日，习近平总书记在中国文联十大、中国作协九大开幕式上对文艺评论工作做了重要指示，"广大文艺工作者要坚持以人民为中心的创作导向，坚持为人民服务、为社会主义服务，坚持百花齐放、百家争鸣，坚持创造性转化、创新性发展，高擎民族精神火炬，吹响时代前进号角，把艺术理想融入党和人民事业之中，做到胸中有大义、心里有人民、肩头有责任、笔下有乾坤，推出更多反映时代呼声、展现人民奋斗、振奋民族精神、陶冶高尚情操的优秀作品，为我们的人民昭示更加美好的前景，为我们的民族描绘更加光明的未来。"

《关于加强新时代文艺评论工作的指导意见》从五个方面明确指出了加强新时代文艺评论工作的总体要求："以习近平新时代中国特色社会主义思想为指导，全面贯彻'二为'方向和'双百'方针，坚持创造性转化、创新性发展，弘扬中华美学精神，进行科学的、全面的文艺评论，发挥价值引导、精神引领、审美启迪作用，推动社会主义文艺健康繁荣发展。建立线上线下文艺评论引导协同工作机制，建强文艺评论阵地，营造健康评论生态，推动创作与评论有效互动，增强文艺评论的战斗力、说服力和影响力，促进提高文艺作品的精神高度、文化内涵和艺术价值，为人民提供更好更多精神食粮"；要把好文艺评论方向盘："构建中国特色评论话语，继承创新中国古代文艺批评理论优秀遗产，批判借鉴现代西方文艺理论，建设具有中国特色的文艺理论与评论学科体系、学术体系和话语体系，不套用西方理论剪裁中国人的审美，改进评论文风，多出文质兼美的文艺评论；要开展专业权威的文艺评论"；"健全文艺评论标准，把人民作为文艺审美的鉴赏家和评判者，把政治性、艺术性、社会反映、市场认可统一起来，把社会效益、社会价值放在首位，不唯流量是从，不能用简单的商业标准取代艺术标准"；要加强文艺评论阵地建设："固传统文艺评论阵地……用好网络新媒体评论平台，加强文艺评论阵地管理，健全完善基于大数据的评价方式，加强网络算法研究和引导，开展网络算法推荐综合治理，不给错误内容提供传播渠道"；要强化组织保障工作："加强组织领导，把文艺评论工作纳入繁荣文艺的总体规划，建立健全协调工作机制，中央和省级主要媒体平台要加强评论选题策划，推进重点评论工作……壮大评论队伍，加强中华美育教育和文艺评论人才梯队建设，重视网络文艺评论队伍建设，培养新时代文艺评论新力量。"

2021年12月14日，习近平总书记在中国文联十一大、中国作协十大开幕式上讲话，指出："中国特色社会主义新时代是中国人民在新的考验和挑战中创造光明未来的时代，也是中国人民拼搏奋斗创造美好生活的时代。'登高使人心旷，临流使人意远。'广大文艺工作者要紧跟时代步伐，从时代的脉搏中感悟艺术的脉动，把艺术创造向着亿万人民的伟大奋斗敞开，向着丰富多彩的社会生活敞开，从时代之变、中国之进、人民之呼中提炼主题、萃取题材，展现中华历史之美、山河之美、文化之美，抒写中国人民奋斗之志、创造之力、发展之果，全方位全景式展现新时代的精神气象。"

习近平总书记在多个重要场合都对文艺创作、文艺评论的要求做了重要的指示，国家通过一系列的顶层设计，明确了文艺评论的中国话语体系构建，也将新时代文艺评论要求提到了新的高度。

1.3.2　新时代文艺评论面临问题

在我国文艺事业发展的过程中，文艺评论虽然一直伴随在场，并为促进文艺事业的发展发挥了重要的作用，但是，随着市场经济的发展，时代的变迁，文艺创作生产力的大幅度提升，特别是在近年来媒体融合背景下、文艺消费多样化的前提下，文艺评论的发展却略显滞后。新时代以来，文艺领域在发展的过程中，暴露了一些问题，虽然这些问题是改革开放以后社会发展、经济发展多元化发展后出现的问题，但是随着时代的发展和国际环境的变化，对中国社会的主流价值观和意识形态也都造成了一定的冲击，正如习近平总书记《在文艺工作座谈会上的讲话》中指出的，文艺工作"在市场经济大潮中迷失方向""在为什么人的问题上发生偏差"。新时代文艺评论面临了一些新的问题。

1）文艺评论落后于文艺创作的生产力

新时代以来，随着市场经济的发展，文艺工作蓬勃发展，文艺生产也是欣欣向荣，文艺生产力大幅度提升，文艺消费更是多样化呈现，而文艺评论的发展却有滞后的情况产生。尤其是文艺评论的发展，在文艺形态与文化产品多元化的发展背景下，其滞后表现为：视野上的狭窄，缺乏在现实环境中应对复杂的事物的能力；观念的单一，无法解决文艺与各种社会生产力量的关系；内容落后，无力阐释新的文艺形态与文化产品；标准模糊，没有旗帜鲜明的观点和立场；价值混乱，缺乏理念风骨与学术公信；等等。文艺评论缺乏应对复杂环境中的文艺现实情景，无法解决各种社会力量与文艺的关系，从形式、内容等多方面都有落后于文艺生产的现象，未能有效地勾连文艺生产、文艺消费，并无力阐释新的文艺形态与文化产品。

事实上，文艺评论的发展更应该植根于文艺创作、文艺生产过程中，并为文艺生产与文艺创作服务。文艺评论本身就是对文艺创作、文艺生产以及文艺思潮的评价和阐述，是一种理性认知。文艺评论在长期的发展过程中，形成了自己的诸多学派、理论、视角和方法，也积累了诸多的经验和成果，在新时代，伴随文艺生产的生产力提升，文艺创作进入全新的时期，更应在本质上进行实事求是又富有新意的解读，并不断地加深对文艺创作和文艺生产规律的理解和认知，从而跟上文艺创作的步伐，适应文艺生产力的提升。

2）文艺评论缺乏中国立场、中国智慧、中国价值的理念

在丰富的、复杂的文艺创作形势下，文艺评论呈现如下特点：有一些文艺评论视野狭窄，观念单一；有一些文艺评论并没有旗帜鲜明地表达自身的观点和立场；有一些文艺评论标准模糊，文艺评论价值体现不深刻；有一些文艺评论理论建设落后，理论与批评脱节；有一些文艺评论缺乏理念的风骨，缺乏学术的公信，缺少文化自信；有一些文艺评论与流量、经济效益密切关联，评论忘记了初心，有偏差；有一些文艺评论缺乏审美力、说服力与战斗力；比如有部分影评公众号，影视评论出现两极分化，不是把一部影片夸上天，就是把一部影片踩到地。

改革开放40多年来，受西方文艺评论模式与流派的影响，中国的文艺评论格局、理念、思想、立场都发生了很大变化。市场经济的发展、经济全球化的体现、文艺创作的繁荣、各种文艺现象的涌现、资本的力量等等都影响了文艺评论的发展，也在文艺活动中发挥越来越重要的作用，出现了一些现象，如"商业操作""红包润笔""人情作用""圈子力量""流量影响"等等，成为文艺评论界的某种常态，这正是中国立场的缺失、中国智慧的消弭和中国价值的退场。

事实上，越是在文艺发生重大变革的时代，越是在文艺繁荣的时代，越是在文艺发力的时代，文艺评论就更应该发挥开拓者、引领者与破冰者的作用，正直的价值主张和专业的衡量标准才应该是文艺评论理应坚守的一贯立场。

3）文艺评论表达方式陈旧，不能适应新时代的多样性与丰富性

新时代，时代变化，从媒体融合到媒体深度融合，从全媒、融媒到智媒时代，已经从深度、高度上都改变了文艺评论的打开模式。文艺评论是科学、是美学、是艺术学、是文学、是哲学，也是符号学。文艺创作的繁荣、文艺的审美与欣赏、文化传播的触达，都与文艺评论的作用分不开。但是，新时代有一些文艺评论表达无力，缺乏文艺评论的有效性，不能很好地解读、诠释文艺现象，文不对题，缺乏说真话、诉真情、求真知的批评伦理。

新时代要求文艺评论在高度上要牢牢把握新时代发展要义，融入媒体深度融合时代发展，文艺评论要有批评精神，对文艺创作要指出其中的问题与症结；在深度上要直抵心灵、触动情感、一针见血、切中要害，用正确的表达诠释新时代的多样性与丰富性，接地气、有灵气、有说服力与战斗力，真正融入时代。

事实上，新时代文艺评论虽然呈现了欣欣向荣的发展局面，但还是有一部分文艺评论对文艺创作的引导作用不强，只有在正确的指导思想上，让文艺评论走出象牙塔，融入时代，走进生活，走向大众，切实做好文艺评论对公众的引导力和影响力，才能切实发挥文艺评论的作用。

1.3.3　新时代文艺评论的内涵

新时代，文艺工作者因自觉承担起记录新时代、书写新时代、讴歌新时代的使命，时代赋予了文艺评论新的要求，也赋予了新的内涵。十八大以来，习近平总书记在很多重要讲话中都明确指出了文艺工作的重要性，"文艺是时代前进的号角，最能代表一个时代的风貌，最能引领一个时代的风气。""要高度重视和切实加强文艺评论工作。文艺批评是文艺创作的一面镜子、一剂良药。""打磨好批评这把'利器'，把好文艺批评的方向盘。""文艺批评要的就是批评。""真理越辩越明。"这些要求都体现了习近平总书记高度重视文艺评论工作，也为广大文艺评论工作者指明了工作的方向，文艺评论要切实运用历史的、人民的、艺术的、美学的观点来评判和鉴赏作品，倡导说真话、讲道理，营造开展文艺批评的良好氛围。

1）新时代文艺评论具有时代特色

新时代，社会主义文化显现了更加重要的作用和地位，也是习近平新时代中国特色社会主义思想的重要一环，在中国特色社会主义伟大事业发展中具有重要的战略地位。文化的战略地位决定了文艺发展的作用，文化自信、文化的蓬勃发展、文化的繁荣兴盛，都是伟大时代的必然要求，并无愧于伟大民族的发展。在新时代，文艺评论更应该从时代需求出发，真实深刻地反映文艺创作的水平，并反哺文艺创作，以便创作出更多符合时代审美需求的艺术形式，以彰显新时代中国文化创新创造的能力与水平，让社会主义文艺成果灿烂。

2013年，习近平总书记《在全国宣传思想工作会议上的讲话》指出："要着力推进国际传播能力建设，创新对外宣传方式，加强话语体系建设，着力打造融通中外的新概念新范畴新表述，讲好中国故事，传播好中国声音，增强在国际上的话语权。"新时代文艺评论承担了"讲好中国故事"的新使命。

2014年8月，中央全面深化改革领导小组第四次会议审议通过了《关于推动传统媒体和新兴媒体融合发展的指导意见》，2020年9月，中共中央办公厅、国务院办公厅印发了《关于加快推进媒体深度融合发展的意见》，时代变化从媒体融合到媒体深度融合，新时代文艺评论还肩负着在媒体深度融合时代多元化与丰富化的表达任务。

新时代文艺评论要始终坚持以马克思主义文艺理论为指导，引领文艺发展的正确方向。党的十八大以来，习近平总书记深刻总结我国文艺工作面临的新机遇新挑战，提出许多具有开创意义的新思想新观点新论断，深刻回答新时代社会主义文艺事业发展方向性、根本性、战略性的重大问题，深刻阐明文艺工作的地位作用、使命任务、方向目标、原则要求，充分体现理论联系实际的马克思主义理论品格，彰显强大的思想魅力和实践伟力，实现了当代中国马克思主义文艺理论的新飞跃，开辟了中国特色社会主义文艺理论新境界，指引社会主义文艺在新时代新征程铸就新辉煌。[9]因此，新时代文艺评论还必须坚持立足于时代条件下的新变化和文艺发展新实践，丰富和发展中国特色社会主义文艺理论。

新时代文艺评论要充分发挥文艺在社会发展进步中的独特价值和重要作用。在任何时代，文艺评论都起到了十分重要的作用，在新时代，文艺更是在时代的进步中汲取前进的力量，在守正创新中展现了时代的担当。因此，新时代文艺评论要切实承担起举旗帜、聚民心、育新人、兴文化、展形象的使命任务。

新时代文艺评论更要尊重文艺规律，在文艺实践中推进文艺创作的生产、消费、审美、传播发展，从文艺的规律中去发掘文艺与人民、文艺与时代、文艺与文化传统、文艺与社会、文艺与市场、文艺与经济、文艺与艺术、文艺与科技的关系，并从中汲取力量，寻找平衡，保持独立的品格，总结好、继承好、运用好、发展好，增长智慧，为社会主义文艺事业作出更大的贡献。

新时代的文艺评论要有时代的高度和文艺的责任，高度决定眼界与境界，深度与广度，情怀与胸怀，信念与信心。新时代，文艺评论应该站在历史、时代发展的新高度来正确认识文艺的作用与地位。文艺评论是时代的产物，是时代的感应器，伟大的时代有伟大的文艺作品，也有伟大的文艺评论。

2）新时代文艺评论是真实的共情与共鸣

从某种意义上讲，文艺评论是文艺评论者观看文艺创作后对文艺作品的解读，是评论者结合自己内心对社会、生活所经历的体验与感悟，是深切感受文艺作品的思想与表达。文艺评论不是一般的欣赏，是以审视具体的文艺作品为前提，分析、体验、研究的过程；文艺评论是一种理性的表达，并不是一种说话，而是一种有思考的话语；文艺评论是形象思维与抽象思维的集合，是体现时代进步的精神诉求，是审美经验与艺术的体验；文艺评论是发自内心的真实的解读，是对文艺作品共情与共鸣的表达。

因此，文艺评论最基本的要求就是真实地讲话，也就是要"讲真话"。讲真话包含不贴金、不跟风、不拔高、不护短、不炒作、不套话，通过中肯、诚恳的态度言之有物。一方面，不要一味地"讲好话，唱赞歌"，奉献溢美之词；另一方面，不要有目的地为批评而批评。文艺评论要有立场，树立正确的价值观与标准，坚持实事求是的"讲真话"，牢牢把握价值的尺度，才能杜绝"机械化""快餐式""红包歌颂""红包批评""人情歌颂""人情批评"等现象，让文艺评论从真实出发，具有共情与共鸣。

3）新时代文艺评论是复杂与多样的呈现

如果说文艺评论复杂，是指文艺评论与文艺创作、文艺作品、文化传播之间关系相关联，是一个庞大的系统。尤其是新时代，对于文艺评论的发展，更应该在一个有机的系统里来探索，文艺评论不能只是割裂或者孤立地评价一部文艺作品或者某种文艺现象，文艺评论是置身于庞大系统中的若干要素进行考察和研究的，是在文艺评论者宏大的知识结构基础上，依据评论对象的特点，并且通过独特的视角，站在历史的空间与国际的视野之下，深入地解读文艺评论对象的意义和特点。

首先，文艺评论与文艺创作的对立统一关系。文艺创作来源于现实生活的形象思维，文艺作品是形象思维的直观体现，而文艺评论却来源于对文艺作品的逻辑思维的理性判断；文艺创作取材于现实的主客观世界，直接表现于文艺作品形式，而文艺评论却是根据文艺作品产生的以纸张、屏幕、舞台等为媒介的文本。从根本上说，文艺评论与文艺创作是一体两面、对立统一的关系，文艺创作是人类精神生活的审美生产，文艺作品就是以审美方式把握现实的精神产品，而文艺评论却是这种精神产品的反馈和感受。新时代，是全球化、世界化的时代，文艺评论更应该在纵向的发展中立足于历史进程来提升自身的价值和地位，在横向的发展中放置于世界整体关系中作出贡献。因此，新时代的文艺评论不只是一种模式，呈现的应该是多样的形态。

其次，文艺评论在新时代，在风起云涌的新媒体平台裹挟下，成为"人人皆是评论者的时代"，众声喧嚣，"吐槽""点赞""键盘手"等等，都没有专业门槛的限制，开放性与自由度大大提升，但是随意、任意评论的现象也经常发生。新时代的文艺评论更呼唤面对具有价值意义、鲜活生动的文艺现象，文艺评论自身梳理内部的审美感受和文本肌理，真切地感受社会生活呈现的奥义，并回应外界所关切的问题，把文艺评论做到解读文本与解读生活融为一体。

再次，新时代文艺评论是文艺创作的"一面镜子、一剂良药"。正如习近平总书记指出的，"文艺批评是文艺创作的一面镜子、一剂良药"，文艺评论者要钻入文艺创作者的大脑心脏，去洞悉和感受文艺创作者的创作内核；文艺评论者更要渗透到文艺作品内部的毛细血管，去感受文艺作品表现的激荡的文艺思潮。只有这样，文艺评论才能切实参与并塑造时代的审美观念和文艺面貌，才能有力地加入并呼应民族的文化建构和精神淬炼。

因此，一方面，文艺评论其实就是文艺现象的映照，既参与文艺的创作，生产出文艺作品，而文艺作品又为文艺评论提供了研究对象，并反哺文艺创作，文艺评论对文艺作品的解读是对文艺创作的指导，也是引领时代的审美趣味与审美风尚，对整个文艺事业的发展起着十分重要的推动、激励作用，文艺评论就是文艺创作的"一面镜子"；另一方面，文艺评论还是文艺创作的"一剂良药"，文艺批评是文艺评论的重要组成部分，一针见血的文艺批评作用大、影响深。近年来，一些文艺评论仅仅局限于文艺作品本身的创作的总结，但是在根本性、普遍性和倾向性的问题上还缺乏一针见血的魄力，因此，文艺评论是"锐利武器"，也是维护人民群众的文化权益，文艺评论者要敢于批评，良药苦口，要高举习近平新时代中国特色社会主义思想伟大旗帜，通过深刻地阐释党和人民的文艺立场，指引和规范文艺创作与生产的正确的方向。

文艺评论作为文艺创作的"一面镜子、一剂良药"，应贯穿于整个文艺事业发展的全过程，新时代的文艺评论不能只是在文艺作品创作完成后进行评价和表达，其作用应该前置，在文艺创作立项、选材、立意、创作过程中就全面地介入。在创作初期，对主题、立意予以打磨，对叙事方法、情节构思予以论证；在创作中期，对形象塑造、任务设置进行分析；在创作后期对剪辑、运营宣传进行审视，全面作用于整个创作的全流程，起到启发和促进的积极作用。

4）新时代文艺评论是人民的文艺评论

党的十八大开启了社会主义新时代。在新时代，实现中华文化伟大复兴的重要任务就是要建设社会主义文化强国，在这样的时代背景下，文艺界担负着自己的历史使命，更应树立文化自信。新时代文艺评论应该高举习近平新时代中国特色社会主义思想伟大旗帜，既是文艺评论的题中应有之义和内在要求，也是时代和人民的呼声，应当成为文艺评论家的时代自觉。因此，新时代文艺评论应强化以人民为中心的政治导向。

事实上，中国当代的文艺评论总是围绕着1942年毛泽东《在延安文艺座谈会上的讲话》，始终坚持对文艺的"人民性"的强调。可以说，"人民性"即是中国当代文艺评论的政治性。

习近平总书记在文艺工作座谈会上的讲话，重申了文艺创作的人民取向，再次强调了文艺为人民服务、为社会主义服务的根本方向，以政治的话语权力激发文艺界的正能量，发挥好文化的教化功能和价值引领作用。[10]

长期以来，在中华民族走向伟大复兴的历史进程中，文艺一直展现了增强中国特色社会主义事业凝聚力与感召力的重要作用和力量，因此，文艺创作的文艺作品本身的价值观念和精神高度，更是潜移默化地影响了社会大众的精神需求和价值取向，在新时代，文艺评论的价值导向就显得十分重要了。文艺评论在新时代，要坚持什么样的价值导向，发挥什么样的作用，引导什么样的力量，可以说坚持"以人民为中心"的评论导向是引领新时代文艺评论发展方向、坚持社会主义文艺发展道路、推动社会主义文艺繁荣发展、增强国家文化软实力的必然。[11]

从价值追求来说，新时代坚持"以人民为中心"的文艺评论导向是坚定文化自信的表现，是文化强国建设中推动中国文化治理特别是文艺治理能力的提高。

从社会使命来说，新时代坚持"以人民为中心"的文艺评论导向是充分地判断和认识历史方位、现实背景与未来方向的正确道路，不断促进社会文明程度得到新提高。

从群众需求来说，新时代坚持"以人民为中心"的文艺评论导向是激励文艺创作以书写人民的喜怒哀乐的精神追求，是满足人民的多样化的文化需求。

从实践路径来说，新时代坚持"以人民为中心"的文艺评论导向是坚持以中国理论有效阐释评判中国文艺实践和中国大众审美经验的必然要求。

从发展前景来说，新时代坚持"以人民为中心"的文艺评论导向是保障文艺评论的健康理性发展与可持续发展。

1.3.4 新时代文艺评论发展的思考

新时代，文艺评论是文艺活动整个系统中重要的构成部分，是文艺生产的重要环节，是文艺作品的"增值"与"价值"体现，文艺作品与文艺评论是良性互动的，也可以有效地促进文艺创作的"再生产"，并影响创作者与接受者的创作能力、鉴赏能力和审美水平。伴随时代的发展、技术的发展，当今的社会进入到大变局时代，社会结构空前复杂、多元、立体，价值空间也进入到前所未有的动态，敏感、多样，意识形态更是空前丰富、活跃、繁荣。在此背景下，社会生活的重大变化，生活方式和思维方式的巨大变革，给文艺评论带来了全新的挑战，需要文艺评论肩负对现实社会的人文关怀和责任担当，传承中国优秀的传统文化，弘扬社会主义核心价值观的时代责任，并发挥自身积极的作用，在系统平衡中整合全社会的价值认同。

新时代文艺评论发展，如何发展，如何适应时代需求，如何让马克思主义文艺理论中国化成为新时代文艺评论的理论共识，如何让文艺评论发展有更高的追求和使命感，如何构建新时代的中国文艺评论话语体系，如何提升文化自信，如何体现中国立场，开启新时代之门，值得思考。

其一，新时代文艺评论应该置身于文艺事业发展活动系统中来思考。

在文艺事业发展活动系统中，文艺创作、文艺生产、文艺作品、文艺消费乃至文化传播都是这个系统中的分子。从文艺创作来说，文艺的创作是植根于现实的、历史的生活中，评论的时候要认知文艺创作的观念，用情感去体会创作的内核；从文艺生产来说，要解决好供求关系，生产出适应时代需求的文艺作品，评论要契合时代，促进生产；从文艺作品来说，要处理好艺术品与宣传品的关系，文艺评论要为文艺创作提供有价值的理论依据，生产出更好的文艺作品；从文艺消费来说，文艺评论要有效地引导文艺事业的发展，促进文艺消费的提升；从文化传播来说，文艺评论要构建新时代的中国文艺评论话语体系，促进文化传播、交流互鉴。

事实上，文艺评论架起了文艺作品与文艺消费的桥梁，是文艺理论与文艺实践的桥梁，是连接文艺过去、现在和未来的桥梁，是文艺创作者与文艺消费者的桥梁，文艺评论本身就是文化传播的媒介，承担着促进中国文艺事业继承、创新、发展的使命。

其二，新时代文艺评论应该思考文艺评论的"评"与"论"。

新时代，文艺评论的发声越来越多，有"专业派""学院派""爱好派""行业派"，文艺评论的领域在无限地扩展，文艺的创作更需要文艺的评论来引导，因此，在文艺评论的现实语境中，应该从文艺评论的本身去探讨"评"与"论"的现象。

一方面，文艺评论的"评"。"评"应该从客观性、公正性和理性问题方面来思考，文艺评论的"评"是提高文艺评论的效力，是直截了当、亮明观点，是判断与评价，是价值判断，是"评判"，是"批评"。"评"要有道理，"评"的是文艺作品、文化现象、文化思潮、文化事件等等，"评"的见解要独到，要有立场，要有眼界，要分辨出文艺作品的品性、品质、品位与品格。

另一方面，文艺评论的"论"。"论"是观点的阐释、说明、分析、解读、探索，是证明自己的观点，再说明道理，回答为什么这样判断。"论"的重点是要有依据，要有论点，要有思考，要有道理，"论"是"言之有理"，是思想性与艺术性的真知灼见，是一种艺术交流。

其三，新时代文艺评论要思考互联网技术冲击下的文艺评论的边界问题。

在移动互联网时代，传播与表达都是快捷性、迅速性和便捷性的，重构了大众的社会生活场域，现实空间与虚拟网络空间的界限也在逐渐削减，新媒介文化影响社会生活的各个领域，促进文艺现象多元滋生。大众对评论的热情到达了前所未有的高度，尤其是新媒体评论形式越来越丰富，文艺评论的对象"文本"发生空前嬗变，文体也越来越多元，应该把握好文艺评论的边界问题，形成良性互动的机制。无论是传统方式的文艺评论现象，还是新兴的文艺评论现象都要在评论对象的基础上，进而形成文艺评论"边界"的广延。

其四，新时代文艺评论要思考把握好文艺评论的尺度，并敢于批评。

新时代文艺评论是文艺创作的引领，是繁荣社会主义文艺事业的重要组成部分，是广大文艺工作者肩负的文化使命。新时代文艺评论要具有高度的政治思想觉悟和书写新时代的文化自觉，文艺评论要有批评的勇气、批评的精神，并掌握好批评的尺度，从标准上要明确批评的标准，认真地打磨批评的利器；从态度上要端正批评的态度，并加强评论的力度；从职业操守上要对评论工作心怀敬畏，秉持客观公正、实事求是的职业操守。

新时代文艺评论要"坏处说坏，好处说好"，不要"人前唱盛，人后唱衰"；要做到"真批评"，不说"套话""假话""空话"；要做到"有真意""有价值"，不要"言不由衷""假话连篇"；只有不做作，少卖弄，才能切实起到文艺评论指导文艺创作、引领社会思潮、聚焦新兴文艺现象的作用，助力攀登新时代文艺高峰。

其五，新时代文艺评论要思考用好文艺评论的"工具性"，避免误区。

新时代文艺评论工作，其实就是理论"工具"的多元化，文艺评论是助推文艺创作高质量发展和生产的工具，注重将理论批评与实际批评有机结合。事实上，当前文艺评论工作在取得相应成绩的同时，依然存在一些误区，如有部分文艺评论缺乏将作品和现实联系，在利益的驱使下以"命题作文"方式歌功颂德；有部分文艺评论一味追求理论性、专业性，内容与形式都趋于"扁平化"；还有一部分文艺评论同质化严重，且同水平数量重复；等等，因此，新时代文艺评论要直面客观现实的评论语境，紧贴时代需求，按照习近平总书记的要求，运用历史的、人民的、艺术的、美学的观点鉴赏文艺作品，评判文艺现象，说真话，讲实话，提高政治站位，努力营造积极健康的文艺评论生态。

参考文献：

［1］王一川.当代中国文艺评论的跨性品格［J］.中国文艺评论，2020（5）：4-15.

［2］孔颖达.毛诗正义［M］.北京：中华书局，1980.

［3］宁稼雨.中国古代文艺评论价值评价主体差异及其评价标准［J］.社会科学辑刊，2018（2）：188-198.

［4］周扬.新的人民的文艺［M］//王尧，林建法.中国当代文学评论大系(1949—2009）（卷一）.苏州：苏州大学出版社，2012.

［5］邓小平.在中国文学艺术工作者第四次代表大会上的祝词［M］//中共中央文献编辑委员会.邓小平文选（第二卷）.北京：人民出版社，1994：213.

［6］邓小平.在中国文学艺术工作者第四次代表大会上的祝词［M］//中共中央文献编辑委员会.邓小平文选（第二卷）.北京：人民出版社，1994：210.

［7］刘方喜.错位与化解：40年文论三次转向的反思［J］.社会科学辑刊，2019（1）：11-13，2.

［8］郑珊珊，中国当代文艺评论与政治的良性发展［J］.江西师范大学学报（哲学社会科学版），2020，53（5）：73-79.

［9］李屹，党领导文艺百年发展的成功经验和启示［N］.人民日报，20218-07-27.

［10］郑珊珊，中国当代文艺评论与政治的良性发展［J］.江西师范大学学报（哲学社会科学版），2020，53（5）：73-79.

［11］范玉刚.新时代文艺评论要坚持"以人民为中心"的价值导向［N］.中国文化报，2021-08-19.

第2章　新时代文学评论

文学评论是文艺评论的重要组成部分，重点是对文学理论现象进行的研究、解读，是分析文学的发展规律，也是指导文学创作的实践活动。从文学评论的组成部分来说，文学评论是对文学理论作品的评论。

十八大以来，进入了中国特色社会主义新时代，中国更有信心和能力实现中华民族的伟大复兴，要建设新生活，用文学来激励人们更团结、更坚强、更具智慧与伟力，要用文学来要为这个时代提供精神激励、价值引领与审美启迪。尤其伴随传媒技术的发展，互联网时代的到来，网络文学也随之崛起，"全民写作"的时代到来，既是新时代文学发展的机遇，让阅读体验获得了空前拓展，也是新时代文学发展的挑战，多元化的互联网文学呈现，为思想价值和审美价值的把握和把关增加了难度。文学评论是文学创作与文学读者的桥梁，新时代文学评论肩负了更重要的责任和担当，一方面，反哺文学创作的发展；另一方面，引导文学受众正确认知文学作品。

2.1　走进文学评论，共揽文苑清胜

2.1.1　理解文学评论

1）迷雾重重：什么是文学评论

文学评论是文学工作的重要组成部分。一般认为，文学评论是运用文学理论现象进行研究、探讨、揭示文学的发展规律，以指导文学创作的实践活动。[1]中国的文学起步很早，早在两千多年前流传于周代的诗歌，被汇聚成《诗经》，流传千载，至今"关关雎鸠，在河之洲"的朗朗吟诵声仍响彻神州大地，在时空间搭建起虹之津梁，正如两千多年前的诗人一样，徘徊在秦地的蒹葭彼岸，拨开朦胧的白雾，得见在河之洲的清影芳踪，如今的中国人亦能沿着时空的川流回溯，抵达一个共享的精神芳洲。诗言志，诗冶情，诗寓美，虽文随世变，俗随时易，古朴典雅的文字饱含的情致却是古今共赏的，正如四海之形势各异，百代之人情各殊，众人之境遇不同，但抬头见天心月圆，总会生成一段清美的情思……因中国文学起步之早，其势之昌，文学评论亦随着兴荣，至

今，曹丕的《典论·论文》、陆机的《文赋》、刘勰的《文心雕龙》、萧统的《昭明文选》，亦成为文学评论者参阅的经典。虽然中国的文学评论渊远流长，但文学评论真正成为一门近代意义上的学科时间不算太长，西方对文学评论与鉴赏的重视和深入研究不过近一个多世纪，而中国文学评论的学科研究不过是五四新文学运动后开始的。正如一位西方评论家所说："文学批评有一个很长的过去，但只有一个较短的历史。"这种状况，与几千年来的历史与现实之中蓬勃展开的文学评论与鉴赏活动的实际情况是很不相称的。[2]值得注意的是，虽然五四新文学运动后，中国学者才开始用近代学术研究的方法进行文学评论，但不可否认，对于文学评论的概念和内涵在批评实践中一直存在混淆，尤其是在写作教程与教材中。一是将"文学评论"称为"文学批评"，用来指代一种带有一定理论性的文学评判活动，以文学欣赏为基础，在相应的文艺理论指导下，通过理性的分析与评价，对作家、作品、文学创作和文学思潮等进行阐述和评判。它主要针对刚发表不久的作品，或崭露头角的作家，对其思想内容、创作风格、艺术特点等方面进行议论与评价。[3]二是文学评论从属于"文学批评"，托多洛夫说，评论是文学研究或批评中的一种方法，它自始至终在作品的内部进行，人们最熟悉的评论形式是所谓详细解释或准确阅读，它的极限是释义，而释义的终极则是作品本身的重复。由于以个别作品为研究目的，评论与阅读密切相关，评论是一种原子化的阅读，而阅读则是一种系统化的评论。[4]三是文学批评从属于"文学评论"。赫希则以为，批评是评论的功能之一，在对文学文本的实际评论中包含了理解、解释、评价和批评四个功能，虽然它们彼此很难区分开来。理解和解释的是作品的"含义"（即本义），评价和批评的是作品的"意味"（即衍生义），这四种功能构成了评论（参见《解释的有效性》）。[5]

要想破除上述关于文学评论内涵的重重迷雾，不妨系统地分析文学评论的实践过程与呈现形态。杨守森认为，人类已有的文学研究可分为四重境界：一是复述归纳式，对作品情节及人物进行复述式的介绍，有一定的归纳性评价，但往往是浅显而带有情绪化的；二是体悟阐释式，不重价值判断，更注重对作品的语义、技巧、情感、意味及整体内涵的个人化体悟、理解与阐释，缺乏对作品更为深入细致的分析评判；三是分析评判式，从某种理论视野出发，或依据一定的艺术规则，在阐释体悟的基础上，以清晰的语言，对作品隐含的人生的、社会的、审美的等方面的内涵与意义，对作品的成就或不足，作出明确的价值判断，并进一步探讨文学艺术活动的内在规律；四是提升创造式，批评家能够结合对相关作品的分析探讨，深化完善某些既有理论，或通过对作品内在奥妙的独特把握，提出新的理论范畴，乃至借此创建新的理论体系。[6]借用此理论，可见关于文学评论、文学批评的概念与内涵的混淆，其实着眼于文学评论四重境界，着重于文学评论的复述式、归纳性评价、分析评判式形态，则是属于狭义的"文学批评"范畴，若涉及理论的完善、构建，则上升到狭义的"文学评论"的范畴。根据现在学术界的一般认识，可将"文学评论"等同于"文学批评"，若将文学评论视为一个动态、不断深化的文学活动过程，则狭义的"文学批评"与广义的"文学评论"不过是文学评论实践过程中的"积之跬步"与"千里之行"之别。

2）融合共生：文学评论与文学创作

文学评论与文学创作是融合共生的。文学创作与文学评论之间的联系，简言之便是二者皆与社会生活同源共用，这是二者最根本的联系。

首先，就实践过程来看，文学评论要靠文学创作提供评论对象，而文学创作要靠文学评论指引方向，优质的评论作品则能奏响文学作品的"弦外之音"，使作品的主旨、情趣被完整表达与"再创造"。

其次，就实践主体来看，当作家完成了作品创作，以"他者"的视角来审视自己和他人的文学作品，便可转化为"评论家"，反之，评论家亦可从事文学创作，创作与评论活动往往在文学实践中相互转换。

再次，就文学作品与评论作品来看，皆通过文海航渡，交游读者，携手共抵文艺的彼岸。优秀的读者不光要从评论中印证评论家对作家作品的分析和评价，帮助自己更好地理解和把握作家作品，更重要的是从中提炼出评论家的经验和思想，并实现评论家对作家在作品中所表达的经验和思想的"再创造"。善读文学评论的读者，可以通过直接阅读作品，融入自己的体会与审美，进行作品的二次创造，而通过评论之后，再次阅读作品，则是对作品的三次创造，不过这个创造也许湮灭于心，成为内敛的思绪与感悟，也许诉之笔端，外现为文学评论，日积月累，自成一家之言，于具体琐碎的文学评论中形成系统理论，从"昨夜西风凋碧树，望尽天涯路"到"蓦然回首，那人却在灯火阑珊处"，历经重重境界深化，风格由此可成。

我国当代美学家、文艺理论家朱光潜先生曾说："读诗就是再作诗，一首诗的生命不是作者一个人所能维持住，也要读者帮忙才行。"[7]诗的存在同时需要诗人和读者。而好的文学评论则是对文学作品的再诠释与再创造。从艺术创作的过程来讲，文学创作是作者将对外在事物在内心形象反映的创造性表达，而读者文学鉴赏的过程则是对作者创造性表达的再创造过程，而文学评论家所作的文学评论，则是连接作者与读者审美经验的桥梁，即文学评论具有双重性。一方面，文学评论家是评论者；另一方面，文学评论家也可能是创作者。理想的文学评论应兼具双重功能，即在文学评论过程中，评论家一方面通过对原作品进行创造性的诠释与指导，在指导与拓展创作者的创作内涵的同时帮助读者更好地理解作品，引导读者的审美情趣；另一方面可以通过具象的作品、文学创作活动、思潮进行研究，探寻超越具象的抽象的文艺创作理论体系，深化为对文学理论、文学史的研究，实现理论范式的转化。

3）形随时易：文学评论的分类

（1）依据评论对象的体裁分类

按照文学作品的体裁来进行文学评论的分类是常见的分类方式，文学评论主要可分为：小说评论、诗歌评论和散文评论。

第一，小说评论。小说是文学创作的主要形式之一。人物、情节和环节是构成小说的三要素。针对一部小说的评论主要从这三个方面展开，就人物形象来说，把握人物形象的思想内涵与美学内涵，人物形象的真实性、典型性、生动性考察刻画人物的艺术手法，剖析人物的时代性；小说的情节是人物形象立体拓展、实现成长的"跳板"，所以在针对小说情节的分析中，往往需要结合人物形象的整体塑造，来分析情节的功能与作用；环境是人物与情节"活动"的背景，小说中的历史地理文化社会环境影响着人物的气质与精神，是人物诞生的"摇篮"，而具体的空间环境又能塑造人物心理、行动，推动某一情节的发展。

第二，诗歌评论。诗歌具有高度凝练、抽象等特点，十分注重语言技巧，诗歌评论需要探寻诗法，寻求诗味，直抵诗境，实现审美的愉悦。

第三，散文评论。散文具有"形散"而"神不散"的特点，评论应通过文体、结构、语言分析，拨开层层形式"外衣"求真，聚焦散文的情感、思想、主题、审美意境等进行分析。

（2）依据文学评论的主体分类

法国著名文学批评家阿贝尔·蒂博代认为文学批评可以被分为三类：自发的批评、教授批评及大师批评。按照文学评论的性质划分，又可进一步分为学术型评论与大众化评论。前者主要是专家学者等专业领域研究者，在学术研究的范畴内，力求客观性，遵循一定的理论和标准，对批评文学作品进行分析、研究、鉴别、判断，能够进一步完成理论构建；后者一般是普通的读者，更具有大众性，读完某一作品，心中情感沸腾，思绪纷扰，心中有言，如骨鲠在喉，不吐不快，将关于作品某一细节或是整体风格、主旨精神的感悟、思考诉之笔端，以书信形式刊登在报刊上，或是以点评、笔记等形式发表在社交媒体上，乱花渐欲迷人眼，相较于学者的评论，较少有理论建构，但重在个人生活、经验的代入，所以更具有零散性、主观性。

2.1.2 把握评论力量

1）以评论为"眼"，深化理论研究

文学评论是有效引导理论研究的"增值"，在实践文学创作中，文学评论对于各类具体的文学现象进行梳理、解读、概括、分析和总结，是对文学作品创作的审思，如果作用于文学创作的全过程，是促进文学发展的有力指导，在文学评论中提取具有普遍意义和典型性质的文学价值结论，总结和分析出文学发展的客观规律和创作的基本遵循，可以推动文学理论研究的深入开展。

首先，文学评论有一双发现规律的"眼睛"，发现文学创作的规律，发现文艺作品的本质，发现文艺带给人的力量；其次，文学评论有一双发现问题的"眼睛"，发现文学作品的问题，发现文学作品的缺陷，促进文学作品的提升；再次，文学评论有一双发现价值的"眼睛"，发现文学作品带给人的鼓励，发现文学作品的意义，发现文学作品的真善美。

2）以评论为"引"，促进文艺繁荣

文学评论是"引导"，是"指引"，是"灯塔"。文学评论具有双面的指导性，一方面，文学评论对文学创作给予具体的指导，给予正确的、有积极意义的，能够反映社会生活本质特征的文学创作，也对文学创作的不良倾向进行分析和评论，并提出指导意见，进一步促进文学事业的繁荣发展；另一方面，文学评论对文学读者鉴赏文学作品进行指导，指导文学读者用正确的欣赏眼光去欣赏文学作品，用正确的批评眼光去判断文学价值，体现文学评论的功能和作用。

3）以评论为"桥"，强化读者沟通

文学评论是"桥梁"，串联着文学创作与文学读者，文学评论对文学读者是双向奔赴，文学评论是连接并转换文学经验与文学理论的枢纽。一方面，文学评论反哺文学创作，让文学创作在创作的时候能够创作出更多的精品；另一方面，文学评论更作用于文学读者，肩负着文学批评。文学评论还肩负着向广大读者推荐、介绍优秀作品，帮助读者深刻领会蕴涵于文学作品中的思想意义，欣赏文学作品的艺术特点，以提高普通群众的文学鉴赏水平的功能和作用。

4）以评论为"媒"，赓续文化基因

文学评论是"媒介"，首先，文学评论自身就具有"媒介"属性，通过文学评论了解文学作品，介绍文学作品，指导文学作品；其次，文学评论为当代的文学读者提升鉴赏文学作品的能力；再次，文学评论还为文学宝库增加一份给后人留下的宝贵的文学遗产，以自己的创作思想、创作风格、创作手法影响着后世的作家，后世的作家也必然凭借前人营造的文学殿堂的既定的现实条件去推动自己时代的文学发展。

2.2　管窥时代微澜，共赴文学之变

如何理解文学与时代的关系？文学具有"为时代画像，为时代立传，为时代明哲"的功能，这是强调文学对于时代的回应，而不可忽略的是，与此同时，时代也在促进着文学的发展。

2.2.1　时代之变与文学之变

置身21世纪的大变革时代，处在中国现代化转型的分岔口，"不识庐山真面目，只缘身在此山中"，我们难免不能意识到时代镜湖下的微澜，而这股微澜也许会在某天汇聚成洪流，裹挟着我们奔腾向未来的纵深处。文化研究中，一直存在"他者"与"我者"的视角，以今人即"我者"的视角观今日之变局，因是我们日常生活中所习见的，我们不免觉得这是"常态"，是时代的溪流；但若是后人借助史料回溯，像是用望远镜般拉近时空的距离，以"他者"的视角来观之，必会发现隐藏在今人日常生活中被"忽略"的常态化"变态"，这是时代的洪流。如果我们只是将目光聚焦于当下，很难发现

事物的全貌；若纳入比较研究的历史视野，往往会更容易判定我们所处的时代坐标。放眼当下，移动互联网、大数据、云计算、人工智能等信息技术变革方兴未艾，掀起了一场时代巨浪，这场巨浪的影响不仅在于重组了人类社会的连接方式，比如人与人的互联、人与物的互联，更深层次的影响在于其中正在孕育的、全新的、主导世界的生产力。这种生产力正在重塑既有的权力分配格局。就文学而言，这个巨变有两对关系：其一是，文学与媒介的渊源。其二是，文学与政治的纠葛。

1）媒介之变与文学之变

媒介转型升级打破知识的垄断，推动文学上路，在两千多年里经历了从贵族化到精英化再到大众化的历程。这个历程又有两条轨道，一条涉及传播与接受，另一条涉及创作与评论。如我们将视线拉回一百余年前，可以看到这种转型的后半程，近代报刊的兴起，促进了"新文化运动""五四运动"以来的"思想启蒙"，进一步推动文学从"精英专享"走向"大众可享"，于是可以明确地判定出我们当下的坐标：21世纪以来的自媒体兴起，另辟蹊径地促使文学从"精英创作"走向"大众创作"。

在中国古代，"学而优则仕"，知识掌握在官僚文人手中，普通大众没有机会接触到书籍，也缺乏识文断字的能力，既不是文学的读者，也不是文学的评论者，更不可能是文学的创作者。诵读《送东阳马生序》，我们仍为明代文学家宋濂求学时家境贫寒，只能冒着寒冬，借他人之书抄录阅读的不易而动容："天大寒，砚冰坚，手指不可屈伸，弗之怠。录毕，走送之，不敢稍逾约。"这也从侧面透露出在媒介垄断的时代，知识被圈养在社会精英阶层的"金笼"里的社会现实。而放眼当下，你永远闹不清楚自己身边究竟有多少亲朋好友正在自媒体账号上偷偷写文，他们白日里在企业兢兢业业，在地头默默耕耘，夜晚则华丽转身，成为网络世界的"二次元游侠儿"，"马甲"上阵，挥斥方遒……

2）政治之变与文学之变

权力规训文学，改写文学的立场、价值与服务面向。文学生态与政治生态紧密相连。探索民族救亡图存之路，实现民主、独立、自强，是20世纪中国历史发展的主流。中国的文艺深深地被纳入到政治现代化的洪流中，在加速化的历史进程里，踏上了一条前路漫漫又惊心动魄的文学现代化之路。文学革新与民主革命相辅相成，具有浓重的政治色彩。20世纪，中国文学的每一次重大转折，都源于回应社会上强烈的政治诉求。"新文化运动""五四运动"等政治文化思想运动使知识分子拿起文学武器，通过文学革命，实现宣传民主、科学、革命思想，企图通过构建现代文学，发起一场划击夜空的思想启蒙，实现一场广泛的民众教育与社会动员，进而推翻旧政府，建立理想新社会。中国共产党通过在军事政治与文化双战线上"软硬"相和，形成了"文、武"两条革命斗争战线。在民主革命的进程中，人民群众在历史发展中的创造性作用凸显，成为时代和社会生活的主体，而作为反映时代变革的文学，其立场、服务对象和方向发生变革。人民大众最终成为文艺的服务对象和主体。1942年，毛泽东在延安文艺座谈会上的讲话奠定了新中国文艺发展的政治基础、思想核心，确立了文艺的方向和风格。[8] 在讲话中，他强调文艺工作"是为人民大众服务的"，指出文艺创作要求"政治与艺术的统一""其中，政治标准是第一位的，艺术标准是第二位的"。随着新中国成立，文学建设作为社会主义文化建设的重要组成部分，通过历史叙事的构建与时代精神的塑造，持续推进现代中国的转型与发展，共同推进了当代中国的政治变革、社会改造与文化建设。

从中国整体发展的革命性进程来看，近现代以来，中国长期处于革命斗争的冲击下，也使中国长达100多年处于剧烈的动荡与断裂之中，其表现在思想上动荡，精神上焦虑，在革命时期，革命的文艺给革命带来了希望和动力，"星星之火，可以燎原"。革命的文艺为革命提供了可理解、可感觉、可需求的艺术形象；给民众带来了可以接受的历史，进入历史情境，并且从中受到审美的抚慰；革命的文艺描写和建构了革命的斗争历史；革命的文艺承担着抚平这些斗争的痕迹与历史断裂的任务。毛泽东同志始终在寻求革命文艺的民族化形式与风格，以此来使革命性的文学艺术具有本土化的可接受性。党需要通过文学艺术在历史发展中把握现实，通过描写党的艰苦卓绝的斗争历史，战胜各种困难终于取得胜利，来建立现实斗争的信心和深度的自我认同，这对于全社会来说也是一种信念的保证。现代性在文学上的表达，渴望建构宏大的历史叙事，以此来展现统一的总体性的历史。

3）新时代与新文学

党的十八大以来，以习近平总书记为代表的党中央领导人十分重视文化自信，重视马克思主义的中国化探索、传统文化的活化创新与当代表达，将马克思主义与中国特殊的历史与文化结合，并积极对外进行文化传播，构建人类命运共同体，促进具有时代性、民族性、国际性的中国社会主义大繁荣。2017年，习近平总书记在党的十九大报告中指出中国特色社会主义进入了新时代。如何理解这个新时代的内涵呢？

一是，我国发展新的历史方位。这意味着近代以来久经磨难的中华民族迎来了从站起来、富起来到强起来的伟大飞跃，迎来了实现中华民族伟大复兴的光明前景；中国特色社会主义道路、理论、制度、文化不断发展，拓展了发展中国家走向现代化的途径，给世界上那些既希望加快发展又希望保持自身独立性的国家和民族提供了全新选择，为解决人类问题贡献了中国智慧和中国方案。

二是，我国社会主要矛盾已经转化为人民日益增长的美好生活需要和不平衡不充分的发展之间的矛盾。我国社会主要矛盾的变化是关系全局的历史性变化，对党和国家工作提出了许多新要求。我们要在继续推动发展的基础上，着力解决好发展不平衡不充分问题，大力提升发展质量和效益，更好地满足人民在经济、政治、文化、社会、生态等方面日益增长的需要，更好地推动人的全面发展、社会全面进步。

在此国内外形势的剧变下，习近平总书记提出要讲好中国故事，从而推动新时代社会主义文化繁荣兴盛，推进国际传播能力建设，展现真实、全面、立体的中国，提高国家文化软实力。

新时代呼吁新文学的诞生，新文学呼吁新文学评论的诞生。要讲好中国故事，离不开文艺繁荣；要促进文艺繁荣，离不开文学繁荣；而要促进文学繁荣，离不开文艺评论的繁荣。如果说新时代文艺是历史变革和前进的先导，新时代文艺评论就是先导的先导。新时代文学评论要充分发挥力量，推动新时代文学"为天地立心，为民族立传，为时代画像"。

2.2.2 新时代文学创作生态转变

21世纪，随着互联网技术的发展，以互联网通信技术为依托的各类媒介涌现，深深嵌入大众生活的方方面面，社交媒介与人类本身深度交互与嵌连，一个随时随处即达的无界网络空间串联起世界的物理空间、社会的文化空间，缔造了一个开放、共享的互联网世界，其中就包括了虚拟无界的公共文化场域。可以说互联网与社交媒介的普及，解放了文学创作的生产力，丰富了文学创作的生产要素，进一步加速了文学艺术的大众化和数字化转型，文学不再是特定社会阶层、精英创造的专利，而变成了普通民众参与共享、参与创作的精神资源。在这个人类历史上具有里程碑意义的互联网世界中，包括文学在内的万物逐渐获得了数字化的分身，开启了一场"基因突变"的进程。从聚焦文学创作来讲，文学作品如电子书刊、有声书籍、交互式书籍等以多样化的网络视听形态再现，给人们的阅读享受带来了多重选择，从纸上到屏幕，从视界到耳畔，从独品到众评，从读者到作者，从脑海到云端……文学创作、阅读、评论等方式、渠道、主题发生了深刻变化。

1）媒介深融时代，大众阅读方式发生转变

1994年，中国正式接入国际互联网，在日渐成熟的互联网通信技术的支撑下，通信设备如电脑、智能手机、电子阅读器等媒介逐渐普及。从"入网"迄今，经过20余年的发展，数字化阅读已然超越纸质阅读，从最初的"电子出版物在国内读者中的使用率只有4.4%"[9]，到现在"人人有手机、时时皆可阅读"，成为大众主流的阅读方式，可以说大众阅读加速了"数字化"阅读时代的到来，反过来，"数字化"阅读又支撑了大众化阅读的发展。相较于传统的纸质阅读，数字阅读具有交互性、非线性、开放性等特点，纵观"数字化"阅读时代的来临，离不开通信技术大众化、阅读媒介多样化、内容生产多元化、阅读渠道的多样化。

（1）通信技术的大众化

2009年1月7日，工业和信息化部为中国移动、中国电信和中国联通发放3张第三代移动通信（3G）牌照，此举标志着中国正式进入3G时代。在第三代移动通信技术支持下，用户可以通过手机连接互联网，浏览图文音视频，享受多媒体搜索、数据传输服务，在移动通信技术的支持下，手机成了除电脑之外，大众进行网上阅读的重要媒介，并且具有方便、快捷性。2014年，第四代移动通信技术在国内逐渐被推广，适应了移动数据、移动计算及移动多媒体运作的需要，极大地推动了智能手机的普及及数字阅读生态的构建。通信技术的大众化支撑了手机等上网设备的大众化，为数字阅读时代的到来奠定了技术支撑，培育了行为习惯，构建了文化空间。

（2）阅读媒介的多样化

《尚书》言："惟殷先人，有册有典。"曾经，造纸术的发明改变了古代信息传播的方式，纸张替代了甲骨、铜器、兽皮、竹册、绢布，成为更为便捷、廉价、高效的新兴书写载体与阅读媒介。从"韦编三绝"到"洛阳纸贵"，依靠新兴媒介的赋能，文化在更大的范畴内实现了传承与更新。如今，电子屏替代了纸张，成为新兴的书写载体与阅读媒介，海量的云端数据存储，及时可获取的阅读体验，进一步降低了享受知识的门槛与费用，推动文学进一步下沉到社会底层。

数字化阅读时代，人们不仅可以通过手机等智能媒介开启数字化阅读之旅，还能享受电子书阅读器带来的"仿真沉浸式阅读体验"。索尼（Sony）公司于2004年推出了电子书产品"LIBRIe"，该产品采用了电子墨水屏的设计，让用户具有了"仿真"的纸质书阅读感。同时，索尼公司还开始了电子书的租赁服务"Timebook Town"，推动数字化产业链逐渐实现闭环。此后，美国亚马逊（Amazon）公司于2007年推出了Kindle。2013年6月7日，Kindle进入中国市场，用户可以通过Kindle购买、下载和阅读电子书、报纸、杂志，随着电子书阅读成为一种新兴的阅读潮流，国产电子书阅读器也相继涌现。2008年，汉王电子书阅读器上市，2015年掌阅电子书阅读器上市，2019年阅文推出智能移动阅读硬件——口袋阅等等，在国内电子书阅读器市场，Kindle占据一席之地。电子书阅读器虽然有专业化的阅读体验，但相对于手机阅读，资源获取相对较难，功能较为单一，显得较为"鸡肋"，于是，依托智能手机、平板电脑等智能设备的专门的电子阅读软件相继出现。掌阅科技股份有限公司于2011年推出一款移动阅读软件——掌阅（iReader）；当当于2012年推出了当当读书客户端APP、手机阅读以及自己的阅读器——都看，同年，京东推出京东阅读，腾讯于2015年推出微信读书……手机读书APP的多样化，因其便捷性强、费用低，搭建了不同的数字化阅读场景，满足了大众日益增长、个性化的阅读需求，进一步促进了文学的大众化。

（3）阅读形式的多样化

随着社会阅读需求的个性化，场景的多样化，阅读已不再局限于"视觉"，而是通过"视听"多维方式呈现。2011年，蜻蜓FM上线，汇聚广播电台、版权内容等优质音频IP，其内容覆盖文化、财经、科技、音乐、有声书等多种类型，成为中国领先的音频内容聚合平台之一。2012年，懒人在线科技有限公司成立，推出懒人听书等产品，为用户提供移动听书、移动听电台、移动听新闻等移动有声收听服务；2013年，喜马拉雅在线音频分享平台上线，吸引内容创作者入驻，丰富的内容资源通过音频播客、音频直播等形式丰富用户的精神文化生活。除了专门的在线音频服务平台外，部分阅读软件还开通了AI阅读功能，如微信读书，用户任意打开一本电子书，使用该模式，便可获得畅听书籍的享受。

2021年4月16日，第七届中国数字阅读大会发布了《2020年度中国数字阅读报告》（以下简称《报告》）。《报告》指出，全国数字阅读用户规模达4.94亿，比2019年增长5.56%，人均电子书阅读量9.1本，人均有声书阅读量6.3本。与此同时，人均纸质书阅读量6.2本，比2019年减少2.6本。[10]截至2021年12月，我国网络文学用户规模达5.02亿，较2020年12月增长4145万，2021年，网络文学行业持续稳健发展。[11]2022年，李克强总理在作政府工作报告时提出"深入推进全民阅读"，而今，数字化阅读因海量性、便捷性、及时性、互动性、经济性，成为全民阅读的主流形态，昔日藏书汗牛充栋，方能遨游烟波书海，今日一机在手，便可"观古今于须臾，抚四海于一瞬"，不仅目遇之成文，耳听之亦为文，阅读方式发生了系统性的变化，深深影响着包括文学在内的知识内容的生产。

2）媒介深融时代，文学创作生态出现增量

互联网时代催生出独特的网络文化，网络文学便是其一。1998年，还是在读博士生的蔡智恒以"痞子蔡"的笔名用两个多月的时间在BBS上连载了小说《第一次亲密接触》。这部小说用"稚拙清新"的语言，讲述了网络时代青年人之间的真情，被认为是中国第一部网络小说，而蔡智恒一举成名，成为中国网络小说的"鼻祖"。

（1）文学形态出现增量

随着网络文学的出现，学界开始研究网络文学现象，厘清网络文学的定义。什么是网络文学？可以从渠道和艺术特色两方面去探讨。渠道便是指发表在网络平台上的文学作品，而艺术特色则是指具有"网感"的文学作品。前者可以是在各大文学网站、电子期刊、自媒体上发表的小说、诗歌、散文等文学作品，从环节上来看，可以是仅在网上发表，也可以是先在网络上发表，后出版实体书籍；还可以是先出版实体书籍，再在网上发表，范围较为宽泛。而后者，则是从文学作品的艺术特色去分析，比如说网络文学作品的语言词汇往往使用"网络语言"，这在网络小说中较为常见，而在语言风格上，往往具有象征性、荒诞性、虚无化、碎片化、反规则性等特质。

但我们需要明确的是，"传统文学"与"网络文学"并不是不可转化的范域。"传统"一词本就隐含着被超越的动态内涵。可以说，在网络时代之前的文学变革是以纸质书籍为载体的文学创作在精神内核、艺术特色层面的不断变革，而在网络时代的文学变革，则是因文学作品的载体从纸质到数字化的变革，而引起的创作生态的变革，这是"基因"的重组。在媒介深度融合的背景下，为了适应信息传播的转型与文化市场的需求，传统以"实体书"出版为主要渠道与目的的文学创作在不断塑造自己的数字"新身份"，一方面是已出版的实体书籍走上了"网红"道路，衍生出适合智能手机、电子阅读器使用的数字书籍；另一方面，作家、文学工作者在网络平台上开拓自己的"第二战场"，不仅在创作渠道上出现"网络化"倾向，更是在艺术创作上汲取网络文学的营养，语言风格"清新俏皮""灵动多变"，让广大读者有了"耳目一新"之感。所以，在媒体深融的时代背景下，"传统文学"与"网络文学"的分野逐渐模糊，"传统文学"在适应数字化阅读市场的需求，实现"纸质+数字化"内容的融合布局，所以要从发表的渠道即"是否上网"去分辨，无异于"缘木求鱼"。而网络文学是否能形成自己独特的艺术特色，从而从"形式之变"上升为"内容之变"、独成一种文学体裁，笔者认为这是"网络文学"作为一种文学体裁真正成熟、确立的标志，也是学界一直争论不休的议题。

（2）创作渠道出现增量

1997年，榕树下文学网站成立，是国内历史最悠久、最具品牌的文学类网站，迄今已创办14年。2002年，起点中文网成立。2003年，晋江文学城（别名：晋江原创网）创立。2008年，纵横中文网成立。2013年，创世中文网成立，集阅读、创作、互动社区、版权运营于一体。网络文学网站纷纷成立，引进创作者入驻，小说为主要文学体裁，内容涉及武侠、修仙、言情、悬疑、历史、科幻等多题材，以运营为主，孕育出了一批受网民追捧、具有浓厚休闲娱乐性的文学作品。继文学网站之后，自媒体平台成为网络文学创作的又一主要阵地。2009年，新浪微博上线；2011年，微信上线；2012年，微信公众平台上线；2015年，简书App上线……因开放性、共享性、便捷性，这些成为大众进行文学创作的活跃场域。

（3）创作主体出现增量

互联网时代，作者与读者的身份逐渐模糊，如果我们降低对文学作品"专业水准"的要求，则必须承认，在当前的文学创作中，呈现出"多元主体""百家争鸣"的态势。在互联网内容生产中，可以分为"UGC"（User Generated Content）、"PGC"（Professionally-produced Content）、"OGC"（Occupationally-generated Content）三类，即用户内容生产、专业内容生产、职业内容生产，这对于当下文学创作的主体来说，也同样适用，即当下文学创作主体存在"大家""专家""行家"。"大家"是社会大众，他们在微信朋友圈、微博、简书等平台上发表的诗歌、散文、小说等等，便是用户内容生产。"专家"是受过文学写作训练，具有一定文学专业素养的专业人士，他们在网络平台、社交媒体上发表以及以纸质、数字形式公开出版的文学作品，便是专业内容生产；而"行家"是指职业作家，他们所做的文学创作便是职业内容生产。可以说，"大家""专家""行家"三者之间的范畴并不是截然分离的，而是存在交叉关系，"专家"是"大家"中具有文学专业背景、素养的那一批人，而"行家"则是"专家"中靠职业写作谋生的那一批人。在这样多主体参与创作的文学生态下，文学创作呈现出"海纳百川""众声喧嚣"的态势，造就了当代文学作品海量爆棚。

（4）创作影响力出现增量

当下，文学创作尤其是网络文学创作往往因其受众范围广、文化影响力强，其"经济"价值得以强化。一部当红文学作品会往往成为核心"IP"，在产业模式的运作下，其价值得以延展，衍生出不同形式的文艺形态，实现"经济价值"的最大化。近年来，网络小说如《花千骨》《香蜜沉沉烬如屑》《大秦帝国》《长安十二时辰》《琅琊榜》

等小说在积累人气之后，被改编成电视剧、网络剧，一度引起社会大众的观剧热潮，文学作品在影视化后，再次焕发出二次生命力。又如早期的《第一次的亲密接触》，在1998年9月，台湾红色文化出版社出版了纸质版本《第一次的亲密接触》，图书销售处于排行榜前位，热销近60万册。1999年11月，知识出版社被授权在中国内地出版《第一次的亲密接触》，该书连续22个月位居畅销书排行榜，到2005年止，销售100万册。这部小说除了从"线上"转"线下"，以实体书的形式出版，还出现了多种衍生的其他文艺形式，比如2000年，被改编成电影，2004年，被改编成电视连续剧。而在不同文艺形式的加持下，文学作品的辐射人群、行业实现增量，随之文学作品的整体影响力实现了增量。

网络文学是在白话文运动之后的又一场文学革命，我们可以称它为"网话文"。在中国，一直存在"纯文学"与"通俗文学"之分。五四新文学运动以来，周作人、沈雁冰、鲁迅等进步知识分子，在改革传统文学，提倡"人的文学"时，同时反对鸳鸯蝴蝶派等通俗文学，将其视为"非人的文学"。20世纪30年代以后，"左翼"文学运动兴起，此类文学又被视为"封建文学""小资产阶级文学"，成为批判的对象。当下，互联网技术的兴起，以及5G、大数据、云计算等技术的日渐成熟为数字化的文学内容生产奠定了硬件基础，营造了网络生态，网络文学成为通俗文学的代表。

一方面，自媒体的开放性使得文学作品的发表门槛低、创作成本低、更新周期短，以小说为主要体裁的文学创作形成了细分类别、垂直化创作、深耕IP的创作模式，呈现出"量大、类多、泛娱乐化"的创作趋势；另一方面，随着大众文化水平的不断提升，作者与读者的基数不断扩大，相对自由的创作机制、成熟的稿酬制度、具有包容性的职业观念、富有潜力的创作市场，吸纳了一批热爱创作、擅长创作的"非专业"作家加入到创作"朋友圈"。从兼职到专职，从"萌新"到"大神"，伴随着中国网络文学经历20余年的春华秋实，日趋职业化、专业化的网络文学写作，使得网络文学这个阆苑中花团锦簇，涌现了如安妮宝贝、李寻欢、邢育森、韩寒、蔡骏、今何在、慕容雪村、步非烟、沧月、燕垒生、郭敬明、饶雪漫等在网络文学领域较有影响力的青年作家；同时，随着微信公众号、简书等自媒体平台的涌现，大众用户可以在自媒体乃至微信朋友圈撰写散文、诗歌，这为网络文学阆苑中增添了芳草萋萋，以网络作家创作为主导，全民创作为主流，网络文学创作呈现出"一干多枝"、碎片化、大众化的特点。

2.2.3 新时代文学评论生态转变

1）文学评论的价值之变

（1）文学评论呈现时代精神

在20世纪80年代，文学进入到了复苏与发展时期，也使得文学评论在这一时期成为引领社会思潮、引领改革的先进声音。但随着新时期文学逐步失去启蒙话语表达或是转喻的可能性，在20世纪80年代构建起来的"纯文学""迷思"其实也面临着广泛的质疑，以至于到了90年代，都普遍存在"文论失语"的普遍现象，在90年代后，"文学失却轰动效应"的呼声仍愈发频繁。

在此时代和历史的背景之下，进入21世纪以后，当代的文学批评出现了整体性症候反思与主体性重建同时发生的现象，因此，学界、业界都在探讨文学评论的时代价值和时代精神。2009年12月至2010年6月，《辽宁日报》在文化观察版推出大型系列策划——"重估中国当代文学价值"。国内外60余位文学批评家、作家或接受《辽宁日报》专访，或以文字形式参与"重估"活动。时任中国作家协会主席铁凝认为："《辽宁日报》选择了自己的参照系，从人文精神与市场经济关系入手，反思创作、批评和文化生产。主要思想基于：一个国家、一个民族、一个社会的文化成长，必须坚持人文理想，弘扬人文精神。因此，从本质上说，这次策划是1993—1995年'人文精神大讨论'的延续，是媒体对人文精神的再度追问。"[12]除了《辽宁日报》发声，《南方文坛》开设的"今日批评家"栏目及年度论坛，《当代作家评论》设立的"当代中国文学批评家奖"及开设的"批评家论坛""当代批评家研究"等专栏，《小说评论》的"批评家评论小辑"专栏，《艺术广角》的"70后"批评家栏目及访谈，《长江文艺》的批评家与批评家间的访谈和批评家与作家间的访谈等等，积极推动当代文学评论生态的构建。尤其值得注意的是，2016年11月，《今日批评百家：我的批评观》一书出版，书中集结了1998年至2015年《南方文坛》"今日批评家"栏目的96位批评家的文艺批评文章。在近20年的时间跨度中，《南方文坛》"集成了中国四代优秀青年批评家"，"不同个性的青年批评家以其敏锐犀利、才情思力的言说，形成敏感深刻、灵动丰盈的批评文风，不仅再现近20年来文艺批评的争鸣和共鸣，又试图还原历史，更在于描述和激励当下"[13]。可以这样说，《南方文坛》在一定程度上见证了21世纪以来当代文学批评的历时性发展过程。

事实上，当代文学的研究伴随日益的学术化与理论化的发展，在"由批评而学术"背景下，当代文学的批评与学术化和理论化的文学研究也发生了必然的关联。以"今日批评家"为代表的一些文艺评论栏目对文学批评事业的关注也进一步推动当代文学批评的专业化、学术化发展。其实，文学批评本来就应该和文学作家的文学作品、文学思潮等研究一致，成为一个有机的、完整的文学学科的组成部分，成为一个整体的系统。

纵观当代文学批评历史阶段的演变，文学是体现时代发展精神的，是呈现时代发展变化的，是为时代发展而服务的，对文学评论的认知，应该从主导一个时代的基本问题的提出及其解决的角度，来把握文学评论的历史演变与发展。诚如贺桂梅所说："一个时期有一个时期的问题，一个时期的问题往往会决定这一时期的批评者写作的基本方式。"[14]这对批评史的描述呈现了重要的预设，意味着一个时代有其一个时代的精神，正是每个时代的精神，决定了每个时代文学评论的阶段性的演变。这种方法是针对时代发展的精神对文学作品问题的描述，在时代发展阶段性的特征下，文学作品的表现形式是不同的，其每个阶段的内在轨迹演变也不同，因此，时代不同，每个阶段呈现的特色也不同，其逻辑也不同。也就是说，文学评论要展现时代的精彩，彰显时代的精华。所谓纯粹的"文学性"是不存在的，文学就是一个"事件"或"话语实践"，文学作品、文学评论都是一个在系统中的动态的范畴，是时代的代表和体现。

十八大后，社会主义进入新时代。新时代有新时代的精神，文学评论更应该发挥新时期重要的作用，不能仅仅作为附庸于现时作家作品的评论性写作，应该发挥其新时代的作用和功能，切实落实文学批判的价值并促进新时代文学发展的方向，促进文学思潮的发展。

（2）文化研究与文学评论融合

文化的研究在21世纪初十分兴盛，事实上，中国的文化研究在学科的区分上，并不是出于独立的学科的属性，很多从事文化批评和研究的学者都是从当代文学批评中转变而来，而很多文化研究的深入发展恰恰是从文学批评当中的文本分析获取阐释的有效性。王鸿生认为："当代汉语文学批评已拥有两种不同的文化批评经验：80年代中后期的伴随寻根文学而起的'文化热'；90年代晚期勃兴的'文化研究'。"[15]

文化是时代的镜像，是时代的记录者，也是时代的讴歌者，文学评论和文化研究有着进一步的联系和关系。一方面，把文化研究的知识体系和视野拓展到文学评论，会对文学评论有一定好的影响；另一方面，文学批评在对文学作品进行解读、分析、阐释价值与意义的时候，是不能过度依赖于文化的研究的，如果这样，文学评论也会面临着过度的诠释和解读。

文学评论与文化研究的关系相互独立但是也有联系，文学评论与文化研究都是在一定语境中产生的阐释路径，新时代的文学评论应该区别于传统的泛纯文本的文学批评，强调融合传统的审美批评与文化视野于一体，走本土化的文学文化批评之路；新时代的文学评论强调文学批评的价值立场和面向社会现实的文化批判，应该站在文化哲学的角度来批评文学与阐释文学理论；新时代的文学评论家可以是文化哲学家，文学评论具有重视文学的"富于诗意"的"审美性品格"，又有更为广阔的"文化视野"的"文化诗学"之路。

在任何时代，文学都是文化的组成部分，因此，新时代的文学评论应该在文化研究的基础上，在本土化的过程中吸收传统古典文学批评的精髓，重建新时代的文学批评理论体系，阐释文学作品价值；新时代的文学评论应该突破传统的"不及物"批评的文学批评方式，强调文化语境、历史语境，避免新时代文学评论走向文本空洞言说的过程；新时代的文学评论不应该成为依附于某一学科的庸俗社会学，应该在新时代的语境中重新激活历史阐释和文化阐释的自身活力；新时代的文学评论还要延续"诗言志""文以载道"等古典文学的正统，不可缺失价值立场或者混乱价值立场，强调文学批评的主体性，强化共识；新时代的文学评论应该为文学批评和文化研究找寻到融合的最大可能性，文学批评和文化研究之间有显著区隔，也有密不可分的关联，如何发挥二者在阐释对象时的各自优势，寻找到一个可能的契合点，是当代文学理论亟须解决的问题。既不拒绝跨越学科边界的开放性阐释视野，又注重构建文学批评自身主体性的内在要求，决定了其能够整合文学批评和文化研究，达到当代文学批评较为理想的状态。

（3）文学评论的主体性价值凸显

胡功胜认为，20世纪90年代以来的中国文学批评面临的文化语境非常复杂，文学批评的主体性同样缺乏。倘若寻找其原因，不外乎表现在两个最基本的方面：其一，随着中国市场经济向纵深处发展，其内在逻辑使文学批评必须服从于利益至上和效益优先的原则；其二，在全球化语境下，西方现当代文论的横向扩张相当强势而恣肆，这样，中西文化交流主体之间就存在着一种关系的不对等性，于是，文论的交流实际上已经变异为西方文论霸权对中国文论的强势同化。这二者共同导致了中国当下文学批评主体性的深刻危机。[16]因此，新时代的文学评论，应该积极发展，相较于传统的文学评论，在主体性上应该更加凸显价值，提升文学评论的主体性，加强文学评论的独立性、自主性与能动性。

其一，新时代的文学评论要加强主观能动性，突破对于作家文学作品的严重依赖性。文学评论不是文学作品的依附，是独立于文学作品单独的文学言论，是具有独有价值的文学解读。一直以来，在文学界尤其是在作家那里存在着一种曾经一度成为主流的观念，即作家的文学创作是第一性的，评论家的批评实践是第二性的。在当前，这种观念依旧存在相当大的市场，它极度地削弱了文学批评者的主观能动性和创造性，因此，新时代的文学评论要强化评论的价值，增强主体性。

其二，新时代文学评论要加强其独立性，当代文学批评仍然缺乏足够的独立性，这主要表现为两点：一是新时期以来文学评论学科建设尽管取得了不小的成绩，但评论学界的学科意识依然不够明朗，具体的文学评论实践缺乏应有的合理的评论方向确立的自觉，文学评论对于文学理论和文学史建构的积极价值与意义不甚彰显；二是当下的文学评论依然在很大程度上受制于广阔的社会文化语境，甚至是政治因素，在一定意义上说，文化批评的当代兴盛更为加剧了这一状况；相应地，在对批评的具体情境的关注前提下开展的自觉并相对纯粹的文学评论实践并不多。

其三，新时代文学评论要加强自主性，不能让文学评论落后于创作。事实上，文学评论家、文学作家之间是显明的互利性共谋关系，二者之间的关系是独立而联系的，在现有的文学评论市场语境下，更应加强文学评论的自主性，反哺文学的创作。

其四，新时代文学评论要加强价值性，文学评论要有价值性，价值是文学评论实践的根本要求，也是其生命力的保证，新时代的文学评论，要辨别西方文学批评理论的强势"入侵"，汲取精华，发出自己的声音，彰显自身的地位，明确新时代文学评论的担当。

2）文学评论的空间之变

文学评论的空间可分为学术的期刊书籍、行业的报纸杂志，而在当下，文学评论的空间进一步拓展，开辟了线上的网络评论空间，专家学者、业内人士或是社会大众通过电子期刊、报纸以及社交媒体如公众号、论坛、贴吧、书评等对文学作品进行专业化或大众化点评。尤其是社会大众自发进行的网络点评，具有去中心化、即时性、互动性，成为文学评论空间的典型增量。

（1）专业评论的数字化

首先是学术期刊的数字化。截至2022年2月，在知网上搜索，主要有12家文学评论电子期刊，分别为：中国社会科学院文学研究所于1959年主办的《文学评论》，中国社会科学院外国文学研究所于1987年主办的《外国文学评论》，江苏省作家协会于2006年主办的《扬子江文学评论》，四川大学文学与新闻学院华文教育基地、985工程文化遗产与文化互动创新基地于2013年主办的《华文文学评论》，湖南省文学评论学会于2020年主办的《南方文学评论》，江苏省社会科学院于1990主办的《世界华文文学论坛》（曾用刊名：台港与海外华文文学评论和研究），《外国文学研究》编辑部，世界文学评论编辑部(武汉中图图书出版有限公司）于2013年主办的《世界文学评论》（高教版），广东省作家协会于2017年主办的《粤港澳大湾区文学评论》（曾用刊名：网络文学评论），南京大学文学院于1997年主办的《文学研究》（曾用刊名：文学评论丛刊），曲阜师范大学于2003年主办的《现代语文》（学术综合版，现代语文［文学评论版］，停刊），山东省作家协会于1985年主办的《新世纪文学选刊》（上半月，曾用刊名：文学评论家），中国新文学学会、刘醒龙当代文学研究中心于2012年主办的《新文学评论》。

其次是评论期刊依托社交媒介进行社会化运营。截至2022年4月5日，在微信上搜索"文学评论"相关公众号共有34个，其中，以期刊媒体为运营主体注册成立的有4个：《文学评论》（中国社会科学院文学研究所），《外国文学评论》（中国社会科学院外国文学研究所），《扬子江文学评论》（扬子江诗刊编辑部），《粤港澳大湾区文学评论》（《少男少女》杂志社）；以其他组织注册运营的有1个：《南方文学评论》（湖南省文学艺术评论学会），以个人名义注册的有29个，如《世界文学评论》《华文文学评论》等。上述文学评论微信公众号以期刊媒体为主，分享评论文章。虽然上述期刊积极适应媒介时代的信息传播格局，进行社交化的运营，使得文学评论打破较长的生产周期，走出象牙塔，进行大众化传播，但因其评论文章的学术性和专业性，受众仍较为小众，影响较大的如《文学评论》，每篇文章阅读量一般在2000~5000次。

其次是相关文艺组织机构打造网络资源平台，如中国作家网、中国文艺网、人民网《文艺评论》版块等。

（2）大众评论生产的普及化

互联网时代，催生了一个大众点评的时代，相较于此前的普通人在生活中对其他事物的点评，互联网时代的大众点评则是以数字化图文文本的方式固定下来。就文学而言，Web1.0时代，网友在 BBS 上的文学群落，或者个人日志、博客上发表点评。因上网设备的不便，互联网的普及程度不高，此时的大众点评还未形成较大的影响力。随着

Web2.0时代的兴起，互联网普及程度提高，网民基数增大，网络文学大规模商业化，网络文学发展空间进一步拓展，网络文学影响力日益增强，"书粉"扎根网络社交媒体平台，成为大众文学评论的重要场域。社交媒体上的大众评论可按阅读与评论的进行模式，分为两种模式：其一是，阅与评相对分离，即读者在阅读后转战社交媒体上进行评论，如读书网站论坛、百度贴吧、读书论坛等为主要阵地的大众评论区。在网络社交平台上，读者通过相同的议题聚集，进行即时互动，相关讨论涉及传统文学、网络小说。尤其是在读书网站书评区的评论因其直接与创作者产生交互：一方面，对作品的价值、内涵进行了丰富与拓展；另一方面，对于某些连载小说来说，读者的评论直接影响了作品的创作走向。又如百度贴吧，贴吧主题或以作家为名，或以作品为名，或以文学类别为名，比如《红楼梦》吧、《尚书》吧、苏轼吧、文学评论吧、现代文学吧等等，"楼主"建楼，吧友跟帖，以图文、视频等多元方式进行交互，或是长评，或是短评，抑或对答、谈天式的你来我往，多样化的互动中，实现思想的交锋，资源的共享，不断拓展探讨文学的多元视角。其二是，阅与评同时进行，即"边读边评"，这个功能在读书APP上得以实现，以微信读书为例，读者读到与心契合的佳句或是存有疑问之处，可以在线创建笔记，记录心得体会，相应笔记会被读本书的其他读者看到，这种体验就像是在图书馆阅读书籍，时不时地翻到前人留下来的书签批注，但不同的是，那个在图书书签上留有墨香的前人已杳无踪迹，不可追寻，你只能凭借她娟秀的字体，判定是一位钟灵毓秀的佳人，而在读书APP上，你可以直接与前人进行互动，为她点赞，再续写笔记，划着文学的小船，在网络的平行时空里收获一段书友之情。

3）文学评论的对象之变

网络文学的诞生扩大了文学评论的领地，这是毋庸置疑的事实。但相对地，另一个无法逃避的事实是，现代文学一直存在"纯文学"与"通俗文学"之争，在专业的文学评论里，对于"纯文学"的研究明显甚至是压倒性地超过"通俗文学"的研究，这让我们不得不面对这样一个事实，"通俗文学"虽然拥有更多的读者，但它在现代文学里，一直处于"边缘地位"，而网络文学则是现代文学中"通俗文学"的主流。关于网络文学是否能成为独立的文学体裁的争议一直没有停息，而网络文学虽然在社会上的影响力日益增强，但其地位长期以来处于缺乏学界认可的尴尬处境中。

我国从2005年正式成立的中国出版政府奖，是我国新闻出版领域的最高奖，每三年评选一次，旨在表彰和奖励国内新闻出版业优秀出版物、出版单位和个人。我国网络文学出现至今20余载，直到2021年，网络文学作品《大国重工》斩获该奖，才结束了网络文学作品缺席该奖项的历史。这足以说明网络文学从通俗文学走向主流文学，仍需要学界、行业携手，基于网络文学自身的艺术规律，构建相对稳定的理论体系框架，促进网络文学的拓展与提质。其中，网络文学评论是重要抓手。2004年，我国第一部网络文学批评专著《网络文学批评论》出版，该专著围绕多维视野下的网络文学批评、网络文学批评的主体、网络批评的美学特征、批评文本的革命以及回顾与展望展开研究，为网络文学评论系统理论体系构建奠定了基础。此外，蓝爱国、何学威的《网络文学的民间视野》，杨林的《网络文学禅意论》，聂庆璞的《网络叙事学》等专著从不同视角切入，进一步推进构建网络文学的审美体系、精神内涵与风格气质。2016年到2019年，欧阳友权、单晓溪、周志雄、邵燕君主持的网络文学研究课题先后被立项为国家社科基金重大项目和教育部哲学社会科学研究课题重大攻关项目。学界正在逐步强化对网络文学的研究和关注。目前，对上述期刊文章内容输入关键词"网络"检索有关网络文学的研究，得出如下结果：

序号	期刊名	关键词"网络"检索文章数/被引次数/下载次数
1	文学评论	19/502/22359
2	外国文学评论	0/0/0
3	扬子江文学评论	16/62/5093
4	华文文学评论	1/0/20
5	南方文学评论	0/0/0
6	世界华文文学论坛	14/66/4710
7	世界文学评论（停刊）	1/0/170
8	世界文学评论（高教版）	4/661/2
9	粤港澳大湾区文学评论	135/101/30262
10	文学研究	1/0/32
11	现代语文	24/65/5830
12	新世纪文学选刊	1/0/7
13	新文学评论	13/12/895

从上表可以看出，网络文学现象虽已出现20余年，但大部分专业学者、学术期刊对于网络文学这一新兴文学的研究极为缺乏，从文学领域研究"网络文学"处于边缘化的学术领地。而在上述期刊中，作为中国社科院文学研究所主办的《文学评论》，因权威性，虽然关于网络文学的研究较少，但影响较大；而于2017年开办的《粤港澳大湾区文学评论》，因其期刊聚焦网络文学研究，对于网络文学研究的力度较大，影响也较大，成为研究网络文学的学术新阵地，这表明近年来，网络文学地位的上升，学界对网络文学的逐渐重视。一方面，虽然有上述学人的探索，但应该看到，在各大文学研究期刊中，对于网络文学现象及作品的研究仍然欠缺，可以说网络文学作品入了大众的眼，但入学界的"法眼"，还需要一个逐步接纳的过程，中国文艺界需要掀起一场关于文学观念及标准的讨论，从而回应学术界长期存在的"网络文学是否能成为一种独立的文学体裁"的争议。对于网络文学，我们不能只是"现在看现在"，而要将其放到文学史漫长的历史中去考察它和传统文学在主题、情感、价值、元素上的联系，去考察它和"鸳鸯蝴蝶派"在商业化、娱乐化、通俗化上的渊源，网络文学并非"无根之水""无源之物"，事实上，如果仔细地回顾这样一段历史，会发现鸳鸯蝴蝶派文学跟网络文学形成了一种遥远的呼应。

可以预见，网络文学发展于互联网时代，冲击和颠覆了传统文学的表现形式，也革新了传统文学的阅读模式，并且碎片化的时间也打散了传统文学的集中阅读模式。网络文学经过长期的修炼，也正在逐步地从俗入雅，从流行走向经典。虽然可能这样的发展在一定时间里是十分困难的，但是网络文学表现出来的强劲的发展实力不容小觑，有着极大的发展空间。

伴随网络文学而起的网络文学评论，其评论对象变成了网络文学，就文脉传承而言，多数评论者可能集中关注网络文学与通俗文学的关系，但是，事实上，网络文学并不是单一维度的传承，而是多维度的混融，譬如玄幻小说既从本土文学传统中汲取营养，还受到西方幻想小说的影响，不少文本在题材、人物关系、叙事方式上都借鉴了网络游戏的制作模式等等。更值得注意的是，应该在综合视野中研究网络文学的文体来源，梳理清楚其来龙去脉，多数类型小说都有程度不同的混搭倾向，在叙事上普遍带有后现代色彩的碎片化特征。因此，这就加大了网络文学评论的难度。网络文学评论中文本分析类别的成果，大多重视对类型文的结构分析，将研究对象拆解成零碎的单元，致使研究也有明显的碎片化倾向，当把网络文学压缩在平面化的空间进行考察时，历时分析的空缺就会使研究失去深度和历史的参照。因此，网络文学评论更应主动找到网络文学的切入口，促进网络文学的发展。

4）文学评论的主体之变

新世纪之前，文学评论主要是依专业领域学者在专业学术或媒体平台上进行发声，具有专业性、学术性、小众性等艺术特色，普通读者的阅读体验、思考则缺乏发声。进入互联网时代，随着新媒体的赋能，针对文艺作品的市场检验标尺的介入，大众作为文学评论的主体的重要性以及可能性得到强化，大众评论的野蛮生长使得文学评论进一步开启去精英化进程。2022年2月，中国互联网络信息中心（CNNIC）第49次《中国互联网络发展状况统计报告》：截至2021年12月，我国网民规模达10.32亿，十亿多用户接入互联网，形成了全球最为庞大、生机勃勃的数字社会。庞大的网民群体加入文学评论的"评论家阵营"，围绕文艺作品在互联网上借助海量的自媒体平台发表观点，自成"一家"，形成了具有区别于专业文学评论的"大众文学评论"。

比如在运营较为成熟的读书网络社交平台——"豆瓣读书"上，用户可以通过添加图书信息，吸引其他用户进行评分、点评，如2021年"豆瓣读书"读书榜单，最受关注的图书为英籍作家石黑一雄所著的《克拉拉与太阳》。该书讲述了机器人克拉拉努力融入人类社会情感的故事，于2021年3月出版，截至2022年4月5日，已有29727人参与点评，评分为8.2。在书评区，读者就小说的主题、表现手法、艺术特色进行点评，并与石黑一雄其他作品进行艺术风格对比，相较于专业的文学评论文章，大众文学评论往往具有简短、零散、口语化、主观性等特点，评论者往往代入自身的阅读与人生体验，进行阐发式、感悟式的点评，但其中也不乏金句，如网友"宗城"评价该书："石黑一雄在新书中完成了对'记忆、时间与自我欺骗'的又一次追问。如詹姆斯·伍德所说，他可能是本世纪最接近纳博科夫的一位作家。"此外，读者还可以就作品的主题、结构、隐喻、风格、具体情节等发起论坛，与其他读者一起讨论，如关于《克拉拉与太阳》一书，读者创建了97个论坛，其中互动性最强的论坛是关于该书从英文原版翻译成汉语版的评价，有37条互动。

大众点评的影响是多维度的。以"豆瓣读书"为例，首先，大众点评成为文学作品口碑与影响力发酵的新渠道与重要力量，评分高低与好坏直接影响读者的阅读欲。其次，互动点评与论坛的"聚众化"效应，"仁者见仁，智者见智"的"亲民化"短评，适应了信息爆炸时代大众的"快节奏"的阅读习惯，多视角拓展了原作的表达空间，使作品的主题内涵、艺术特色被较为通俗易懂的语言所诠释，获得了"N次"创作的生命力。再次，基于大数据功能，平台基于读者的阅读兴趣，推荐相关的文学作品，强化个性化阅读服务，进一增强了文学作品的精准推动，提升了文学作品的"被接受"度，增强了文学的社会影响力。

2.2.4 新时代文学评论困境

1）"新旧""东西"间理论失序

（1）纯文学审美体系的迷失

纯文学审美体系在市场的冲击中迷失，其表现在以下几个方面：

其一，在各种理性的计算因子逐步地开始渗透在写作者的写作逻辑中，并逐步地改变他们的写作的思维和方式的时候，写作的文体就变得僵硬起来，也变得学术化起来，文学理论的危机似乎随之而来。事实上，文学理论危机呼声自20世纪末以来已成为国际文学理论基调，而中国文学理论的危机主要体现在"失语症"与"中西"之争上，无论是"西化现象"，还是刻意的学术化，缺乏思维与思想的时候，文学评论与文学现场、与读者的关系就变得越加捉摸不透。文学理论的危机是一个深层次的结构型的危机，并不是概念或逻辑的问题，也不是理论范畴的中西之争，而是文学理论与其研究对象及基础的文学经验的脱离。西方层出不穷的文学新论引导了当代文学理论一个区别于传统文论的重大趋势，即理论自我生产并相互依赖，而可以无涉经验，成为近乎数学一样的独立抽象系统。

其二，随着改革开放的发展，文学评论界因为市场经济的发展，在市场经济和审美价值的博弈中，经济发展的大潮使之纯文学审美体系迷失了自有的方向。很长一段时间，文学评论界背后乱象丛生，审美标准缺失，"过度娱乐化"、非理性化、低俗化和媚俗化、"红包批评"、"人情批评"和"有偿研讨会"等等现象的衍生，让文学评论不得不反思。一方面，20世纪80年代兴起的学院批评，随着高校学术体制的完善和批评队伍的壮大而逐渐成为中国文学批评的重镇，学院批评有着重学术轻思想、重学理轻判断的传统，高校的学术体制和研究范式逐渐弱化了批评主体的激进锋芒和批判气质，而使保守习气和纯学术特点趋于明显。学院派研究者形成的有着复杂理论引述、固定研究范式而批评主体缺失、立场中立的学术"遗产"，无疑是学院派的学术生产机制和研究范型的结果，过度的批评是否能够促进文学的发展？另一方面，随着改革进程的推进和经济本位的社会发展模式，金钱和利益继80年代后期政治神话式微后成为新的意识形态，金钱和利益作为一种强大的意识形态改造和收编了很多批评主体。金钱和利益改造批评家批评立场，经济效益埋没了文学评论的初心。

其三，在文学评论经历着"破"又"立"的发展过程中，西方现代文学评论观念与方法，在当代社会文化语境中辗转前行，似乎西化现象成为暗潮，导致了文学评论与文学本身的疏离。众多文学评论家大量搬用外国批评理论来解读中国文本，却与本土文化、当代社会渐行渐远。这样的评论无论从文体还是内容来看，无疑都是极其尴尬的。

因此，当文学评论看着纯文学审美体系迷失，在文学评论乱象的背后，在进一步恶化之前，出现这种危机的原因值得深思。今日之中国，文学评论经历了发展的路程，在评论的过程中，破了审美趣味的局促与狭隘，将文学审美从圣坛拉回民间，从精英回归大众，从艺术回归生活。文学评论在审美的自我解构中有了意想不到的副作用，即面对文学创作的文学评论逐渐丧失了判断的准绳——文学评论是审美的过程，但对于什么才是美，却出现了空前的混乱与迷茫。所以在这个时候，更应该保持时刻的清醒，当中国社会变革发展中使社会价值观出现缺失与迷乱的时候，当社会变革带来人们生活方式到思想观念的多样化的时候，当评判标准也发生急剧改变的时候，当有关于是非、善恶、美丑的基本价值在犹豫的时候，当精神价值缺失与审美价值迷乱成为发展的伴生症的时候，当时代的病灶反映于文学，也令文学评论无所适从的时候，当普遍的价值多元主义和价值虚无主义之下，文学评论正在丢失评价美、理解美的能力的时候，任何文学评论者都应该清醒地认知这本是转型社会的必然现象，新时代的文学评论必须穿越时代迷雾去发现并诠释时代的本质。要继续引导全社会的文学审美，要突破传统观念的影响、西方现代理论的冲击，要构建良好的社会价值观与阅读习惯，要让文学评论在新的话语体系中寻求新的道路，要具备理解时代的能力，评论文学的能力，对读者精神关怀的能力，要具备对时代心灵的感受力，与读者的共鸣生命力，要有鲜明的价值标准、独立的评判立场，要有评判的勇气和核心价值观，让文学评论在迷失中逐步清醒过来，肩负起自己的责任和担当。

（2）网络文学评价体系的缺失

网络文学的出现，一定程度上颠覆了传统文学的学术性、权威性、学理性，使严肃的文学变得轻松，变得多元，也使传统的文学评价体系似乎在网络上变得更加松散。事实上，在文学评论的学理性、严肃性、深刻性的特征之下，文学评论也是具有趣味性的，文学评论的评价体系，尤其是网络文学评论的评价体系在传统的文学学理性、严肃性的基础上，也拥有了网络的轻松性与趣味性特征，如何评价，评价体系怎样，值得深思。

多数时候，文学评论都是依据文学经验，不仅是以文学作品为中心的文学活动经验，还包括全部的具有文学性的语言文字活动。在这样的背景下，对于互联网时代的网络文学评论，新媒介语言文字活动属性有重大的外延扩展的意义。在此现象表现下，主持人口语秀、网帖甚至广告等话语文字，其韵律感或象征性同样具有文学意味。这些支离破碎、转瞬即逝的片段话语并不具有传统文学作品的完整结构，却成为浸淫培养大众语感的示范中心，都成为网络文学评论的一种表现方式。"当代中国文学理论对包括新媒介在内的活的文学经验甚少正视，更谈不上有规模有深度的研究。如果文学理论只以文学理论既有的范畴观念为对象，文学理论便会演变为文学理论观念史。"[17]

因此，在网络文学评论的表象下面，网络文学评价体系的构建就十分具有现实的意义，在网络文学评价体系的核心标准构建上，主要是批评的标准和评价作品的标准，亦即"网络文学用什么做计量天平"的问题。对于网络文学评论的评价标准是在文学评论的基础延续，还是另外做一套标准，学界和业界都有一定的声音，其不同的看法包括以下几个方面。首先，不管是传统文学还是网络文学，其评价的标准应该是一致的，不应该两套标准；其次，根据网络文学目前的状态，评价的标准可以根据实际的情况进行调整，降低标准；再次，网络文学评价标准应该另外建立一套新的标准。其实不管学界和业界发出的声音如何，对于网络文学评论的标准体系，只要厘清一个问题，就是目前的网络文学到底需不需要文学批评建立符合文学规律又切中网络文学实际的评价体系和批评标准，这是网络文学理论建设的一大焦点，也是影响网络文学健康发展的关键。但是，网络文学和传统文学一样，应该有正确的思想价值取向，有基本的社会责任、基本的法理和道德的体现，有高雅的审美趣味取向，有对文学心怀敬畏、对网络志存高远的精神，有网络文学的批评原则，而这个原则取决于网络文学的功能，并作用于网络文学生产从遣词造句到发行传播的全过程。只有把握住这个关键点，网络文学的评价体系才好理解。

网络文学评论的评价体系，从网络文学书写的对象来说，书写的对象比传统的文学更加多元，它不在意描写广阔的社会生活和一个民族纵深的历史性命运，也不执意思考哲学原点的人文性问题，而是国家大事、风花雪月，都可以书写，因此网络文学评论也应该根据书写的内容来评论。传统的文学不仅是为了抒发个人的一己情怀，作者还常常有为国家和民族言说的欲望，所以，一般是借助描写广阔的社会生活和历史，曲折地表达自己对世道人生的体察认知和对于人性丰富性的终极关怀。而网络文学的书写，更加多元和丰富，题材也丰富多彩，有个人成长的故事，也有异域生活的"打怪升级"；在网络上的书写，更多是宣泄自己的情绪，让作者获得心理的安慰。从文学的形态来说，传统的文学的形态表现和网络文学的形态表现有巨大的差异，网络文学形态更注重个人价值的凸显，形成许多个人倾诉式的文学形态。从传统文学和网络文学的相关特点可以看出，二者的评论原则和标准其实也应该是有区别的，虽然都是"文学"的本质，但是虚拟空间和物理空间的表达认同、价值不同，因此，如何确立、坚守什么样的原则去从事网络文学评论，传统与网络的同构，都是要关注的问题。

（3）理论与现实的冲突急需弥合

21世纪是人类历史大变革时代，第四次工业革命推动人类社会从农业经济、工业经济转向数字经济社会，具有颠覆性的技术变革重塑人类社会文化，影响人类的社会生活方式，带来了系列文化反思与文化重构。上述无论是纯文学评论审美体系的缺失，还是针对网络文学等新兴文学类别的评论标准的缺失，其实最根本的原因在于文学及文学评论标准、价值与社会功能的缺位与迷思。什么是文学？它的功能是什么？价值何在？试问当下充斥在大众手机上的网络小说是否是"文学作品"？在琐碎生活间歇中、偷得浮生半日闲在朋友圈写下的心情语录又是否是"文学作品"？重新回归于"荷马史诗式"口述与耳赏的"电台播客"文章，又是否算是"文学作品"？纷繁复杂的"文学现象"的出现挑战着我们对于"文学"判定标准的既存认知，使得我们重新去思考文学与"纯文学""严肃文学""文本文学"，"文学评论"与"网络文学评论""大众点评"范畴的区别与迁移。

文学评论，从文学的主体文学本质来说，文学偏理论，文学的学理性是十分重要的特征，如果从表面现状来看，文学评论还是处于繁荣发展的阶段，但是在繁荣发展的热闹的文学评论层面中，还应该有清晰的认知，什么才是文学评论的本质，多元的网络文学评论是否属于文学评论的范畴，文学评论走向大众评论的过程，在不被传统所承认的同时，其实也在进一步悄悄地改变文学评论的格局，草根的话语权也在悄悄铺开。因此，传统精英式文学评论面对网络文学草根评论的挑战的同时，机遇与挑战共存。根据网络调查，相比那些专走精英路线的影评、剧评、书评，网友更愿意读豆瓣、微信群的评论留言，即使那是零碎的散章，且不被专业评论者所认可，但是依然与精英文学评论构成巨大的反差。一方面，因为这种反差获得公众的追捧，令精英腔调的文学评论进一步被边缘化：既必须整合各种学理、理论冲突，又必须面对不同媒体平台的矛盾与共存。它需要为精英找到共识，同时也需要面对历史上前所未有的草根评论的兴起，还要在两者之间找寻平衡，突破固化的评论体制，重建被全媒体时代重塑的文学评论格局。另一方面，文学评论与沉重的趣味的文学批评与严肃高深的说理并不矛盾，相反，趣味生动的话语、修辞与文风，不仅有助于闳深理论的阐释，更有利于受众的接受。

朱光潜认为，大师笔下，高度的幽默和高度的严肃常常化成一片，不但可耐人寻思，还可激动情感，笑中有泪，讥讽中有同情。当前，文学评论的表现从专业的学术刊物到自媒体的随笔，文学评论的发展已经呈现出了多元化的发展。学术派的学术理论，与自媒体派的感情的抒发，二者之间的差异十分大。传统文学评论的理论深度与高度的理论现实与自媒体网络的随感情抒发难免有点冲突，如学术的文学评论、趣味的文学评论、高深的文学评论、浅显的文学评论、丰满的文学评论、个性的文学评论等等，理论与现实之间，呈现了相当大的差距。同时，随着学院批评的崛起和阵容的壮大，教授和研究人员的所谓"职业批评"越来越强调文学研究的学理化和学术化，于是，文学批评在一整套学术规范和体例下写得越来越学术化，批评的力度和趣味却在减少。过重的理论和所谓学术化造成的结果便是，文学批评越来越玄化，文学批评看似高深和丰满，实则是走向形式主义，这种喜用新词和大量术语造成了鲁迅所说的学术"酱缸"，只会伤害真正的学术。因此，文学评论应该深刻地把握理论与现实的冲突，在平衡中获取发展的机遇。

2）媒体融合中退守失据

随着传媒行业的发展，媒体行业从媒体融合走向了媒体深度融合，媒体深度融合现象改变了社会大众的生活方式，也改变了社会大众的消费方式。首先，网络的隐匿性，使一部分评论者隐藏于网络和屏幕之后，自说自话，评论者和读者相对独立。虽然对于一些文学现象与文学作品，争鸣本该是常态，但在价值标准和艺术标准缺失的背景下，如果文学评论永远各说各话，各自表达观点，就很难寻求共识。

其次，在媒体融合的背景下，评论者与创作者也会出现对立，许多创作者直言从不看文学评论，而评论者则在"捧杀"与"棒杀"之间选边站，以致只见评论，不见回应，只有质疑，没有解释，只有对立，不见共识。当评论与创作成为两条平行的直线，文学评论与文学日益形同陌路。

再次，在媒体融合背景下，全媒体时代冲击下，无论学院评论、作家评论，还是媒体评论，都在日益远离读者群，对于读者来说，一句来自微信群里的推荐，远比媒体几个版面的评论更有说服力。文学评论失去了文学创作与文学欣赏之间的桥梁作用，也在丧失自身价值。

这些表现都是因为互联网时代的来临，既拉近了大众之间的距离，又拉远了大众之间的距离，文学评论越来越变得"小众化""社会化""商业化""效益化"。文学评论的初心已经变质，文学评论者自说自话、自娱自乐、"人情批评"、"判官批评"、"红包批评"、互相吹捧，媒体深度融合变得越来越功利化，文学评论在媒体融合中退守失据。

3）市场浪潮下操守失范

文学批评一般是指对文学进行鉴赏、描述并进行理性分析和价值判断的综合活动，它可以是一种充满了愉悦感和肯定性的欣赏和评价，但高明和理想的文学批评，更应保持着对文学现象的诸多残缺和病症的敏感和必要的反对。因而，真正的文学批评更应是一种"求疵"并承受敌意的实践活动。真正的批评家不是信口雌黄的莽夫或拍马溜须的奉承者，而是有着坚定价值立场的"善意的怀疑论者"，有着鲜明批判意识的"不屈的反对者"，他捍卫的是文学的尊严和写作的真相。

（1）商业化

随着市场化经济的发展，文艺从一种国家事业摇身变成了一种文化产业。这意味着，在市场化经济利益的驱动下，为了实现更高的阅读量和销售额，作家不可避免地在创作时，要考虑到市场的接受度与大众的喜爱度。尤其是在注重产品营销的当下，面对信息爆炸时代文学创作的增量，"酒香也怕巷子深"，文学作品的一炮而红，除了依靠作品品质，还要依靠宣传和口碑。在这样的产业生态下，创作者"另辟蹊径"，借助文学评论家手中的力量，打开"名利场"的大门，文学评论则成为"作品推介"工具，"红包"评论席卷而来，缺乏客观价值评判、溢美之词泛滥的文学评论充斥在报刊媒体上，思想空洞、见解无趣，大家看文艺评论，觉得千篇一律，缺乏神韵，大众成为被商业化评论消费的对象，在不真诚的评论生态里，评论者丧失了自己的立场，丢掉了自己的武器，必然也会丧失掉自己的战线和伙伴。

（2）人情化

与商业化密切相关的是文学评论的人情化。在中国"熟人社会"的社会关系网里，人情是绕不开的一道坎。相较于为利益而评论，为人情而评论，则相对地变得不是那么容易区分"泾渭"，好友相请，前辈相托，碍于情分不好拒绝，于是为人作序，作书评，本该有一说一，全成了说场面话，对于作品的好处，不吝夸赞；对于作品的坏处，不置一词。于是文学评论满天飞，字里行间的风气却像裹着小脚的女人，走起路来扭扭捏捏放不开。评论者有所保留，不肯全盘告知，不肯实话实说，评论自然丧失其魅力，对于"无关痛痒"的评论，大众很难产生共情，更甚者，在这种套路化的评论中，大众最终会丧失掉对于评论的认可与信任。

（3）泡沫化

在信息爆炸的时代，不仅文学创作呈现爆炸的趋势，文学评论亦然。为了挤进对话圈，融入朋友圈，打进学术圈，大量的文学评论连篇累牍，屡屡上新，前有政策热点、大佬发帖，后就有跟帖"附议"，既缺乏理性的思考，又缺乏切实的关怀，言之无物，满篇空话、套话，纵然有的学术术语、花式新词堆砌，乍一眼看上去，高级感、新鲜感十足，而细细地斟酌字里行间的含义，不过是新瓶装旧酒，有的甚至连基本概念、内涵、语境都没有搞清楚，不仅丧失了评论的风骨，也丢掉了学术的底线。

（4）疏离化

中国社会正孕育着超10亿的庞大网民群体，他们是社会发展的强大的内生动力，是文学评论的主要服务对象。在进行文学评论时，我们必须思考，网民的用户属性与行为习惯，用亲切、趣味、多元的方式，进行文学评论。20世纪七八十年代以来，随着国内高校学科建设与学术文化的培育，高校具有学理性的文学评论主导了文学评论领域的发言权，文学评论学院化趋势明显，文体风格逐渐单一，评论文章越写越长，言辞越来越晦涩，术语越来越新鲜，且喜欢套用外来理论，装点门面，仿佛不沾一点"洋气"，就不够格称得上一篇优质的评论。这样的文学评论姿态很高，架子也很足，但是不接地气，不通文气，就连学术圈内部也多是争鸣多，共鸣少，总是自说自话，很难进行对话，更遑论让学术圈外的社会大众能接受、认可、点赞、转发呢？

2.3 投石斯夫逝水，试问路在何方？

两千多年前，子在川上曰："逝者如斯夫，不舍昼夜。"时代的车轮正如滚滚东逝水，不舍昼夜，在世纪之交成长起来的我们，如今站在21世纪的初期，时代的盛年与人生的盛年交织，深感个人命途与国家、民族命途的休戚相关。40余年来，中国的经济发展速度让世界惊叹，我们也迎来了物质生活的极大改善，在口腹之欲无忧后，在经历了过剩的娱乐后，我们对于心灵重回安宁、单纯的愉悦，有着强烈的诉求。在诸多文艺中，文学是更为纯粹的一种形态，它体量简单却又不单调，它内含理想却又诉诸理性，在小小的文字中，我们能汲取到人类的情感与智慧："从明天起，做一个幸福的人，喂马、劈柴，周游世界……面朝大海，春暖花开。"

"文章，经国之大业，不朽之盛事，年寿有时而尽，荣乐止乎其身，二者必至之常期，未若文章之无穷。"曹丕关于文学价值的论断，至今仍回响在耳边。文学本就是一项不朽的事业，是远古遗落在人间的吟唱，是时代辉映在人类心灵上的波光，轻灵而高贵。它记录着民族的历史，关系着民族的未来，不仅塑造着民族的性情，为社会大众构建了"精神的避难所""理想的世外桃源"，也随着时代变化，跨出自己的楼阁，与政治、经济发生勾连，记录着时代的脉搏。在文学的阆苑里，穿梭在现实的回廊间，拨开层层迷雾与冷酷，和光同尘，我们终能采撷到人类心灵最单纯的愉悦。在时代的变局里，文学的前路有柳暗，亦有花明。为了让文学最终能回归本真，文学评论必须为其定位导航，所以这就要求文学评论本身要回归本真。

2.3.1 塑造新文学评论的精神品格

文学评论要回归本真，首先要求文学、创作者、评论者与读者的在场。这个在场不仅是物理层面的在场，更是价值层面的在场，即文学要有主体性，创作者要有主体性，评论者要有主体性，读者要有主体性。

文学的主体性在于自主与独立性。一方面，人民的精神文化需求日益增长，呼吁文化产业的迅速发展，呼吁大众文化兴起；另一方面，在多样化的视听娱乐方式的迅速挤压下，文学的发展受到挑战。在这样的背景下，必须坚守文学的自主性，不能逐流，创作者、评论者需要抛却急功近利的心态，要坚守创作者、评论者的自主与独立性，保持清醒的头脑，摆脱商业化、人情化及功利主义的影响，强化使命担当与人文关怀，只有这样，才能获得读者的认可和信赖，才能指引文学前进的方向，才能客观、真实地反映社会文化现实。

2.3.2 塑造新文学评论的话语体系

纯文学与新兴网络文学、传统文论与西方理论一直是当代文学评论话语体系构建中需要处理的两个重要关系。

其中，前者是纵向的问题，后者是横向的问题。文学应与时俱进，促进自我更新。

在当下，网络文学现象的出现引起了关于文学范畴的争议，继而引发了对于网络文学评论的讨论。在UGC内容生态下，网络文学与网络文学评论不可避免地出现质量参差、思想滑坡、观念扭曲、内容失实等问题，甚至有的创作与评论为了博眼球，赚噱头，罔顾道德乃至法律的红线，而此类创作与评论极有可能搭上海量自媒体的"东风"，迅速扩大其传播范围，对社会造成严重的危害。所以，为了更好地引导网络文学创作与评论，必须制定相应的理论、标准，探讨其艺术特色与艺术规律，构建网络文学评论话语体系。

"新文化运动""五四运动"以来，西方学科体系及科学研究方法的传入，使得中国逐步探索文学评论的科学研究及学科体系。他山之石，可以攻玉，但在长期的文学评论实践中，我们更注重引用西方的理论体系，有时甚至削足适履，囫囵吞枣，忽略了转向本土文化土壤，汲取理论养分，所以长期以来，我们未能形成文学评论的中国特色话语体系。中国文学评论未来发展之路必定要深入到古典文论中寻找理论养分，改变"西言"主导天下的局面。

2.3.3　构建新文学评论对时代的理解力

文学是时代的镜子，文学的创作内容直接记录、反映了一个时代的文化之变、经济之变、政治之变，文学生态的变化侧面折射出时代的影像，同时作为社会文化的一部分，文学直接参与到时代变化中去。所以，文学评论要理解时代，不仅是为了记录时代、塑造时代，同时也是为了自身的更新。文学评论如何理解时代？一方面需要强化文学经验，深入到文学作品中去，与作品里的时代进行对话与交流，理解作品里时代的精神与风貌，理解时代下人类的共同追求与民族的心理特征；另一方面，要超越作品文本，介入政治、社会、经济、文化、历史多维视角，树立全局的眼光，关心时代最深刻的变化，用在场的体感与经验，弥补文学经验中的不足。如此，文学评论才具有深厚的底气，才能接时代地气，才能赢得大众的人气。

参考文献：

［1］朱艳波.大学语文［M］.北京：北京理工大学出版社，2018：208.

［2］蔡赓生.文学评论与鉴赏教程［M］.武汉：武汉大学出版社，1997：1-2.

［3］林荣凑.论述文写作16课［M］.杭州：浙江工商大学出版社，2018：142.

［4］王先霈，王又平.文学批评术语词典［M］.上海：上海文艺出版社，1999：130.

［5］王先霈，王又平.文学批评术语词典［M］.上海：上海文艺出版社，1999：130，65.

［6］杨守森.文学批评的四重境界［J］.文史哲，2006（1）：87-95.

［7］朱光潜.谈美·谈美书简［M］.南京：江苏人民出版社，2019：55.

［8］陈晓明.中国当代文学简史［M］.北京：中国社会科学出版社，2020：1.

［9］梅文.第二届全国国民阅读与购买倾向抽样调查（2002）公布［J］.传媒，2002（7）：54-55.

［10］黄琳《2020年度中国数字阅读报告》显示：我国数字阅读产业规模达351.6亿元［N/OL］.中国新闻出版广电网，2021-04-19.

［11］《2021中国网络文学发展研究报告》发布："95后"已成为创作主力［N/OL］人民网，2022-04-07.

［12］杨耀伟.《辽宁日报》三次大型文化系列策划探析［N/OL］.人民网，2012–04-12.

［13］覃昌琦，刘志权.从"价值重估"到"文化诗学"——基于"现场—理论"的当代文学批评审视路径［J］.广西社会科学，2020（12）：164-168.

［14］贺桂梅.转折的时代：40~50年代作家研究［M］.济南：山东教育出版社，2003.

［15］王鸿生.文化批评：政治和伦理［J］.当代作家评论，2002（6）：43-50.

［16］胡功胜.文学批评：主体性的危机及其重建之维［J］.江淮论坛，2012（5）：188-192.

［17］尤西林.以文学批评为枢纽的文学理论建构［J］.文艺理论研究，2015，34（3）：69-74.

第3章　新时代影视评论

影视评论是文艺评论中一个重要的组成部分，是以具体的电影或电视剧为研究对象，针对影视艺术进行理性分析的一种研究活动；同时也是影视理论研究的一个重要组成部分，是影视创作从实践到理论再到实践的重要环节，驱动着影视创作的不断发展。

新时代的到来，标示着我国发展迎来了新的历史方位，不只是网络时代的新发展，更是新媒体、新生态、新技术、新思想、新表达的时代。科技飞速发展，影视设备及影视技术迅猛发展，影视艺术的多种表现与多向发展促使着影视评论的不断深化发展。随着人民文化素质与精神需求的不断提高，影视评论不仅要对影视作品进行艺术分析，还需要从价值观、传播环境、社会现象等各方面进行深入思考，其影响力和作用在影视行业和社会大众中也日益增强。

聚焦影视评论，伴随媒介技术的创新，新时代影评从评论群体到承载方式，从话语风格到文体表达都发生着多重嬗变，随之带来的社会功能、价值体现、文化现象都发生了前所未有的变化。新时代影视评论大力推动影视创作和行业发展的同时，也引发了一些亟待解决的普遍性问题，需要我们高度重视，并予以正确疏导。

3.1　新时代影评相对于传统影评的多重嬗变

媒介融合生态的新时代，新媒体衍生出了全新的影评方式，它并不是"网络＋影视评论"的简单组接，而是一种新兴的文化力量，网络新媒体的快速发展，直接影响着影视评论的基本范式、研究路径、批评方法与传播方式，从而使新时代影视评论相对于传统影视评论在评论群体、文体表达、风格特征、评论视野里都发生着多重嬗变。

3.1.1　评论群体：精英到大众

传统媒体主导下的影视评论话语场主要在报纸杂志等纸媒，由于发表文章版面及数量有限，又需要一定的文化立场、较高的艺术素养和较强的主流意识，所以评论主体基本上由影视创作、影视表演、影视文学等领域的专家学者或剧作家、创作家组成。文章本身就被用来让影视专业学生及行业人员研究学习，所以被贴上"精英化""权威化"的标签。自媒体时代，影视评论的专业界限被打破，评论群体从精英走向大众，致使影视评论不再是一个专业的研究领域，社会大众各行各业全新的视角与思想，改变了影视与社会大众单向传播的状态，扩大了影视作品的影响力，也给影视评论带来了新的气象。

1）专业影评者的集体失语

美国学者约书亚·梅罗维茨在其论著中提出了权威在不同媒介时代的变化过程。口语传播时代，长辈和老年人是权威，人们向长辈请教问题，从老年人那里接受知识。文字传播时代，知识记录在书本中，老年人的地位被知识分子取代，学者和专家成为新的权威。电子媒介时代，人们有了多样的获取信息的渠道，不再依赖和迷信过去的权威。影视评论也经历了类似过程。[1]

以文化精英自居的专业影评人在传统媒体进行影视评论时，往往居高临下地对影视作品进行点评与分析，内容往往学理性强、晦涩难懂，权威式的评论模式严肃、高高在上。网络新媒体带来的知识大爆炸，消解了精英知识分子的权威表达，打破了传统的评论模式，新媒体平台的开放性与自由性，带来了影视评论主体的广泛性，渠道的多样性，形式的丰富性，内容的趣味性，构建了广大自由的评论体系。

报纸杂志、学术期刊已经不再是影视评论的唯一渠道，广大的社会大众意识到与学院派的疏离与隔阂，更愿意接受网络新媒体平台中原生态、接地气的评论方式。传统的专业影评群体被关注的范围逐渐缩小到学术界范围，不能获得社会大众的认同和传播，逐渐出现集体失语的困境。

2）大众类评论群体的自发表达

微博、微信等以社交化为主要功能的自媒体的出现，加速了信息的传播，微艺术带来的是碎片化的阅读方式，消除了获取信息的固定地点，影视评论不再是少数精英群体的专属权利，广大的影视观众也开始在每个移动终端前评头论足，发表自己的感想。很多影视评论网站如豆瓣、时光网也开始引导大众对电影进行打分式评价，一句话点评更符合碎片化阅读的模式。这一举措在吸引广大群众观看影视的同时，推动了大众影视评论的热情。

自媒体时代，人人都是评论者。在信息自由、话题自由的媒介环境中，匿名发言更是给大众影视评论敞开了大门，人们开始自由地发表看法，都希望自己的发言能够被人听到。其中情感宣泄最容易让社会大众产生共鸣和共情，于是个人情感的好恶成为社会大众的影评观点，在网络影视评论界掀起一次次批评与反批评的争论。社会大众的表达热情，被其他人对自己观点认可的欲望促进着大众影视评论的自发表达。当然，影视作品原本就是面对社会大众的，对社会的影响是影视创作者最关心的问题，于是大众评论会直接作用于影视创作，大众评论让创作与大众更直接地面对面交流，快速促进着影视行业的发展。同时大众评论给影视创作带来了不同于以往专家教授学术派的专业观点，会更丰富、更多元、更接地气，一种新的观念从被证明到被认可往往需要很长的一段时间，这些都是好的方面。但大众观念容易被引导，良性的影视评论才能促进影视发展，恶意评论、情感宣泄只会阻碍影视创新创作。由此可见，引导社会大众良性的自发表达，专业性与趣味性并存的影视评论，对影视发展本身有着至关重要的作用。

3）评论主体年轻化

根据中国互联网络信息中心（CNNIC）发布的第49次《中国互联网络发展状况统计报告》显示，截至2021年12月，我国网民规模达10.32亿，较2020年12月增长4296万，互联网普及率达73.0%。其中，20~29岁、30~39岁、40~49岁网民占比分别为17.3%、19.9%和18.4%，高于其他年龄段群体。由此可以看出，我国互联网网民群体以青年网民为主。

2022年1月，猫眼研究院发布的《2021中国电影市场数据洞察》显示，我国全年总票房472.58亿元继续保持全球第一，其中20~29岁的电影观众占比最高，随着第一批"00后"步入成年，他们快速涌入电影市场，逐渐成为消费主力军，带动中国电影市场观众整体结构年轻化。

以上数据表明，青年群体依然是电影最主要的受众群体，也是网络中最活跃的用户。另外，从豆瓣、猫眼等网络电影评分来看，影视评论的主体呈现着年轻化的特征，是最急于通过渠道实现自我表达的主要群体，所以，如何使影视评论良性发展，不只对影视行业发展很重要，对青年价值观、社会观的引导也分外重要。

3.1.2 承载形式：单一到在场

传统影视评论的承载形式仅存在于纸媒，如期刊和报纸专刊，《电影评介》《中国电影》《中国电视》《电视研究》《中国电影报》等等。期刊有严格的审核过程，对学术与立场都有严苛的要求，出版时间较长，面对实时信息变化万千的当下社会，往往不具备当下性和时效性。期刊报纸影视评论的存在，仅仅成为学术研究和专业探索的存在，于是传统影视评论的面向是局限的，承载形式是单一的，社会大众甚至不够了解这些承载形式。

新时代影评面向全民，网络的开放性、即时性促成了新影评的"在场"特征：弹幕影评与影视作品贴合共存，微信、微博实时实地评论，评分影评嵌入购票系统，公众号、短视频影评更能直观地将作品与评论融为一体。这些多元的承载形式使评论由原来的单一到现在的"在场性"特点突出，同时不同的承载形式也有不同的特点，值得我们研究。

1）全民化的微博影评

微博作为手机最早的公共社交平台，凭借短、快、散的传播特点，迅速地成为影视评论的承载形式。微博影评来源于大众，也面向大众，引领全社会逐步走进"全民影视评论"时代，同时也呈现出独特的特点：

第一，广场性。如果说传统影评就像商场的精品店，那微博评论就像是一个广场摆摊。谁都可以摆，也谁都可以看。大众自由发声，不用学术筛选。他们渴望利用新颖的评论吸引更多的分析，获取更多认可，于是很多草根变成高粉丝（fans，俗称"追星族"）博主。

第二，随意性。微博可以隐去个人身份，这促进了微博评论的随意性，社会大众可以无拘无束，随意发表个人感受。但正是这种随意性，容易造成情绪发泄。更多的影视评论会围绕自己喜爱的明星，形成粉丝现象，影响了微博影评的真实性，增加了嘈杂。

2）分享性的朋友圈影评

微信朋友圈的功能上线后，照片加文字的形式与好友分享受到了广泛欢迎，在朋友圈发表的所见所闻所思所感，自然包括了影视评论的发表，朋友圈点赞功能成为一种交流形式。

第一，私密性。微信是一种好友交流平台，比起微博，微信具有一定的私密性，于是朋友圈的影视评论受众固定，范围较小，并没有广泛的传播度。但与此同时，由于个人身份的透明，对影视的评论相对更纯粹些、真实些，往往以个人感受为主。

第二，高效性。虽然微信并不面向社会，范围有限，但是传播的效率却是较高的，亲朋好友的评论与推荐是影视作品最直接有效的推广方式。相比陌生网友的评论，人们更愿意相信朋友对作品的评价，尤其是有一定专业素养的朋友的推荐会更具效果。近些年中，出现爆款的电影市场，朋友圈影评贡献不容小觑。

3）与视频同步的弹幕影评

弹幕是指即时留言字幕，由多条文字留言从屏幕一端运动到另一端，就像是子弹齐射，所以叫作弹幕。该功能最早在日本网站"Niconico动画"中出现。国内"AcFun"网站最先引入弹幕，之后哔哩哔哩（bilibili）等网站迅速跟上。2014年，爱奇艺视频和腾讯视频相继添加了弹幕功能。[2]

第一，即时性。弹幕实现的是一种实时反馈，并且贴合着视频发表言论，可以是当时的感受，也可以是对某个演员的评价，更具沉浸式感受，更容易让人感同身受。同时它还可以与其他观看人发表弹幕进行对话，时间上无缝对接。对于弹幕电影来说，"其打破了评论和作品之间的交错关系，不仅允许用户的输出，还实现了内容的传递和反馈的高度贴合"。这种"所说即所感"不仅弥补了影视评论长久以来的"滞后性"，同时意味着个体性的线上观影成了某种意义上联想式的集体狂欢。[3]

第二，互动性。弹幕影评的互动性体现在大家同时观影同时评论。类似于一个聊天室，营造出一种集体观影的即视感，可以边看边讨论，跨越了空间。这种影评的碎片化、纪实性推动了观众之间的交流互动，增加了观看的娱乐效果，但在影视评论质量上少有高质量好评，最多出现些金句受大家传播，对作品的整体评价与理性分析欠缺，更不会有学术性讨论，它属于观众的情绪表达。

4）门户网站的评分式影评

"猫眼评分""豆瓣评分"现已成为人们选择电影欣赏的一个重要参考，其中以

"豆瓣电影""猫眼电影""Mtime 时光网"为代表，为观众提供最新最全的影视介绍、创作团队介绍等，同时也为广大群众创造打分评论机制，以此吸引更多受众。

第一，统计性。电影评分体系成为观众喜欢反馈自己观影感受的一个重要渠道，同时也成为群众观影的"风向标"，最直接的体现就是它的统计性，许多网络购票平台也会直接显示猫眼等评分，最想看电影人数统计，还有观影后好评与差评评论数统计，把电影作为商品，类似于淘宝、京东购买前的好评与差评分享，引导大众选择。

第二，含混性。数字化的统计方式，仅仅体现的是一个层面。评价往往以数字划分等级，降低了评价难度，系统整合出现的平均值使评分具备了一定的客观性。这种整合和统计的功能，是其他影视评论平台不具备的。但电影市场毕竟属于商业市场，水军的出现，往往会使评分出现反差，这种现象的出现使评分出现影响着影评的客观性，具备了一定的含混性。

5）公众号影评

公众号影评常以长篇评论为主，通常对当下的热点或新上映的影视作品进行评论，图文并茂，降低了阅读门槛，增加了趣味性。这类型影评的个人化的传播力度不大，往往由某个组织或公司经营。公众号主题明确，便于大众精准化订阅，所以常常分为专业类和商业类两种。

第一，专业类。这类公众号主要依托于传统媒体杂志或专业机构，如学术研讨机构中国高校影视学会、中国文艺评论家协会的官方账号；又如传统媒体《文艺报》《戏剧与影视评论》会定期推送杂志和文章。其主要服务于专家学者、媒体人、影视创作者，对影视文化现象、影视作品进行分析，带有传统媒体的精英知识分子的学术氛围。这样的公众号便于人们寻找有专业有深度的影视评论文章，从而留言互动或转发朋友圈，获得较大的传播效果。

第二，商业类。这类公众号以粉丝为导向，力求获取流量与关注，善于抓当下热点，对新影视作品或者文化现象进行趣味化的解读，属于新媒体的衍生产物，有自身独特风格，或言语犀利，或蹭热点话题，仿照同样文章制作模式，用高粉丝高点击率获取广告投资，主要核心还是商业性质。

6）视频解说类影评

"视频＋解说"类型的影视评论异军突起，"几分钟看完"类的影视解说视频异军突起。视频解说有效地激发了评论者的创造力，进一步拓展了影视评论类型的边界，增强了影视评论的现场表现力，丰富了影视消费者的赏析类型。在快时代的当今，这种解说迎合了社会大众的口味。通过视频解说快速把握自己的观影风格，或再次重温、解读自己所看的电影，对于现在追求快捷便捷的当代青年人，视频化快速化讲解无疑是很受欢迎的一种解说形式。

第一，沉浸感。这是短视频影评最大的优势，视频形式承载的内容信息密度高，影视的精彩片段加上旁白，声画结合生动地呈现在观众面前，或者说直接灌输到观众脑海里，它让观众失去了思考的环节，降低了理解的难度，沉浸式地接收到评论内容。让社会大众看评论时也获得了放松，这种类型快速占据了短视频市场半壁江山。

第二，重解说。这类型的视频评论有独特的解说风格，在形式、风格上呈现出许多新特点，它对原作品进行荒诞的解读，增加趣味，或对影视创作进行详细的剖析，研究导演的创作意图，或对某种类型某个阶段的影视剧进行盘点，这样的影视评论需要有大量的阅片量和一定的专业基础。笔者认为，视频评论与短视频的二度剪辑是完全不同的两种类型，重解说的这个特点也更好地区分开两种形式，二度剪辑甚至属于侵权盗版行为，这是我们所抵制的。

7）网络论坛影评

网络论坛其实可以算是我国最早的影视评论发表的网络平台,最早可追溯到1988年的"后窗看电影"。2005年豆瓣网成立，影视论坛开始出现在各大网络论坛版块中，由楼主展开话题，对一部影视作品、某导演、某演员或某种影视现象进行自由发言讨论，但由于自媒体的活跃，社交化的媒体相对更自由，更便携，网络论坛的受众越来越受到局限，面向也越来越具有针对性。常见的网络论坛影评有两种:

第一，依托于互联网综合社区。由于影视现成为社会大众最主要的精神产物，所以网络综合社区论坛常常都会开辟出影视的版块，主要针对导演、演员和最新的影视作品展开话题，常见的有知乎的影视栏、豆瓣的评论版块等。这类型评论为影评者与读者之间搭建了沟通桥梁，楼主需要有一定的电影鉴赏能力和专业知识，才能实现读者的跟帖。

第二，依托于各大门户网站。如腾讯网娱乐版专门开辟电影、电视剧等版块，网易娱乐版设立电影频道等。这类影视评论往往图文并茂，寻找话题，创造影评，但参与者来自各行各业，专业参差不齐，活跃度逐渐降低。

3.1.3　文体表达: 统一到多元

"文体"本是文学研究领域的概念，其"在本质上是文学的形式美学问题，文学表达的内容受时代的影响变动而变动不居，其形式因素也根据内容的要求而不断产生变易"。《文心雕龙·时序》中提出 "时运交移，质文代变"，《书谱》中也讲"质以代兴，妍因俗易"，都是在阐释所谓"文体"紧跟时代文化的易变本质。但数字媒介时代影视评论的"文体"变革不再是以文字为基础的单一文学性形式变化，而是因媒介技术演变的物质性所促发的形式变迁。[4]从传统影评的网络改写，到图文评论、视频评论等，多种多样的评论形式和表达文体发生着全新的变化和意义重构，需要我们不断研究并正向引导。

1）网络化呈现的文字评论

这类型的影评常常出现在微信公众号中。期刊及报纸在网络开辟公众号，将纸媒中权威的影视评论原封不动地上传至网络平台，实现数字化的转换，便于社会大众利用自媒体关注，从而提高大众的参与度，扩展了传播的范围。但是这类影评拓展的仅仅是行业内部及学术内部，方便了研究者随时了解影视动向，学习影视相关专业。

2）简单而有效的图文评论

读图时代，改变着人们获取信息的方式，图文并茂，更直观、更有效地表现影视评论者想表达的观点，因此，图文评论成为当代影视评论最重要的形式之一。专业类的影评会截取影视作品中有深意有寓意的图片加以解析，引导观众理解导演的创作意图及引申含义，这类评论有较高的艺术价值；娱乐类的影评会含有局部特写、动态图片、表情包等，趣味化的评论引导使很多影视作品出现了经典台词及经典动作或表情；自发式影评往往会截取海报、经典画面，加以评价，抒发自我看法。图文评论常常出现在网络论坛及微信公众号影评中，如"独立鱼电影"图文形象，标题吸睛，关注度高；如"电影头条"以影视资讯为主，宣传的同时进行影视评论。

3）易于传播的短文评论

随着快餐式的生活节奏，人们的阅读习惯逐渐碎片化，比起网络论坛或公众号的图文并茂式影视评论，以微博、微信朋友圈等社交化自媒体平台为承载形式的影评更主要的是短文＋图片或视频；网站评分式平台如豆瓣网、时光网更是推出"一句话影评"；视频弹幕的评论更是简短至可以不成句子。这样的影评模式符合网络环境，易于交流，便于传播。从数千字的长篇评论到"一句话影评"，从专业的学术评论到情感宣泄，短文评论经历着文字评论的网络改写，如何让专业化与活跃性同步，理性分析与传播性共存，即使一句话影评也能写出经典，浓缩出精华，是我们面临的一个思考问题。

4）后来居上的视频评论

短视频的飞速发展与视频技术的普及，使视频＋解说的形式成为影视评论的潮流。传统媒体早有类似电影评论类节目，随着媒体融合也在不断地调整与发展，如2016年电影频道开办的《今日影评》这种紧跟时代变化的影视评论依旧活跃在第一线。该节目每期以8分钟的优质内容突破常规范式，通过发布权威电影评论为观众提供正确的观影指导。《今日影评》不仅是传统视频评论成功转型的范例，同时也是主流话语面对影视评论"文体"变革后积极回应的体现。[5]但面对那些具备强烈网络文化特征的新媒体自制视频，如哔哩哔哩平台网站和抖音、快手等短视频平台推出的影视解说短视频更加活跃、接地气。他们形成了"三分钟/五分钟看一部电影"的快餐模式，将影视作品核心剧情加上视频进行复述，有的还会增加些个人看法或专业见解。语言富有趣味性、调侃性，快节奏的语速与眼花缭乱的视频吸引着观众的视野。用网络语言透视电影，形成了别具一格的影视评论。但这类评论更像故事梗概的讲述，没有太多专业性的分析与鉴赏，对影视理论的发展不具备助力。

3.1.4 风格特征：学术化到网络化

新时代的影视评论，最大的改变就是载体的改变，将纸质媒介转向网络新媒体，这一转变不仅对影视评论的主体、内容、形式、传播方式都产生正影响，在风格特征上也出现了明显的改变。媒体融合视阈下的影视创作，网络大电影网络电视剧也在飞速地发展。很多影视公司也开始转向网络平台做创作，传统媒体加速媒体融合，为影视创作的多元化创造了条件。作为影视作品的衍生品影视评论，更是从学术化转向网络化，适应社会大众的传播方式，才能有效地引导观众观影，从而对话影视主创，推动影视行业有效发展。

1）网络与影视元素的结合，构成网络影评的媒介性、多样性

第一，媒介性。网络新媒体的媒介特征即开放性、即时性、自由性。这些特性无论是作用于影视创作还是影视评论，都从原有的专业性、学术性，逐渐转化为网络化。网络传播速度极快，一部影视作品在上映前就已经被商业营销利用影视评论的形式宣传，对前期的准备、导演的团队、演员的符合度等进行评论。豆瓣网、猫眼网开始进行"想看"人数统计，引导着大众关注。影片上映一个小时，打分式评论、一句话评论就开始出现在各大自媒体平台。缺少了传统媒体的客观限制，网络犹如一个开放式的广场，为广大影视评论提供着自由的话语权和即时的反馈，实现了影视评论对影视作品的高效反馈，提升了其存在的意义。第二，复杂性。影视艺术相较于其他七大艺术，它的视听语言更易理解，观看影视作品的门槛较低，不需要你有太多的文化素质和社会阅历，依然能够对影视作品共情共鸣。当然观众文化素质、艺术水平、专业素养的高低，直接影响着影视评论的面向及深度。这样具有复杂性的观众群体作为评论者，所撰写的影视评论更是复杂多样，传统影视评论往往会从作品的主题、人物塑造、情节设计、视听结合、导演思维等方面去解读，但没有经过系统学习的影评人或从故事表面出发，或从自身情感出发，或从社会现象感慨出发等等。从评论形式多样性、内容多元化评论主客体的单一性和不均衡性，对社会影响的不确定性来看，网络影视评论的复杂性一目了然。

2）网络与评论元素的结合，构成网络影评的灵活性、真实性

第一，灵活性。在信息大爆炸的当今时代，短小精悍的影视评论更容易引起读者的关注。没有篇章和时间的限制，使网络平台的影视评论更加灵活。网络影评"短、频、快"的特点更适合当下快节奏工作、生活的年轻人。忙碌的社会下，利用碎片化时间阅读影视化评论，网络影视评论的灵活性就显得必要起来。同时网络影评带来的灵活性也作用于影评人，一部影视作品的感想感受急于表达，对作品的理解急于分享，各大自媒体平台使观众能够更便捷、更灵活地表达自己。"一句话影评"的概念将网络影评灵活性的特点发挥到了极致。

第二，真实性。传统影评人都带有一定的身份特征，他们的评论有一定的命题性和指向性，同时受政治环境和文化氛围影响，会有些圈子效应和政治导向。而网络影视评论发布的匿名性、参与随意性等特征，决定了它的真实性。网络影评人摆脱了社会的身份束缚，纯粹发表感言，或言语犀利或真实感受，都让创作者听到了不一样的声音。影视是社会的产物，它的创作源于生活并高于生活，只有创作立足于人民社会，那作品才

会具有社会功能。这样的意义在传统媒体影视评论中常不能真实地反馈出来，从这个角度说，网络影视评论具备的真实性，促进着影视创作的发展。

3.1.5 评论视野：作品到现象

影视评论场域的转变，使评论视野突破了原有的理论视野，引进了更多的评论观点；评论主体的转变，由原来研究学者、行业专业关注的作品艺术本身，延展到了各行各业关注的社会现象中。网络影视评论的时效性，展现出了极强的话题性，善于紧抓社会热点，紧随舆论热潮。无论是作品呈现的社会现象，还是影视人物引起的社会舆论，都使影视评论更具社会性和现实性，也提升了影视作品和影视评论的传播力和影响力。

1）依托影视作品，聚焦社会热点

影视创作源于生活并高于生活，影视作品的社会性是观众最为关注的一个点，网络影视评论主体由社会大众组成，影视评论往往以当下热门电影或电视剧为切入点，探索背后的社会问题。如《小舍得》《小别离》《小欢喜》等家庭剧通过选取几组典型的"中国式"家庭，以几代人、几个孩子的家庭在教育理念、亲情认知上发生的激烈冲突，突出了"教育焦虑"这一当下中国家庭关系的社会痛点，阐释了教育理念、育儿经验差异背后的深层社会机制，引发社会强烈共鸣。现实题材《人世间》《山海情》等"高口碑"电视剧，着眼国家民族的青春成长史、个体青春成长史的双重叙事安排，与现实青年群体形成了跨时代的精神对话。行业剧以《理想之城》为代表，从造价师苏筱的视角和经历，呈现建筑行业整体的发展与年轻人的城市理想；历史剧《觉醒年代》《跨过鸭绿江》等生动再现了从中国共产党的历史情境，从思想文化角度对建党逻辑进行了一次深刻诠释。这些历史剧、现实剧、行业剧、家庭剧都充斥着我们的生活本身，每一部剧的故事背景都具有独特的中国文化，体现出的现象、出现的问题也会对观众产生共鸣，广大影视评论从影视本体出发，立足影视背后的社会意义，展开群体化的个人观点和自由表达，反观社会现象，从而推动社会良性发展。

2）立足社会场域，视点转向个人

社交化自媒体给社会大众提供了自由发表言论的平台，对影视作品发表看法，新时代影视评论除了专业影视制作与学术探讨外，广大观众的影视评论聚焦的是当下的社会文化、社会现象，也将影视作品中的话题直接辐射到每个人身上。如《都挺好》反射的养老问题，《少年的你》反映的校园霸凌问题，《小敏家》反映的重组家庭及家庭暴力问题，《小舍得》三部曲反映的孩子教育问题，《儿科医生》反映的医疗问题，《安家》反映的购房问题等等，这些问题都直接或间接地辐射到每个人身上。在不同的社会领域中，大众的情感随着影视作品的走向发生着相应的变化，影视评论影响着大众的观点和情感走向，对人们的社会观、人生观、价值观都有着重大的作用。

3）大众情感的双向性认同

传统的影视评论通常立足于文献综述，通过对前人研究成果的梳理，从而进行创新性的论述和观点的补充与阐释。这样的文章大多具有极强的创新性、学术性，也更具有学术价值和参考意义。鉴于网络流量背后的利益、大众的情感认同等因素的影响，网络影视评论出现了极强的同质化，作者此时不再是一个简单的作者，他们承担起该部影视作品"意见领袖"的作用。"网络意见领袖不仅扮演着网络信息轴心人物的角色，同时还承载着塑造网民政治认同的'意识形态工作者'职能。"[6]

网络影视评论者一方面要立足大众的视角，集合大众的观点，以科学理性的形象、平等自由的姿态说出大众认可的呼声及观点。另一方面又要站在社会大立场下，作为"意见领袖"抒发大众情感，引领正向的社会观与价值观，满足大众情感的双向性认同。

总体来说，新时代下，媒体融合发展迅速，新媒介特点直接作用于传统影视评论中，新媒体影视评论相对于传统影评发生着多重嬗变，从而作用到评论写作本身、影视行业发展及社会大众价值观构建等方面，需要我们正视并加以引导。

3.2　新时代影评的社会功能与价值深化

影视评论的主要功能，一般体现在以下四个方面：一是修正功能，对电影创作进行学理性分析，对电影拍摄的各个环节及过程提供学术指导，将理论作用于实践，促进影视产业发展；二是学术构建功能，对影视创作现象进行横向、纵向对比，形成影视研究流派；三是指导功能，提高社会大众的艺术素养，通过影视评论提高观众的审美能力及鉴赏能力；四是引导功能，对影视作品反映的社会现象正向看待，引导大众主流价值观。

新时代的影视评论在互联网、新媒体技术的推动下，修正功能更加具备时效性，对观众的指导更具时代特色，对社会大众的价值观引领更加迫切，对影视市场的繁荣发展更具推动力。

3.2.1　对话影视作品，实现创作者与接受者实时互动

影视创作与影视评论双向互动，相辅相成。一方面，繁荣影视创作必须打磨好影视评论这把"利器"。另一方面，影视评论必须为影视创作把好方向盘，促进专业水平发展，注重社会效果实现。过去，主创团队与观众或专家学者除了少有的研讨会、论坛会外，大部分只能通过报纸杂志看到作品反响，这样的时间过程大多需要半年之久，这对影视创作的反应是延迟的，影视评论不能及时地作用于创作者。新媒体的出现打破了时间界限，直接对话影视作品，实现了创作者与接收者的实时互动。

1）打造全民影评时代的公众话语空间

随着社会发展的多元化，影视创作作为一门综合艺术，一部作品常常包含着各行各业的现象，分析影视作品，不仅可以从文学、美学、影视艺术、影视技术等方面进行分

析，还可以从社会学、经济学、符号学、历史学等方面进行研讨。在多学科、多元化的影视创作中，仅靠传统媒体影视评论中的影视行业专家和影视学院派进行评论，早已远远不够。开放自主化的互联网平台打破了创作者与接收者之间的界限，让社会大众掌握话语权，进行多元化交流与实时互动。

网络平台上的影视评论者大部分都是普通的电影观众，既是大众评论，也面向大众。社会基础是电影创作的基础，也是影视评论的根源，随着电影日趋市场化，创作者越来越注重大众的诉求与欣赏需求，从另一个层面来看，观众逐步成为主导电影发展方向的重要力量。可见创作者需要了解社会大众的期许与社会发展的需求。新时代影视评论利用自媒体打造全民影评时代，提供这样的对话空间，实现了创作者与接收者的实时互动，即时地推动着影视产业的发展。

2）舆论评判与修正

在新媒体助力下，大众评论常立足于自身的认知与个人角度对影视作品进行评价，这样的评价虽然不及专业学者或行业专家评论更具学术性，甚至所表达的观点在大众之间都带有明显的冲突，以至于大众评论常出现的现象就是批评与被批评，最终变成了一个话题吸引着更多大众参与讨论。但是社会大众范围广，来源于各行各业，观众可以根据自己的常识和理解，从不同的角度发表对影视作品的看法，常常可以对影视作品中出现的错误或漏洞进行批评和修正。如在古装戏中，专业人士通过网络指出历史常识性失误，增加历史剧的真实性；再如在一些行业剧中，如外科医生、法医、律师等以行业为背景的影视剧中，常常会出现一些专业性的内容，专业人士会指出具体问题，为相关影视题材的编剧创作减少失误。甚至还有些热心的观众致力于寻找作品中的穿帮镜头，加上配音，重新剪辑，在短视频平台进行视频评论，增加了趣味性。在娱乐社会大众的同时也是对影视作品制作团队一个有效的制约，倒逼影视行业严谨的创作态度。可见，这类影视评论对影视创作高质量的发展起到了很大的助益。

从最近几年网络影视评论的发展现状我们不难看出，新媒体背景下影视评论所秉持的立场及价值观念确实发生了显著的改变，网络影视评论带动的不仅是内容与形式的变更，其为影视评论领域注入了一种特殊的互动性批评，更使网络影视批评所具备的社会参与、娱乐大众、批评修正功能得以有效发挥，极大地推动了影视行业的发展与进步。[7]

3.2.2　反映社会思潮，促成作品与观众的双重教化

影视作品作为当下最具影响力的精神产物，通过立足于人来讲故事，无论是什么年代什么地域，人的情感是共同的，所以影视相比其他艺术更容易将观众引领进精神领域，对人们的价值观念、思想观念、社会风气与社会观念都有很大的影响。影视行业的繁荣发展，各种题材各种作品层出不穷，观众对影视的选择，对影视中表达的观念也有选择性地接受。加上每个人的社会背景、所处经历不一样，思想境界也不同，正如一千个读者就有一千个哈姆雷特。影视评论的作用就在于引导社会大众有一个正向的价值导

向。同样，影视评论的广泛性也反馈着观众的"口碑"，影视作品能否获取广大群众的认可，影视评论一定程度上左右着大众的意见。可见新时代影视评论显示社会规范的意义是实现电影作品与观众的双重教化，为电影市场、影评发展以及社会风气培育良好土壤和社会文化环境，推动社会主义文化繁荣兴盛[8]。

1）对价值观念的引领

2021年8月2日，中央宣传部、文化和旅游部、国家广播电视总局、中国文联、中国作协等五部门联合印发了《关于加强新时代文艺评论工作的指导意见》，凸显了文艺评论工作在社会价值引导、精神引领、审美启迪等方面的重要地位和作用。影视作品是文艺的重要组成部分、文化传播的重要载体，更是意识形态的重要领域。

影视评论最主要的主体对象还应是创作和作品本身，从习近平总书记在全国宣传思想工作会议上首次提出"讲好中国故事"，到《"十四五"文化产业发展规划》《"十四五"中国电影发展规划》等系列文件指出，影视作品是宣传思想工作的重要阵地，是深受人民群众喜爱的文艺形式，是国家文化软实力的重要标识，发展和繁荣影视事业，创作精品化主旋律题材影视作品对于推进社会主义文化强国建设具有重要意义。从2017年建军90周年、2018年中国改革开放40周年，2019年新中国成立70周年，到2021年中国共产党成立100周年，反映重大历史题材、革命战争题材、重大现实题材的主旋律影视作品喷涌而出，无论是《我和我的祖国》系列里的平凡人群像，还是《觉醒年代》的近现代史，都在以更贴近现实的方式走进当代观众的心。围绕战争题材出现了《长津湖》《湄公河行动》《战狼2》《红海行动》等一系列作品，进入了主旋律3.0时代，一套逐渐清晰的"新主旋律美学"成为影视与观众沟通的阶梯。影视发展制度优势、组织优势、政策优势、保障优势充分彰显，影视文化产业迈上新的台阶。

提到电影评论，人们会自然想到法国新浪潮时期特吕弗那一群年轻人，十几岁就通过评论开辟了世界电影的一个新时代；也会怀念中国左翼电影时期，王尘无、夏衍等人的评论，代表着中国电影和革命意识的觉醒；还会感怀钟惦棐先生和新时期电影评论所带来的思想解放。电影评论从来都不是简单的关于电影的一点点事，从宏观角度看，关系到民族、国家的精神建构，从行业角度看，关系到电影事业的发展，自然也关系着人的精神的塑造。当下的文化形态和影视局面比之前要复杂得多，在互联网时代，人人都是评论者，众声喧哗下，评论者必须思考，如何实现正确的价值引领，并使评论真正走到人们的心里。虽然需要特吕弗、王尘无、钟惦棐这样的杰出人物，但更需要从事影视评论或相关工作的人积极参与、积极发声，将其作为一种使命与责任。[9]

2）对作品赏析的引导

网络平台是广泛的，一篇专业度高的影视评论或许很快被淹没在众多信息中；网络平台也是意外的，一句短评或一个观点或许也能成为热点话题，带动更多的人参与互动、发表言论。自媒体的兴起，传播者和接收者的界限被打破，每一个人都可以发表自己的言论，并对别人的言论评头论足，这样实时交流的方式往往能快速引起一个话题，尤其是反映社会现象的影视作品。如反腐电视剧《人民的名义》，电影《我不是药神》改编自白血病患者陆勇代购抗癌药的真实事迹，网络剧《沉默的真相》大胆地陈述了社会体系、政治体系可能存在的泥淖等，这些可以称之为现象级的影视作品在精良的影视制作之外，更突出的是它的社会效应，网络影视评论中更多的评论不只是作品本身的赏析，还要探讨社会价值，通过舆论的引导来实现影视评论的社会功能，把影视评论真正地作为大众文化审美的实践，并且从根本上体现网络影视评论与大众化、"草根批评"的巨大影响力。

新时代，影视创作异彩纷呈，社会大众的影视欣赏水平也随之升高，开始从影视作品的故事剧情、人物塑造、视听语言、特效包装等方面进行探讨研究。虽然专业领域、美学领域的学理性分析欠缺，但在社会现象评价方面的表现尤为突出，可见，网络影视评论代表着社会大众对影视作品的看法，这极大地促进了影视艺术的繁荣。但与此同时，在"沉默螺旋理论"和社会从众心理的作用下，相对多数的合理性成为一种支配性法则，直接影响到了多数观众的选择。而且这种引导功能是逐级扩大的，从个体到群体，如同蝴蝶效应，很快就产生一种强大的社会功能，构成了一种社会文化时尚。在如今文化和思想多元化的情境，这种引导作用在某种程度上甚至超过了主流媒体的舆论引导。在近些年影视作品播映的过程中不乏这样的例子。[10]

3.2.3　注重时代特色，促进影评理论创新

新时代的影视评论，从影视评论自身的媒介功能来说，又可以被称为大众文化传播，在整个传播过程当中逐渐生成大众的学术批评。个性化的意识觉醒以及草根意识的最终确立则是整个网络评价当中所独有的文化属性。同时，虽然说在许多网络影视的评论当中，从所评论的整个内容上来看，思想观点以及当中的表现意识并不具有一致性的特征，甚至表现出一种对立性、对抗性的重要特征，但是，从整个影视评论所表现的整体发展特征来看，所表现的则是对后者的一种补充，进而体现出一种重要的文化结构合理性以及理论体系的完整性特征。[11]

1）产生具有时代特点的话语特征和批评策略

融合媒体时代下，我国影视市场的整体形势和影视评论的格局正在发生着改变，网络媒介的特性作用到影视评论中，改变着网络影视评论者的思维模式和理念意识，尤其是话语特征和批评策略。

传统影视评论主要从影视理论、影视美学或者发展历史出发，评论形式类似于一篇学术论文的套路：研究背景—提出观点—论证论据—归纳总结；这样的表达方式严谨、严肃，甚至很多学者喜欢引入哲学观点，使文章更具深度。这样的评论对影视创作有一定的理论指导，也能够提升观众的文化素养与艺术素养。但是这种长篇、学理性强的评论并不被社会大众所接受，更不适应于碎片化传播的网络时代。网络影视评论则是借助网络语言、网络风格化进行评论撰写，善于多元化、趣味性或者吐槽调侃式地发表个人

的影评观点，通过吸引眼球的标题吸引受众，增加表情包、接地气的表述语言获得了广大网民的认可。这样的评论活跃了大众的精神生活，将艺术拉近了生活，引进了新的评价视角和价值导向。同时网络影视评论是即时的、互动的，有时甚至是即兴的，其语言的生动、犀利、"潮"，观念的流行、时尚以及思想的交锋性本身都会给读者带来阅读的快感，从而在一定程度上对传统影评僵化的形式构成冲击，对它的变革具有积极的启示和推动作用[12]。

不可否认，网络影视评论为影视评论界带来了新的思想内容与形式上的创新，拓展了评论的视野，也占据了大量的发声空间。虽然网络影视评论的学理性不强，网络环境鱼龙混杂，对传统影视评论的传播产生了很大的冲击，但时代的发展需要容纳更多的声音，需要不断地创新。每一次创新都是疼痛的，需要我们正确引导。首先，我们要明确，我们不可能苛求网络影视评论能够为我国影视评论形成理论框架，理论的创新是需要长久学术的积累，是需要反复实践、日积月累的，绝不是一部影视作品的所感所想就能够形成的。其次，我们要正视这种评论的快速生长，网络影评能够带给传统影评更多视野的变化，反映着社会的声音，革新着评论的表达方式，作为一种崭新的文化形态丰富着影视文化的价值内涵。最后，我们要明确，影视评论不仅面向创作者和学术研究学者，更应该面向社会大众，才能发挥其社会功能。大众影视评论推动着传统影视评论改变话语特征和批评策略，从而使影视评论具备时代特征，为影视文化构建持续发挥主力军的作用。

2）大众文化的学术价值

网络媒介的自由与开放使舆论平台真正地回到了普通社会大众，影视赏析与影视评论成为社会大众日常生活的必需品，在经济全球化的互联网时代，影视文化不断地创新发展，即使是专业内的研究学者也在不断地学习，跟上影视评论的节奏。网络为影评开辟了广大的平台，将专业影评拓展为大众影评。大众文化形态如何为影视评论注入了新的生机，如何丰富影视评论的基本理论，是需要我们研究探索的学术价值与学术现象。

首先，大众评论中体现出的大众意识是当下时代最真实的声音，体现了观众的观影体验和思想情感，也反映出了社会大众对影视作品中表现的人物、生活及社会现象的真实反馈。其次，大众评论中的大众文化属性，强调了平民意识，表现了社会大众的文化立场与价值取向，这对我们将精英文化融入大众文化，构建新时代影视评论有一定的价值功能。

大众影视评论淡化了意识形态，强化了影视的市场化，这让观众的观影意识发生了本质的变化。影视评论对于大众而言，是从"接受理论、接受教育"到主动审美、娱乐和消费共融的一个精神过程，其实，从这个意义上说，大众影视评论的意义和价值就更加丰富和深入了，不只体现在大众影评文化的勃兴上，更对社会文化、学术生态的完整性构成全面有益的影响。在平民意识和精英意识融合的态势下，影视评论在大众文化与精英文化融合的态势下，立场的平民化与理论的简约化，是网络影视评论带给中国影视评论理论发展的重要启示，也是影视评论的重要拓展。

3.2.4 拓宽宣发渠道，推动影视商业价值

网络影视评论已经不单单是对某个作品的点评与研讨，传播平台的社交化、网站的广泛性已经在一定程度上拓宽了影视的宣传渠道，拓展了影视经济市场，推动了影视的商业价值。

1）推动受众观影兴趣，带动点击率和利润

网络为影视打开了大众平台，如微博的广场性、公众号的分享性都拓展着影视的宣传平台，吸睛式的标题、话题性的评论推动着受众的观影兴趣。如"独立鱼电影"公众号、微博号由企业专门运营，公众号的简介即"承包你全年的电影片集，延长三倍的人生体验"，每天推荐2~3部电影或电视剧，收获了大量的粉丝。其评论方式常以热门话题或明星热度开篇，吸引受众，口语化、图像化的文字实现轻松趣味阅读，拉近了与观众的距离，推动大众观影兴趣，强大的感召力与说服力，满足了受众需求。从社会大众注意力的角度分析，能够让社会大众关注，就产生"关注即营销"的现象，通过关注转化率促使电影票房的提升，通过关注提升市场表现力，其营销效果可以超过传统电影广告与电影宣传推广，带动影片的点击率和利润，实现关注度与转化率，从而推动电影效益的产生，提升电影作品的商业价值。

事实上，网络传播大大降低了影视评论的准入门槛，也带动了一大批影视评论的自媒体的产生，即产生由普通大众自发性主导的信息传播活动。一方面，传统的影评媒体，在影评的时候，深受实体媒体的日常运转的制约与影响，有固定的周期和实践，需要阶段持久、数量稳定的体系化内容供应，影评内容不仅触及影片自身，也会关联到电影产业的各个环节；另一方面，影视评论自媒体，便捷和快速化的生产方式，并不拘泥于具体的条框限制，而是专注于内容表达的深化和细化，从而增强了人们对电影评论的关心程度，吸引了大批粉丝的围观与瞩目。在这种情况下，"流量即效果"，网络影评已然成为注意力经济的重要增长点，其带来的粉丝效应以及牵动的关注度，已经具有了某种商业价值。因此，影评自媒体的商业价值变得多元化，可以通过吸引粉丝打赏、承接广告、举行线下活动的方式实现"垂直变现"。自媒体影视评论是一种自负盈亏后的正规收入，可以进一步挖掘网络影评的商业价值。具有商业性元素的网络影评并不意味着观点一定会臣服于资本，受制于红利，而是寻找一种平衡生存与艺术的途径。为了艺术能够更好地生存，就像是报纸承接广告业务一样，能够让网络影评继续保持自身的风骨与判断力，发表保持中肯的、符合逻辑的、对观众具有启发性的评论，专注于影评内容的公信力。[13]

2）拓宽影视宣发渠道，拉近观众视野

随着自媒体的崛起，影视评论话语场域的变化转变着观众的身份，一场观影体验后，观众的身份由被动接受评论变成了主动传播者。电影的宣发不再局限于创作讨论、

宣传片、花絮等宣传方式，而是将话题引入社交媒体，引起话题，发起讨论，使观众成为影视作品传播的主力军，自然而然地喜欢这部电影。

观众的评价往往更令人说服，也更真实，对于高质量的电影来说自然成为票房助推器，反之亦然。

如猫眼、豆瓣等评分式的影视评论更是直接影响受众对电影的选择，前期影片的宣传增加了想看的统计功能、电影票的预售功能，上映同时推出讨论区，将电影作为商品，效仿淘宝等购物网站，将好评与差评直观地表现出来，使大众在选择影视消费前不由自主地选择看看他人的评价，从众心理影响着消费者。如2022年初的春节档《四海》，韩寒导演，沈腾、刘昊然等演员的阵容，在前期宣传中是大众最想看的影视作品之一，但随着电影的上映，差评如潮，大部分称"含腾量低""风格阴郁不适合春节""女主个人问题"等，使后期票房量一落千丈，成为韩寒导演票房最低、口碑最差的一部作品。而同期春节档《这个杀手不太冷静》作为一部喜剧片，像一匹黑马冲入了大众视野，评分网站评论区的一众好评促进着票房一路攀升。可见，网站评分式影视评论已经成为人们观影时重要的参考标准，影响着电影票房与电视收视率。于是更多的影视资本将宣传渠道瞄准网络影视评论，制造社会话题、明星话题等，寻找切入点，引导观众观影，如动画片《哪吒之魔童降世》，电影宣发有意制造出各类话题：后期团队制作过程话题，包括人性、教育、偏见、命运等社会话题，引导社会大众了解创作意图与深度，从而再次推动票房。

以上综述可见，新时代影视评论在新媒介的推动下，呈现出了新表达、新理论、新受众、新价值等多重功能，深化影视评论的社会功能与价值引领，在融合发展中寻求路径，重塑理论体系。

3.3 新影评的发生机制与文化征候

融媒体时代，影视产业发展迅猛，也为影视评论提供了更多的研究方向，网络的数字化更是将评论的大门向广大网民敞开，大众影视评论成为新时代影评的重要阵地。但由于大众影评专业性参差不齐，大众需求、个人情绪消解着专业权威，商业化的操作、粉丝经济扰乱了影视评论的纯粹性，被纳入社会话语体系的影视评论面临着新的局面和新的问题。

3.3.1 大众影评消解专业权威

互联网的开放性降低了网络影视评论的门槛，专业性评论埋没在众多大众评论中，降低了评论的学理性和客观性。大量自媒体的影视评论并非站在客观角度来写，而是以娱乐化的方式迎合大众，失去了应有的客观属性。新媒体环境下的大众影评与传统媒体平台的学术性影评之间的争鸣，使新时代影评遭遇了影响力与权威性的选择、服务学术还是迎合大众等选择性难题。

1）影响力与权威性的选择

从传播学角度来说，媒介及媒介所承载内容的影响力大小是检验其是否具有权威性的前提，但是网络新媒体让个人意见的表达途径变得畅通无阻，社会大众表达的欲望在网络开放的环境下急于被认可，于是迎合大众的言论、犀利的评论频繁出现。但大众意志容易动摇，即使是吐槽、恶搞、灌水等也有可能获得极高的关注度，从而成为大众的"意见领袖"，这样的意见领袖只具备影响力，却不具备权威性。如豆瓣网中《你好，李焕英》的众多影评中，获得7000左右的高点赞评论大多是针对剧情的解读与所感所想，再有就是针对贾玲、陈赫等明星展开评价，此类影视评论没有从专业角度去审视作品，没有从人物塑造去谈论演员，但由于标题突出或言语犀利，依旧获得众多认可。这样的评论能称得上为权威吗？值得我们深思。

权威的评论应该对观众的影视鉴赏力有所提升，对影视产业有所助益，对影视艺术及理论研究有所领悟。但是网络影视化评论虽然高影响力但是权威性低。当影评对电影艺术的指导意义在网民的嬉笑怒骂间被不断削弱，网生代影评便很难获得业界的广泛认可，电影评论服务于电影产业发展的根本作用便不复存在。网生代影评在大众间影响力的提升是否必须以牺牲影评的学术性及文字的艺术性为代价，值得商榷。[14]

2）大众需求与学术诉求之间的矛盾

自媒体为大众发表言论提供了平台，拓宽了视野，评论形式多元化，但同时也带来了无内容的内容。大众对影视评论的需求往往体现在以下两个方面：一是广大网民愿意将影视作品作为商品看待，将文化消费等同商品消费，习惯了看评价决定自己的消费意向，失去了原有对影视作品客观公正的思考。另一方面，当影视作品赏析完，又以观众的角度在影视评论中寻找发泄点，寻找情感认同。于是，广大影视评论为了满足大众需求，获得认可，更多的是在寻找共情点、调侃点或批评点进行评论，满足大众的需求。

然而这样的影视评论并未起到引导大众，推动影视创作的社会功能，更谈不到学术功能的体现了。理性的、有理有据的学术评论常常长篇大论，理解难度高，从而被大众所略过。过于表面化的评论淹没了影视评论应该传达的价值观和思想的构建。2016年12月27日，《人民日报》客户端发表题为《豆瓣、猫眼电影评分面临信用危机，恶评伤害电影产业》的署名文章，点名批评豆瓣、猫眼的电影评价机制，并称个别大V、公众号为获取经济效益而发布恶意影评的做法严重破坏了中国电影的生态环境。28日，《人民日报》评论微信公众号，却又以《中国电影，要有容得下"一星"的肚量》为题发表评论，承认观众有"用脚投票"的权利。两篇文章在观点、立场上存在的差异，也引发了人们对网生代影评能否在服务大众的同时服务于学术研究及电影产业的讨论。以腾讯科技编辑俞斯译为代表的一方观点认为，豆瓣猫眼因评分过低被批，实则是一种本末倒置，面对国产电影在互联网上评分过低的现象，电影界更应以"拍出好电影"作为回应。而以《钱江晚报》记者陆芳为代表的另一方观点则认为，"中国的影评和影评人其实都在起步阶段，影评人因所处的发布'平台'不同，或与电影产业利益的疏远等关系，文章的可信度没有评判标准。"[15]可见，大众需求与学术诉求间的矛盾也是大众影评消解专业权威的主要原因。

3.3.2 情绪泛滥伤害新影评生态

情绪泛滥是网络言论自由的平台上体现最明显的一个特点，快节奏的生活随之带给人们的是工作、家庭甚至生活的压力，网络成为人们情绪发泄的重要场所，这样的现象更加体现在网络影视评论中。一方面，真切的、热烈的情感能够带动大众对影视对生活的热爱，但另一方面，无理的情绪发泄也会给影视生态带来负面的影响。

1）主观感受过多，缺乏理性、客观性

情绪的来源主要是个人的主观感受，常常来源于个人成长经历或生活环境，陷入情绪的评论主体，容易禁锢在自己的认知体系中，失去理性分辨能力，降低了影视评论的公正性和客观性。然而这类影评以个人情感为出发点，更贴近生活，更接地气，甚至很多评论会结合自身经历拓展与延伸，引起观众共鸣，传播力度更高，但这样的评论主观性强，缺乏理性分析，甚至脱离作品本身，掩盖了作品自身的价值，是不利于影视创作发展的。

情绪泛滥的案例中常出现某些观点与某些群体之间的矛盾，尤其是在家庭伦理剧中，如婆媳间的关系、孩子教育问题、男女情感问题最容易出现情绪化的言论。这些"清官难断的家务事"在网络自由平台中，观点矛盾、情感代入让更多的观众非理性地评论，更有很多女性群体往往无视时代的特征、历史的背景和故事的假定性，从单一角度去批评甚至抨击。如演员郭京飞曾在节目中吐槽，饰演《都挺好》苏明成后，长达一段时间不敢看影视评论，"妈宝男""打女人"这些标签直接上升至演员本身，甚至在路上也会遭到路人谩骂。这样的评论认识仅仅存在于故事情节表面，甚至是个人感性层面，将情绪发泄作为影视评论，使评论的平台变成了一个吐槽场所，不利于影视评论生态的健康发展。

社会大众将自己的感性言论看成了敢说敢做的一种表现，实际上，任何一件事情都需要我们辩证地去看待，理性地去面对与认识世界，对影视的评论也应如此，不能停留在表面看待问题，应该提升鉴赏能力，科学地、客观地分析，从而提升自己的影视艺术素养，实现影视评论应有的社会功能与价值。

2）网络伦理道德观念淡薄，导致评论泛滥、庸俗

网络影视评论活动的开展缺乏这样一个网络伦理道德支撑或约束，绝对的自由化在成全网络影视评论自由化发展、民众倾诉意愿实现的同时，也助长了一些不良的网络风气，垃圾文字、恶意评论等就是其中的表现。从长远来看，这种现象对网络影视评论及影视自身的发展，乃至良好网络空间的建立等都是非常不利的。民众影评意识不强、媒介宣传影评理性不足所致的网络影视作用难以有效彰显，也是当下网络影视评论存在的一个显著缺陷。[16]

（1）观念层面上，个人自由主义盛行

网络评论虽然自由开放、匿名并且虚无，但是网络受众却是真实的社会大众，情绪及三观直接作用于现实社会。网络影视评论借助影视作品发表个人言论，道德观念淡薄，将自己视为网络道德行为的唯一标准。如在很多悬疑推理影视剧中，凶手不一定十恶不赦，受害者也许更恶劣，网络影视评论中，支持凶手，"以暴制暴"等言论层出不穷，但这样的行为无视法律，并不是影视主题表现的，更不是社会需要提倡的行为，这样的观念对青少年的影响更值得我们关注。

（2）规范层面上，道德规范运行机制失灵

网络伦理与传统伦理不是相对的，而是对传统伦理道德的继承与发扬。但是网络影视评论平台中是匿名评论，虚拟社会中的人机交流，评论对象不是面对面或真实署名，他模糊了个人的真实体现，于是很容易冲破道德底线，肆意评论，除了政治法律言论的约束，其他评论言语不用真实负责，有些人将自由理解成肆意妄为，素质低下，没有社会责任感，所表现的影视评论庸俗，影响着其他观众的正常思考。

（3）行为层面上，网络不道德行为蔓延

网络虚拟社会中的影视评论，不道德的行为扰乱了影视评论的生态，如大众的立场性及从众心理，容易在评论中站立场，起争端，如果和大众不同的影视评论声音出现，就会被其他人谩骂成"水军"或"黑子"。不能辩证地、客观地看待问题，随意打压他人意见，甚至散布虚假信息来打压，这些行为蚕食了网络道德领域。

更有些道德素质低下的网民为了获取点赞和关注度，刻意制造话题，片面地点评，发表"标题党"言论，抹黑演员名誉；也有些盲目的粉丝，为了维护自己喜欢的演员，抹黑其他演员；还有一些缺乏社会责任的制作公司为了获取影视宣传目的，雇用水军为影片刷好评，大肆宣扬。大众发现网络影视评论言过其实或名不副实时，就会对网络影视评论产生抵触感，降低对网络影视评论的信任度，这与新时代影视评论自身价值的彰显是背道而驰的。

3）话语暴力现象明显，失去客观立场

网络影视评论中出现了很多话语暴力现象，并愈演愈烈。一些社会大众在观赏影片后，通过影视评论发泄对作品的不满，不同个体的情绪借助网络传播。虚拟环境缺少了现实社会道德的束缚，影视评论失去了应有的客观立场，暴力评论大肆传播，对社会造成了不良影响，更影响着青少年的成长。

网络媒体时代，人人都可以是评论家，这是时代带来的大众评论，是开放的，也是多元的，是社会进步的体现。这样的进步需要大众在创作影视评论时保持着客观理性原则。但是话语暴力现象的盛行，使评论不再具备含金量，更不具备参考性，失去了它的社会功能和学术价值。大部分的话语暴力主要针对影视作品及演员进行攻击,所谓的"黑粉"更是毫无顾忌地针对演员进行吐槽或谩骂。这些评论不仅打击了演员的创作热情，更对影视作品的创作团队进行蔑视，这样很容易误导其他观众对作品的看法，增加社会上的暴戾之气，从而危害影视、影视评论事业的发展和公序良俗。

影视评论的作用在于通过解读和阐释影视作品的内涵和价值，向受众指出其存在的问题，并总结经验，更好地推动影视作品创作者创造精品力作。因此，好的影视评论应该是对艺术格调粗俗的影视作品进行抨击，而对具有创新精神的影视作品应该给予鼓励和宣扬，引导影视创作者精心打造既受观众喜爱又具有较高艺术水准的作品，为影视大发展发挥积极作用。[17]

3.3.3　商业操控危害新影评市场

影视作品的艺术性与商业性一直是有争议的两个热点，相排斥还是相融合，如何让艺术性的电影有市场，商业化的电影有水平，也是现在影视行业面临的两大考验。大众影视评论的出现，给电影市场带来了一定的冲击，不管是宣传力度还是传播速度，都成为影视资本重点关注的一个场所。大量的影视评论沦为了精致的商品包装广告，看似专业的影评成为影视作品的炒作，大众评论中混入"水军"，甚至利用影视评论制造话题，引导舆论导向。这些商业化的电影市场逐渐消解了影视评论的专业性与客观性，混乱的影视评论环境，不仅对于观众是误导，对于作品更是亵渎，不能促进影视行业的发展，更不能促进影视艺术的发展。

1) 雇用"网络水军"，影响舆论走向

影视作品是需要投资和市场的一种艺术，制片与营销原本就属于影视作品创作的一个环节，制片方与投资方为了获取更大的利益，会想方设法地投入到影视评论的市场中。如今，猫眼、豆瓣等网站平台评分式评论成为社会大众选择观影的主要参考依据，微博、微信等社交化媒介的大众评论影响着观众对影视艺术鉴赏的判断，抓住舆论主战场就等于抓住了市场，这是现在大量资本对影视评论的主要评判。于是，资本大力掌控着评论的走向，控制着平台，对评论进行删减，收买意见领袖引导舆论，雇用"网络水军"为影视作品造势。

"网络水军"是一群在互联网中针对特定内容发布特定信息的、被雇用的网络写手，通常简称"水军"，又名"网络枪手"，他们通过发布、回复和传播博文对正常用户产生影响，其目的是为某些商业活动造势或攻击商业对手。[18]市场化的当下，投资宣传部门大量雇用低成本、见效快的"网络水军"，从生活、情感等能够吸引观众的角度制造话题，宣传造势；用专业角度夸赞，提升评分口碑。他们甚至会对同档期影视作品进行负面评价，从而抬高自己，运用观众的从众心理，引导舆论，影响大众的观影意向。"网络水军"的出现，扰乱了影视评论应有的艺术性与客观性，危害着影视作品的整体信誉和市场环境，商业化的手段可以让一部商业片被夸赞成高质量、高水平的艺术作品，也可以让一部艺术片不被市场所认可，误导着社会大众对影视作品的鉴赏与评判，也削弱了影视创作者及影评者创作的积极性。这些只为投资者作喉舌的所谓"影视评论"，不仅与作为衡量影视品质标尺的影视评论本质相去甚远，而且也直接导致网络影视评论的公信力下降。[19]

2）商业操控，资本的助推与掣肘

在当前影视评论的生产运作中，商业资本无疑是生产的最大动力之源，但是商业资本也是一把双刃剑，它同时也犯下了造成影视评论诸多问题的"原罪"。首先，商业资本用资本的力量掌握了影视评论强有力的话语权，使商业评论量产，并"铺天盖地"。其次，随着新媒体时代的影视营销成为影视生产的必要环节，商业资本不仅介入评论领域，更成为内容输出的操控力量。一部影视作品尚未播映，关于作品中的明星、绯闻、花絮的话题就已经成为商业噱头被热捧，为作品中的CP（配对）做前期预热，甚至制造绯闻，更有甚者会放出一些有争议的话题，比如网络小说改编的IP（知识产权）剧，演员选角与原著的符合度等问题引起原著粉与明星粉丝的讨论，从而达到宣传效果。甚至有些制作公司利用"网络小说原著粉丝"这个现象，将正在拍摄的电影剧本反向变换成网络小说，投放到网络小说平台，同时买粉丝，将小说置顶，获取高热度来吸引网络小说的阅读者，从而获取小说热度。这样，当影视作品上映时，原著粉丝就会化身影视粉丝，在影视评论大力推动宣传，达到资本推动经济效果。

影视宣发商业化的操作，商业资本的掣肘与助推，将影视评论变成了单向度、粗浅化的信息，以营销为目的的商业创作完全背离了影视评论应有的价值评判标准，"为资本站台，为流量喝彩"成为商业评论的核心价值取向。其次，资本追求利润最大化的逻辑成为影视评论内容产出的主流导向。[20]

3.3.4 粉丝文化影响新影评效应

影视中的粉丝文化主要是指群体对于某一位演员崇拜和追捧的心理造成的文化消费，并由此发生的为了自己喜爱的明星过度消费和付出无偿劳动时间的一种综合性的文化传媒以及社会文化现象的总和。粉丝应援偶像的行为作用于影视评论中，主要出现在对评论的控评，对偶像的作品坚定不移地追逐，在影视评论中大肆赞扬与吹捧，对评论中不利于偶像的言论坚决抵制并反驳。这样的粉丝文化随着粉丝群众数量的增多，对影视评论的效应影响就越大，不同偶像的粉丝之间也会出现矛盾与争端，这样影视评论的平台变相成为应援的场所，不利于评论生态的健康发展。

1）粉丝的"极化"现象

当下媒介艺术样式多姿多态，全媒体时代受众呈现"极化"特征。"极化"是指"受众分化为忠诚者和不接触者两个极端部分的倾向"。"极化"倾向是对当下社会受众审美分化比较严重的一种客观描述，代际间的差异往往是造成这种"极化"倾向的基础。[21]影视文化中的粉丝群体常见的是对偶像参与的影视作品极致追捧，针对明星而产生的极化现象，主要体现在两个阶段。首先在前期宣传中，从影视作品确定人选开始，粉丝就开始形成了一股不可小觑的力量，在网络平台频繁流传作品拍摄期间的花絮、宣传片等，在作品定档上映前大量的粉丝会在微博、微信、短视频等平台对影视作品进行大热度、高频率的宣传，助力作品获取更高的关注度。其次就是在影视播出期间与后期，体现在影视评论的各个平台，粉丝会大肆吹捧偶像的演技进步，表演精湛，毫不吝啬地夸赞偶像的颜值、演技、敬业等等，即使影视作品效果不好，粉丝也会替自己的偶像与导演进行分割，力求影视作品的问题不影响到偶像的名誉。

另一类粉丝群体主要有小说、动漫的原著粉，随着IP剧的热潮，大量的网络小说、动漫游戏改编成为影视剧，获得了较高的收视率或票房，也成为影视行业群体近些年创作的大量选择。文学改编影视剧一直是影视创作中重要的一部分，如四大名著、金庸武侠、张爱玲小说等屡见不鲜，随着网络文艺的盛行，网络小说为自由小说家提供了舞台，网络小说中仙侠奇幻、推理、重生等题材最受欢迎，受众以"90后""00后"为主，这类型的爽文及小说人物满足了青少年的幻想。当这类型的网络小说被改编为影视剧后，势必将一批原著粉转为影视粉，对影视作品剧情、人物演员的选择也成为粉丝最为关心的问题，这些话题及争议也会推动着影视的热度。如2015年由网络小说《仙侠奇缘之花千骨》改编的电视剧《花千骨》，从项目立项开始，就通过网络微博投票的方式选取适合出演男女主角的演员，甚至主题曲的歌词都是由原著粉一起创作的，所以在播出后反响较大，虽然问题依然存在，但仍获得了原著粉、明星粉的一致好评，收视率在争议中一路飙升，也为IP剧打开了市场。

粉丝经济的受众"极化"现象让专业的、学理性的、客观性的影视评论处境尴尬。粉丝对偶像的盲目崇拜、盲目维护缺乏理性，直接影响到专业评论的权威性，使社会大众不能正向获得鉴赏能力。

2）粉丝职业化、买办化趋势

粉丝文化也叫"追星文化"，这样的文化在狂热的追星过程中形成了一个巨大产业——"粉丝产业"，扩展到各个经济领域，形成了粉丝经济。粉丝的消费大致包括明星的演唱会、网络影视及音乐消费，购买明星所代言的产品，购买明星有关的周边产品等等，这样的消费同时带动着明星参演的影视作品产业链。粉丝经济成为影视产业的必备环节。于是，开始出现了粉丝职业化、买办化现象。

一些公司开始成立"专业粉丝公司"，招聘职业粉丝作为工作人员，专门从事招募"粉丝"、组织活动、在网上发帖子、举横幅和呐喊等为明星活动造势的服务，进而分享演出后的利益。公司通过会服、会费、荧光棒、外地"粉丝"的门票、赞助等获取收益。职业化的粉丝专业探索明星周边，带动大批粉丝有规模地出现在各类场合为明星打Call（为应援某人某事而发声，有呼喊、喊叫、加油打气的含义），尤其是大量地覆盖着微博、微信、豆瓣等全网资源，引导舆论，维护口碑，成为一种高效率低成本的新媒体宣传方式。专业的影视评论也因为粉丝经济要么被推向顶峰，要么被打入谷底。影视评论理应代表一个时代的理性声音，媒介融合生态下粉丝经济的崛起，在相当程度上干扰了这种声音的影响力，自然让评论的效力大打折扣。

总体来说，虽然影视评论的网络化与大众化促进了影视产业的繁荣发展，但带来的问题也不容小觑，社会大众没有经过系统的影视专业学习，甚至对影视评论都没有正确的认识，大量的情绪化言论消解着专业的评论，资本的介入、商业的操控、粉丝的维护，埋没着理性的评论声音。这样的评论充斥着人们的生活，长此以往，对人们影视鉴赏能力甚至是人生观、社会观、价值观都有一定的影响，更不利于影视产业发展，影视理论的研究，需要我们正视并改变这样的文化生态。

3.4　新时代影视评论的生态构建

新时代，随着影视产业的蓬勃发展，更需要健康生态的影视评论，二者之间互相依存并唇齿相依，只有在积极、健康、热情的影视评论氛围中，影视产业才能不断向前发展，加强影视评论生态建设，为影视业良性运行提供有利环境。2017年1月11日，中国电影评论学会网络影视评论委员会宣布成立，其目的就是"聚拢优秀网络影评人、引导网络影评健康发展"。它的成立"掀开了中国电影舆论生态建设的新篇章，也是中国电影史上的一个标志性事件"。同时，此次会议还发布了"网络影评人七大公约"，可见加强网络影视评论生态建设的任务势在必行，且逐渐有章可循，有路可走。面对网络影视评论存在的隐忧，在坚持生态可持续发展的原则之下，倡导网络主体在参与影视评论的过程中秉持最大的热情和诚意，彼此尊重，公平对待，为影视评论建立一个生态、文明、健康的网络环境。可见，加强网络影视评论生态建设，具有深远的意义。[22]

3.4.1　实现大众影评与专业影评相融合

新时代，影视产业面对新媒介，影视评论面对新受众，互联网数字技术发展迅速，新影视美学及网络影视理论还没有同步跟上，促使着新影评转型发展。所以，当代影视评论者需要充分了解媒介环境与互联网思维，发挥权威专家与研究学者在网络影视评论的引领作用，从而提升大众影评人的专业素养与审美能力。充分利用网络新媒体平台，实现大众影评与专业影评相融合，从而推动影视评论健康发展，影视产业繁荣发展。

1）重视网络影视评论建设

融媒体时代，网络文艺繁荣发展，网络大电影、网络电视剧开始高质量发展，影视评论的阵地也从纸媒转向了网络新媒体。网络新媒体是社会大众最常接收到影视评论的平台。网络影视评论会是当前甚至以后很长一段时间影视评论的主导方式，是反映大众的价值趋向与社会观，推动未来影视发展的重要力量。

第一，网络环境自由开放，网络影评人范围广泛，年龄、学历、阅历、文化素养都参差不齐，需要积极引导，加大专业影视评论人在网络平台的发言，学会使用互联网思维，将专业影评运用新媒体形式表达，用大众表达形式，引领电影爱好者逐步接受专业影评，从而提高个人鉴赏能力。

第二，近些年，网络大众影评鱼龙混杂，有素质低下的，也出现了一些自媒体公众号，微博大V在公司运作下，形成了一批具备影响力的影评人，尽管有一定的商业化，但是影评较为客观，有一定的专业性。对此，我们需要加强管理和监督，培养和引导，发挥网络影评人的作用，构建网络评论健康生态。

影视评论自身的特点要求影评人具有客观冷静的理性思维、正确的是非观念、高尚的职业精神，向公众传递正确的人生观、价值观和对艺术的审美观。只有建立一支高素质、高水准的专业影评队伍，才能使影视评论在当前的环境下坚持自身优势，勇于承担社会引导重任，积极面对复杂的社会问题，探索解决问题的道路，争取还影视评论一个良性、生态、健康的空间，让其充分发挥作用。[23]

2）坚守专业影评，重塑影评权威性

碎片化的网络影评，学术性低，言语随意，所以很多学者专家甚至不愿意承认网络影评属于影视评论，认为那只是大众情绪的发泄或者商业手段，影视行业创作团队仅仅把网络中影视评论作为了解社会大众观影意向的渠道，并未对自身创作有任何指导。如何将精英评论与大众评论相融合，发挥媒介的作用才是我们需要面对的。首先，鼓励影视行业专家与影视评论权威人士开创微博或公众号，将真正的专业评论放入网络影视平台，发表专业看法，包括影视解读、电影热点或产业现象，学习新媒介，走出象牙塔，与网民达成互动。如中国第四代著名导演谢飞虽已80岁高龄，依然在豆瓣上开通账号，对《比利·林恩的中场战事》《哭声》等新片进行了独立客观的点评，被网友评价为"豆瓣最大的影评人"。运用"名人效应"和"意见领袖"来引导舆论，把权威、客观以及理性的影视评论思想传递给观众，从而引导网络影视评论走上高品质发展之路。[24]

虽然网民素质千差万别，但是热爱电影的人对专业影评的渴望一样的，他们也希望能够看到帮助自己理解影视作品的影视评论，拉近专业影视评论群体与观众群体的距离，利用媒体平台平等对话，了解影视专业，提升审美能力，慢慢地他们自然会远离水平较低、发泄性的影视评论，更加理性地分析影视作品，从而创造出更客观、高水平的影视评论。只有对专业影视评论有所坚守，才能使影视评论重塑权威性，回到指导影视创作、推动影视理论建设的作用上，不再被商业资本利用，保持影评生态的纯粹性。

3.4.2 加强新媒体语境下影评队伍建设

影评人是影视评论的直接创造者，影视评论的形式、平台无论如何变化，影视评论的主体才是影响影评发展的关键。新时代影评最主要的就是加强队伍建设，提升主体的综合素养，无论是传统媒体还是网络环境，能够担负社会责任，具备正确的价值观、一定的专业素养，才能促进影视评论的健康发展。

1）正视影评的职责和任务

影评从不是个人的发泄或商业资本的推手，我们要梳理影评的社会功能及学术功能，明确影评人的职责和任务。对于影视作品，需要影评人研究、概括、提升，探索专业及美学价值，提出专业建议，作用于影视创作团队，促进影视产业发展；对于观众，需要解读，引领鉴赏方向，普及专业知识，引导多元影视评论创作；对于学术，需要影评人从艺术学、美学、哲学等学科探索内涵，借助社会大众各类专业知识更加客观地进行研究，促进学术发展；对于社会，需要影评人区分商业与艺术，借助影视作品中反映的社会现象启发，引领正确的社会价值观。只有提升影评人的专业素质，勇于承担社会职责和任务，才能为网络创造出健康的影评生态。

在多元化共生发展的新时代，面对多元的社会现象，商业与艺术、利益与人文、娱乐与高雅的对立和冲击，在呼唤健康的影视评论之时，更应该坚守自身的初心，也希望所有的影评人可以重拾学术自信与文化自信，秉承对影视评论标准的坚守与担当，用简单、质朴、犀利、精准的文字，对各种影视作品和现象发出真实的声音，让影视评论能够重回评论本体。影视评论贵在真实和深耕，与影视创作一样，需要精益求精的工匠精神。[25]

2）树立积极向上的社会价值观

我们在当前新的社会发展环境下，需要树立积极向上的价值观，必须坚定文化自信，牢牢把握社会主义先进文化的前进方向，围绕举旗帜、聚民心、育新人、兴文化、展形象的使命任务，坚持为人民服务、为社会主义服务，坚持百花齐放、百家争鸣，坚持创造性转化、创新性发展，激发全民族文化创作活力，才能更好地构筑中国精神、中国价值、中国力量。我们要始终坚持正确舆论导向，把社会效益放在文艺创作的首位，为中国特色社会主义文化建设贡献力量。[26]

树立积极向上的社会价值观也要树立两种意识：一是独立意识，拒绝商业资本绑架，坚守专业精神，坚守客观立场；不被情绪影响，对影视和作品作出公正、正确的判断，树立独立品格及独立意识。站位要高，对影视产业发展提出思考。二是导向意识。影视评论是服务社会、服务创作、服务大众的，需要培育和建设有高度、有深度、有温度和有锐度的影视评论，了解观众需求，使影评具有一定的说服力，提升公信力，才能真正做到对大众的引导作用。

3）加强新时代影评的专业培养

第一，鼓励高校在影视相关专业人才培养计划中，加强对影视评论人才的培养，虽然目前没有专门的影视评论专业，但是每一个影视相关专业的学生都可以担任影评工作，所以，可以在课程体系中增加"电影评论""影视赏析""视听语言""导演基础""影视评论写作"等课程，在专业教育中提升影视评论的观点及撰写手法，为类型电影分析打下基础。

第二，在影视评论的方法中，更要比任何时期坚持马克思主义文艺批评标准，按照美学的、历史的观点评判影视作品。尤其在当前融媒体环境下，专业的影视评论工作者，应当勇于承担起影视评论"领航人"的角色，贯彻习近平总书记提出的"历史的、人民的艺术的、美学的"文艺批评新标准，坚持美学标准与历史标准的辩证统一。影视评论要从影像形态的完美性、艺术形象的鲜明独特性、内蕴表现的丰厚深刻性等方面，把思想深度、历史内容和情节丰富性、美学艺术观点结合起来，来评判影视作品的艺术特征和美学价值。这些都是影视评论工作者在融媒体时代应有的专业气质和专业精神。

第三，加强专业理论学习，研究电影本体，拓宽评论角度，站在全社会甚至全球化的视野，掌握互联网思维，运用电影语言、艺术理论进行影视分析，理论联系实践，多元化分析。所以在学习影视专业的同时，还需要增强艺术理论、美学理论、社会经济等方面知识的涉猎，全方面开展影视评论。站在时代的角度，学会利用新媒介、面对新影视的新表达方法，从而将理论作用于实践，学好影视相关专业。

3.4.3　重视艺术与市场的动态平衡

随着产业经济的发展，影视创作呈现出了"资本化""娱乐化""流量化"的价值表达。如何在市场经济体制下实现政治、经济、文化的平衡与统一是重要的研究命题。各大网络媒体、社交媒体的新影评对影视作品的口碑、票房、收视率影响越来越大，影视制片与市场营销已将影视评论作为一个重要的市场竞争场所。文艺作品需要平衡艺术与市场的关系，影视评论也是，若影视评论一味被商业资本操控，那它的所有功能将会消失，从而影响影视产业艺术的发展。所以，只有重视并掌握好艺术与市场的动态平衡，新时代影视评论才能健康发展。

1）正确看待市场冲击

随着经济的快速发展，影视作品早已成为一类娱乐消费文化产品，脱离市场来谈文艺，在如今已经不再现实。习近平总书记在关于文艺工作的讲话中提出，"优秀的文艺作品，最好是既能在思想上、艺术上取得成功，又能在市场上受到欢迎"。这既是对优秀作品提出的要求，也是影视评论所应坚守的评论标准。市场对于文艺创作既是创作动力，也制约着艺术发展。中国文艺评论家协会副主席兼秘书长庞井君说："市场的逐利性与艺术的审美性、超功利性形成尖锐矛盾。而这种矛盾，使艺术与市场的张力贯穿于文艺创作、评论和研究的全过程。"

以主旋律影视作品为例，如何做到政治、艺术、商业三者并存一直是主旋律影视作品的重要研究命题，从2009年的主旋律影片《建国大业》对商业化的探索拿下4.2亿票房开始，"主旋律也可以很好看"逐渐打开了大众认知。虽然类型化作为商业层面的电影制作公式，其相对单薄的内容承载量，还不足以支撑主旋律在宣传和表现重大题材方面的功能，但至少打开了主旋律的商业化空间，也开始在大众认知上实现主旋律内容的突围。从2017年建军90周年到2021年中国共产党成立100周年的系列献礼片来看，2021年各平台的主旋律影视项目已过百部。其中《长津湖》票房57.75亿，位居全国票房排名第一；《战狼2》56.94亿，位居第二。另外，《长津湖之水门桥》《红海行动》票房排前十，《我和我的祖国》《八佰》《中国机长》《我和我的家乡》票房成绩也很可观。在这个过程中，一套逐渐清晰的"新主旋律美学"成为达成这种沟通的阶梯。对这种美学的特征作一概括，大概有三点：艺术性还原、高情感浓度和年轻人群像。这些电影在市场的成功，证明了艺术面对市场冲击也可以有良好的发挥。

2）在市场中站稳艺术

"市场与艺术，两者只可偏重，而不可偏废，应当努力寻找两者的恰当的平衡点和合理的倾斜度。"中国文艺评论家协会顾问、中国人民大学教授陆贵山说出了当下文艺工作的当务之急。[27]随着社会发展，人民的文化素质与精神需求也在不断提升，市场经济下的艺术创作必须面对观众，所以商业性影评获取市场只是一时，只有认真做艺术，才能通过观众的检验。随着媒介化的发展、"资本"的加码、西方消费文化的影响，中国文化产业发展呈现出"流量化"的趋势，通过市场与资本的运作，衍生出中国"流量明星"经济，因相关产业价值引领、监管机制的缺失，近年来"天价片酬""掉渣演技"以及艺人违法失德的行业乱象频出。需要我们利用"大流量"进一步塑造"主流"文化话语权，塑造正能量的价值引领，优化产业生态，助力产业的良性发展。

影视作品是艺术创作，同样也是市场的产物，深受人民群众尤其是青年人喜爱的文艺形式，网络视听领域更是"00后""10后"娱乐的主要阵地，在主旋律市场常态化的情况下，影视创作需要将精品文化与大众文化相融合，用"大流量引领正能量"，保持市场，同时不断创新，做好内容，讲好故事，运用新科技新技术，不断创新，创作出"思想+艺术+技术"的高质量影视作品，这样才能在市场中站稳艺术。

3）明确影视评论在市场中的责任

不少专家认为，在市场冲击下，要保持文艺创作的高质量，必须要发挥文艺评论的作用。中国文艺评论家协会理事、北京师范大学艺术与传媒学院院长周星说："文艺评论在宏观上是为主流价值观和文艺向上发展而存在的，它的目的是辨析真伪、引导创作，揭示艺术的精神实质。"[28]可见，要在市场冲击中保持影视作品的高质量，就必须发挥影视评论的作用。

我们要明确影视评论的责任，正视媒介融合生态带给影视评论的挑战与机遇，创造高质量、高水平的影视评论，结合市场特征与媒介特征，改变形式与文体，提升专业影视评论在受众群体的传播率。超越传统影视评论的格局，拓宽视野，创作跨学科跨领域多角度的影视评论，不被资本腐化，不受流量影响，不受情绪所控，加强影视评论者的责任担当，明确影视评论的市场责任，才能促进影视评论健康发展。

新时代，传媒时代的变化和革新，颠覆了社会大众的生活方式，改变了社会大众的认知方式，面对媒体深度融合环境下影视评论的新趋势和新变化，作为影视工作者，要与时俱进，积极适应和调整，从而应对媒体深度融合时代媒介融合的现状，做媒体深度融合时代影视创作和影视评论正能量的引领人。影评人应主动地承担新时代自身的义务责任，在坚守专业精神的同时，积极拓展对影视创作和一般受众的影响效力，强化与电视网络评论的互动性和即时性，倾听、关注或吸收大众批评的有益成果，形成积极的各媒体平台批评的互动关系，最终促进影视艺术的健康发展和可持续发展。例如，报纸、电视的新闻性时评、各种网络微评等，形成全方位多角度关注影视作品的良好氛围，从而更加有效地引导创作、推出精品、提高审美、引领风尚。[29]

参考文献:

[1] 梁振华,何庆平."在场"的言说:新媒体时代影视评论刍议[J].中国文艺评论,2021(6):32-40.

[2] 孙翊铭.网络影视评论高品质发展问题研究[J].现代视听,2021(2):52-56.

[3] 张斌,霍佳雷."文体"的变革——数字媒介时代影视评论的形式演进及其意义[J].民族艺术研究,2021,34(2):101-109.

[4] 张斌,霍佳雷."文体"的变革——数字媒介时代影视评论的形式演进及其意义[J].民族艺术研究,2021,34(2):101-109.

[5] 张斌,霍佳雷."文体"的变革——数字媒介时代影视评论的形式演进及其意义[J].民族艺术研究,2021,34(2):101-109.

[6] 尹如月.网络影视评论的社交性转向[J].电视研究,2021(5):37-40.

[7] 盛暑寒.新媒体视域下的网络影视评论[J].文艺争鸣,2021(9):196-199.

[8] 宋骋丹.新媒体环境下网络影评传播的功能和价值[D].成都:成都理工大学,2018.

[9] 王宜文.新时代影视评论的"批评精神":正本与入心[N].文艺报,2021-09-01.

[10] 王俊秋,张遥.网络影视评论的传播机制与社会功能[J].武汉大学学报(人文科学版),2015,68(5):119-124.

[11] 屠志芬,郑雅文.基于新媒体背景下的影视评论传播机制以及社会功能[J].戏剧之家,2019(1):110.

[12] 王俊秋,张遥.网络影视评论的传播机制与社会功能[J].武汉大学学报(人文科学版),2015,68(5):119-124.

[13] 宋骋丹.新媒体环境下网络影评传播的功能和价值[D].成都:成都理工大学,2018.

[14] 蔡颂,丛杨.从争鸣到共鸣:构建网生代电影评论新坐标[J].南方文坛,2018(3):179-182.

[15] 蔡颂,丛杨.从争鸣到共鸣:构建网生代电影评论新坐标[J].南方文坛,2018(3):179-182.

[16] 盛暑寒.新媒体视域下的网络影视评论[J].文艺争鸣,2021(9):196-199.

[17] 孙翊铭.网络影视评论高品质发展问题研究[J].现代视听,2021(2):52-56.

[18] 孙翊铭.影视评论的现存问题及其对策研究[J].现代视听,2020(4):65-67.

[19] 孙翊铭.网络影视评论高品质发展问题研究[J].现代视听,2021(2):52-56.

[20] 张斌,霍佳雷."文体"的变革——数字媒介时代影视评论的形式演进及其意义[J].民族艺术研究,2021,34(2):101-109.

[21] 戴清.媒介融合对影视评论的多重影响[J].中国文艺评论,2017(10):28-33.

[22] 卢娟.网络影视评论的现状及生态构建[J].电影文学,2017(14):22-24.

［23］卢娟.网络影视评论的现状及生态构建［J］.电影文学,2017（14）：22-24.

［24］孙翊铭.网络影视评论高品质发展问题研究［J］.现代视听,2021（2）：52-56.

［25］王晓玉.时代呼唤健康的影视评论［J］.中国广播电视学刊,2017（7）：4.

［26］王晓玉.时代呼唤健康的影视评论［J］.中国广播电视学刊,2017（7）：4.

［27］李韵.如何把握文艺与市场的平衡［J］.光明日报,2015-07-31.

［28］李韵.如何把握文艺与市场的平衡［J］.光明日报,2015-07-31.

［29］秦雪.对融媒体环境下影视评论现象的关注和思考［J］.今传媒,2021,29（6）：50-52.

第4章　新时代戏剧评论

戏剧，是以语言、动作、舞蹈、音乐、木偶等形式达到叙事目的的舞台表演艺术的总称。从戏剧的创作来说，戏剧是通过创作的脚本，也就是剧本来演绎的，戏剧的艺术表演形式十分丰富，包括话剧、歌剧、舞剧、音乐剧、木偶戏、皮影戏等等；从戏剧的艺术类型来说，戏剧是中华民族最具代表性的艺术类型，浓缩了中国特有的文学、音乐、表演和美术等艺术门类，历史悠久，是我国璀璨的文化之一；从戏剧的表演形式来说，戏剧是由演员将某个故事或情境，以对话、歌唱或动作等方式表演出来的艺术。戏剧有四个元素，包括"演员""故事（情境）""舞台（表演场地）"和"观众"。"演员"是四者当中最重要的元素，它是角色的代言人，必须具备扮演的能力。戏剧与其他艺术类最大的不同之处便在于扮演了，通过演员的扮演，剧本中的角色才能得以伸张，如果抛弃了演员的扮演，那么所演出的便不再是戏剧。格尔曾说："哪个民族有戏剧，就标志着这个民族走向成熟。"我国戏剧是在先秦歌舞的基础上孕育出来的，从先秦到明清，戏剧始终都以其独特的文本传播模式、丰富的舞台表演风格和富含魅力的传播艺术长盛不衰。

像影评、书评、文学评论一样，戏剧作为艺术表现形式也是有评论的，戏剧的"评论"，古代称为"批评"，任何类型的评论都是对不同艺术形式或表演的批判性分析。如《李卓吾先生批评〈琵琶记〉》用在剧本上圈点以及通过眉批、行间批、总批等写上臧否文字的方式，展开对《琵琶记》的评论。古代的戏剧批评，范围更广，除了对新创作出的戏剧演出进行评议，还要包括戏剧理论和戏剧美学的研究。戏剧评论不仅仅是对一部戏剧做简单的概括、描述。普通观众可以凭借个人喜好对所看的演出说出"我喜欢或不喜欢"，而专业的戏剧评论人必须通过深入而合理的分析来充分证实其观点。戏剧评论人需要具备扎实的戏剧知识储备，以及敏锐的思考和高水准的审美能力，从而为读者提供有价值的可信的见解。尤其是新时代的戏剧评论，受到文艺理论的演变、市场经济等影响，已经发生了很大的变化，当下的戏剧评论着重探讨戏剧评论的多重关系，着眼于戏剧创作的新发展，新动向，分析当前反映出的若干问题，寻找戏剧评论活动健康开展的新出路，有助于我们提高文化自觉与文化自信，开创戏剧评论的美好前景，助力戏剧创作繁荣发展。

4.1　新时代戏剧评论的演变与现状

　　如果把新时期以来的戏剧评论前后分为两个阶段，大致可以以2000年为界，当代研究者认为 1872 年《申报》刊登的《戏园琐谈》是中国报刊上最早的戏曲评论文章，至 1907 年 3 月，《时报》开设"品剧"后又设"剧谈"栏，"这是报纸剧评自觉的开始"。此后《北京新报》《民立报》等都开始设立"剧（戏）评"类栏目，成为报纸发表戏曲时评和理论文章的园地，同时也因戏曲都市演出的繁荣而成为吸引读者的一个必备栏目。《晨报》（初名《晨钟报》）创刊于1916年8月15日，9月11日的第六版中第一次出现了"剧谭"栏目，这是该报的第一篇剧评。[1]思想解放为戏剧创作带来了繁荣，同时也激发了戏剧评论的活跃。但到了90年代，对当前戏剧创作鉴赏类的戏剧评论进入了失语时期，戏剧美学、戏剧理论成为戏剧评论的重要构成。如对"探索戏剧""三大戏剧体系""剧诗说"等的讨论。2000年以后，互联网在国内蓬勃发展，为网络剧评提供了新空间，"两微"等新媒体对戏剧评论的形态变革也产生了影响。2014年5月，上海戏剧学院举办"E时代的戏剧评论"研讨会，微博匿名剧评人"押沙龙在1966""北小京看话剧"成为会议热议的话题，形成新媒体时代戏剧评论的新景观。[2]

　　进入新时代，戏剧评论的发展面临着机遇与挑战，戏剧评论也比任何时期都更需要去认知新时代的发展特色，尤其是伴随传媒技术的发展，互联网技术的革新，戏剧评论更加多元与丰富，应立足于新时代，构建中国新时代戏剧话语理论体系。首先，面对戏剧评论的着眼点，要着眼于全部，在新时代，戏剧评论不能仅仅满足于传统剧种，对于在时代发展、互联网发展基础上的新兴剧种，全国剧种、地方剧种，大剧种、小剧种等等剧种，都是新时代戏剧发展和戏剧评论的着眼点，在戏剧评论的时候，要全面认知，不能以偏概全，每一个剧种不论"年龄"长幼、规模大小、剧团多少、级别高低，它们都具有独立的尊严和呈现，以同等的机会呈现在这一个百戏盛典的舞台上，成为新时代戏剧建设中一个最精彩的亮相，也为戏剧评论百花齐放带来支撑。其次，新时代戏剧评论应该有更强的针对性，也就是要通过直观真切地见家底、见价值、见现状、见问题，更有针对性地开展工作，以利于把传承发展工作切实落在实处，切实地反哺于戏剧的创作，促进戏剧的传承与发展，通过戏剧评论认识每一个剧种在传承发展中的具体任务和路径，特别是要找到每个剧种的生命源泉，真正认清它不可被取代的根本原因。

4.1.1　新媒体视域下的戏剧评论演变与拓展

　　随着互联网的飞速发展，新媒体、新媒介促进着戏剧作品、戏剧评论之间，戏剧生产与市场消费之间出现了日新月异的变化，戏剧评论出现了媒介性、碎片式、时代性等特点，戏剧评论突破了传统的传媒媒体时代的专业评论阶段，进入了一个新时代下的新阶段。

1）演变：泛评论的勃兴

当下，互联网与新媒体技术渗透着人们的生活，文化传播的方式、思想理念都发生着深刻的变化，文艺评论也随之发生着解构与裂变。作用于戏剧评论的演变首先体现的便是泛评论的勃兴。媒介属性与市场意识促使着戏剧评论逐渐大众化和商业化，戏剧评论的模式、空间、主体、受众都发生了前所未有的变革，戏剧评论不得不适应媒介变化，例如豆瓣、微博、B站、知乎等异军突起的传播媒介，戏剧评论传播经历着一次又一次的越位、跨界、扩充与融合，并且经历了一次又一次的革新与颠覆，改变了传统戏剧评论的延传轨迹。当下的戏剧评论在裂变重组的批评场域中进入了泛评论的寄宿空间，虽消弭了作为传统戏剧评论的精英性、权威性，但新媒体的繁荣发展也重塑了适合媒介生存的戏剧评论新增点，让戏剧评论焕发了新的生命力和增长动力。

第一，新媒体的传播格局降低了戏剧评论的门槛，戏剧评论从专业化评论迈向大众化评论的新阶段。大众化的评论语言拓展了戏剧评论的接受路径，使它从精英文化进入大众文化，多维立体的评论方式符合当下年轻人的当代表达方式。

第二，新媒体传播范围广，速度快，时效短，以至于新的戏剧评论场域被重构，戏剧评论从传统权威评论的学术探讨，构建了一种嵌入于大众日常生活与个人经历的新的批评话语。

第三，新媒体的交互性开辟了戏剧评论的对话功能，多元的评论方式，直接作用于戏剧创作本身，为戏剧创作者与评论者搭起一座桥梁，从权威评论点评式解读到利用新媒体平台形成了一种开放式、平等化的对话方式。

2）拓展：多元化与开放性

泛评论潜移默化地改变了戏剧评论陈旧僵化的话语体系与评论标准，取而代之的是无边界、去中心、多元化的评论世界。伴随新媒体的飞速发展，戏剧泛评论的出现构建了与之相适应的创作方式与传播方式，戏剧评论从精英视域走向日常生活审美，乃至商业消费。以火遍全国的《驴得水》《蒋公的面子》为例，起初促进其广泛传播的并不是专业评论，而是强有力的自媒体评论推广，从而引发了观剧热潮。大量市场数据信息表明，微信、微博等自媒体剧评已经成为受众观剧的重要依据，一些传统的批评期刊、报纸也开始转向新媒体平台，嫁接自己的新媒体批评阵地。[3]因此，戏剧评论在市场的拓展中又开发了新的场域，从而拓宽了戏剧在市场的活跃度。

新媒体技术的蓬勃发展，使戏剧评论突破了自身的封闭界限，走向开放性的评论。新媒体将自身的动态性、开放性及平等性不断向外延展，评论观点不再局限于戏剧本身，不同的领域人员都能通过网络将自己的社会阅历与戏剧相结合，多种观点相互影响，相互作用，促进了评论的多元化，消解了原有评论的封闭性。开放性的评论发展也将戏剧本身推到了社会大众面前，拓展了鉴赏受众，促进戏剧创作的繁荣发展。

4.1.2 新时代中国戏剧评论的多种模式

戏剧作为我国优秀的传统文化，与影视、文学等创作相融合，新媒体的推动，促使戏剧创作开始走进大众视野，创作发展也日益繁荣，但戏剧评论还处于相对尴尬阶段。精英化学术性的戏剧评论能够促进戏剧理论、戏剧美学的发展，但此类评论仍在《戏剧》《中国戏剧》等期刊发表，仍面向专业人士与教研人员，并没有对社会大众对戏剧创作的认识有所提升；然后面向大众的戏剧评论利用多媒体传播，用于对评奖中参评剧目的宣传评介，其数量也相当可观，但这些评论从性质上讲是宣传广告式的。根据分类，当下的戏剧评论基本上可以分为以下多种模式。[4]

1）理论指导下的戏剧评论

从戏剧评论的现状来看，戏剧评论一般有两种呈现的模式，"观后感"与"学术论文"。作为观后感，是出于观剧的体会；作为学术论文，又有点脱离实际。事实上，戏剧评论最好的状态应该是二者融合中有学术深度和实践经验的最佳结合，理论指导下的戏剧评论更加具有评论的精准性。

戏剧创作本身需要戏剧理论指导，从戏剧文学到戏剧演艺，从戏剧文化素养到台词、表演、舞台灯光，戏剧创作需要大量的文学功底与文艺理论指导。而戏剧评论更是依托于文艺理论，为戏剧评论提供方法和指引。戏剧评论在文艺理论、美学理论指导下，也有自己的应用理论，注重理论结合实践，如戏剧有属于自己的表演话语体系。只有不断地对不同作品进行评论，巩固自己的理论知识，才能写出具备引领性的、有价值的戏剧评论。

在言论自由的网络环境下，越来越多的戏剧评论要么一味迎合社会大众口味，用热点博关注，要么在戏剧中找热点，做宣传，并没有认真看戏就对剧目大加评论，这样的评论，没有理论做支撑，更没有实践经验累积的实践成果，不足以指导戏剧实践的发展。

2）围绕创作的戏剧评论

虽然戏剧创作更为系统，有专业院校、专业单位如戏剧院等作为孵化场所，相比戏剧评论更为职业化，但戏剧创作与戏剧欣赏同步产生，而观众对于戏剧作品的认识、鉴赏、评判，看似滞后于戏剧创作的戏剧评论，主体依然是围绕着创作进行，并拥有独立于戏剧作品本身的价值，具备甄别褒贬的重要功能。众所周知，艺术创作是感性思维，但评论是理性思维，所以戏剧创作必须依靠戏剧理论和戏剧评论为指导，才能更为客观理性地指出创作问题，如果戏剧评论环境不好，将会很难助力戏剧创作。

戏剧评论不只要了解戏剧创作相关的理论知识，其本身就是一个自足的治学的过程，不仅含有作品的理念与智慧，还包含了评论家自身的情感与阅历，可见，评论是创作之子，又是创作的伙伴，甚至是导师，两者如车之两轮，彼此借力。要繁荣戏剧创作，不只要强化创作，还要繁荣戏剧评论。

3）演出市场中的戏剧评论

不难发现，历史中流传下来的经典戏剧等作品，大部分都是由评论家宣扬流传至今，可见，戏剧评论对戏剧创作的经典流传起着至关重要的作用。如《牡丹亭》一剧，从明代至20世纪60年代，其文字版本达26个之多，明代出版的版本11个，清代出版的版本13个，1949年后出版的版本2个。此外，还有3个曲谱本，清代2个，民国1个。同理于当下，戏剧评论有宣传指导创作和引导大众消费的责任和义务，直接作用于演出市场。

戏剧评论同时服务于戏剧演出市场的生产和消费，需要用同一个审美价值标准针对生产和消费面对的两类对象和传播渠道；面对大众层面需要真诚对待，做到审美引领，具备传递艺术素养和艺术美的品质，从而推动大众戏剧鉴赏水平，繁荣戏剧经济市场。如话剧《如梦之梦》，是表演工作坊的创始人赖声川个人从事剧场工作二十多年来最大胆的突破，同时也是最惊人的作品。该剧于2000年在台北艺术大学首演，首演成功后，《时报娱乐周报》2000娱乐十大表演艺术给予评价："赖声川挥洒出绝对名留台湾剧场史上的动人作品。"2002年，《如梦之梦》登陆香港，香港《南华早报》剧评："《如梦之梦》创下香港剧场历史纪录，不只是因为长度，同时也是因为其视野及艺术成就之广大。"2005年在台北"国家戏剧院"的演出，将剧院的观众席、舞台解构重新打造，堪称剧院开幕以来最大的"异动"，彻底落实赖声川剧本中8方位、3楼层的环形舞台。这套史诗式的话剧共有十二幕九十五场，观众坐在舞台中央作三百六十度环形欣赏，犹如置身故事之中，与剧中人同喜同悲。台湾大学林鹤宜教授评价："以'环形'为表演舞台，'圆心'为观众席的如梦之梦，无论对赖声川个人或华人戏剧而言，在题材、思想、时空概念、剧场美学等各方面都大有开创，因而备受瞩目。"

2013年，话剧《如梦之梦》启动亚太巡演，首站开启后，剧目还陆续登陆青岛、成都、长沙、深圳、杭州、厦门、郑州，并于2021年12月22日回归北京。北京剧评家陶庆梅："这是一个大胆的突破，一个深远的旅程，不是新手的探索，而是成熟艺术家自信的自我超越，在题材上，赖声川勇于大量引用修习多年的佛法，在形式上，是他过去所有尝试的总和，并且超越这一切……他又创造了一种新形态的剧场，在中国语文世界中。"由此可见，戏剧评论推动着戏剧演出市场的扩张，众多具有权威的戏剧评论促进戏剧演出市场的繁荣，使话剧《如梦之梦》成为21世纪初期华人剧场最受瞩目的话剧之一。

4）体制内外的戏剧评论

当前，我国文艺评论队伍人员来自不同业态、不同水准的各个领域，有体制内的专业评论家，也有行业内的鉴赏人员，有教育界的学术人员，更有跨专业跨行业的评论人员，思想观念多元，知识构成多样。但戏剧评论需要坚守底线，公平公正，主张有责任的戏剧评论操守，主张体制内外无差别化的戏剧评论精神。

2021年8月2日，中央宣传部、文化和旅游部、国家广播电视总局、中国文联、中国作协等五部门联合印发了《关于加强新时代文艺评论工作的指导意见》，凸显了文艺评论工作的重要地位和作用。意见强调，加强新时代文艺评论工作，要全面贯彻"二为"方向和"双百"方针，坚持创造性转化、创新性发展，弘扬中华美学精神，进行科学的、全面的文艺评论，发挥价值引导、精神引领、审美启迪作用，推动社会主义文艺健康繁荣发展。所以，戏剧评论无论体制内外，都要肩负起社会责任，做到价值引领与审美引领。现各省市、各评协组织也开始面向社会做戏剧评论等专业培训，设立专业奖项，以此鼓励优秀的戏剧评论写作，促进戏剧创作繁荣发展。

4.1.3　媒体融合时代下戏剧评论的空间变化

新时代，媒体融合已经是大势所趋。2014年国家颁布《关于推动传统媒体和新兴媒体融合发展的指导意见》后，媒体融合上升为国家顶层设计，到2020年，媒体融合进一步升级为媒体深度融合，国家再次颁布《关于加快推进媒体深度融合发展的意见》，在媒体深度融合时代，促进了戏剧评论的空间发生了巨大的变化。

新时代，技术的革新，大数据、虚拟现实、智媒时代、三网融合、移动终端和全媒体、自媒体发展迅猛，互联网思维全面而深刻地渗入文艺评论领域，文艺评论呈现出由留言、跟帖、回应、互动等感悟式评论到QQ公众号、微信公众号的专事评论，再到"弹幕""弹窗"的即时性、碎片化、情绪化的点评互论，一些关于小说、戏剧、电影、电视、音乐、美术等网络平台作品的文艺评论已由专业研究性、学术完整性、理论框架性转化演变为庞大网络受众群体的自由言说和一吐为快。

因此，媒体深度融合时代背景下的戏剧评论是作品与受众、观感与评点、鉴赏与审美、认知与价值整合整一的双向同构和交互共振，是一种全新的文艺评论态势。媒体融合视阈下的戏剧评论，不只评论模式多元，在主体和空间下也产生了场域的变化，不同空间的不同评论，都有其独立的品格和个性特征，需要我们正确认识并加以引领，为戏剧评论的发展提供一个良好的创作环境。

1）传统媒体空间的戏剧评论

戏剧作为一种传统艺术，报纸杂志等传统媒体依然作为戏剧评论的"主阵地"，历史悠久。自古以来，在没有影视出现前，戏曲戏剧一直是最受欢迎的艺术形式，是展现经典文学、表现社会现象的主要渠道。近代，更是借助戏剧表演唤醒民众，刺激国民。同时一批文化先驱改良戏剧，为报纸杂志开辟戏剧评论专栏，借助评价戏剧隐喻社会现象，引导大众思想。这就为戏剧艺术、戏剧理论与戏剧评论的传播和发展提供了新的空间。如陈佩忍等人创办于1904年的《二十世纪大舞台》就是很好的例子。此前梁启超举旗的社会改良运动，此后报纸杂志出现了以改良社会为着眼点和价值判断的戏剧文化的箫笛鼓瑟，无不是在社会借重戏剧文化后开辟的新空间里发生的。[6]

至今，戏剧杂志、报刊专栏依然是戏剧文学承载的主要空间和传播渠道，毕竟文化建设还是需要专业人士、理论研究者来承担，所以一批戏剧理论家、批评家专门研究戏剧创作与文艺理论，在专属领域如《戏剧》《戏剧艺术》《戏曲艺术》《中国戏剧》《戏剧报》《人民戏剧》等期刊专栏发表见解。虽然新媒体发展迅速，戏剧评论空间开始多元化，但是传统媒体、纸质媒体在戏剧理论研究、戏剧评论发表方面并没有像影视、文学等评论变化巨大，探究其主要原因，戏剧理论相比影视理论等，门槛更高，历史更悠久，专业性更强。专业人士做出了评论更符合时代需求，是人们学习的核心，所以还是会有大量的专业人士、教学研究人员习惯于研究相关杂志理论，并在传统媒体发表自己的见解。笔者认为这样的认知习惯还会持续相当长的时间，成为一种约定俗成的文化秩序。新媒体的到来并没有过多地影响到戏剧评论传统媒体空间独占鳌头的地位。事实上，传统媒体空间的戏剧评论依然保持了传统主流媒体的公信度、权威性和影响性，也有利于反哺戏剧的创作。

2）自媒体空间的戏剧评论

虽然传统媒体依然占据着戏剧评论的主要空间，但其影响及受益人员依然是行业内人员与教学研究人员，在社会大众中的影响力逐渐衰落，同时兴起的是由互联网、新媒体技术带来的自媒体空间的戏剧评论。自媒体空间的出现，有效地拓展了戏剧评论的评论场域，也把传统戏剧评论变得更轻松，方式更多元，形式更丰富。如分别拥有1.2万粉丝的"北小京看话剧"和8000多粉丝的"押沙龙在1966"微博戏剧评论，敢写敢说，率直的表达方式获得了大量的跟帖粉丝，打破了沉寂的戏剧评论现象。上海作家协会主席王安忆直截了当地表示了对"押沙龙在1966"的欣赏，她评价"押沙龙在1966"的剧评言辞犀利，观点鲜明，回归了评论最直接与质朴的特征。不少专家指出，网络草根剧评人异军突起，回避了囿于人情的"圈子批评"，打破了圈子内互评的现象。

媒体融合改变了文化传播的渠道与传播方式，拓展了戏剧评论的空间，从而影响了戏剧评论的形态及内容。自媒体时代的到来，使信息发布时效快，范围广，各种言论都有可能获得发表的机会，出现频率快，发表见解新锐，使戏剧评论空前活跃起来。但同时也是对社会大众影响最为广泛的一种空间，它像一把双刃剑，作用于戏剧市场与理论思想引领。在演出市场方面，一方面，网络上迅速形成的关注度可以产生最低成本的推广效应；另一方面，口口相传式的人际传播效力将会成倍增长，尤其对质量存在问题的演出，影响更大。以往组织化、包装化的宣传、评论模式，其公关效应，在自媒体时代，可能还没发挥作用，已经陷入被动。[6]在理论传播与思想引领方面，一方面，自媒体空间的快速、便捷性，使之正确客观的戏剧评论补充着社会大众对戏剧理论的认知，从而传播戏剧文化；另一方面，自媒体空间的隐匿性，使过激的言论、跟风的表述，甚至为博眼球，自我增粉的不负责任的评论层出不穷，会误导观众对戏剧的正确理解，阻碍艺术的良性发展。

所以由互联网促成的自媒体空间是一个影响重大的评论空间与讨论场域，比传统媒体空间更具备后置效应与延展发展，是最值的戏剧理论学家、戏剧评论学家等学者们重点关注的新领域。

3）微信公众号平台的戏剧评论

微信、微博作为新时代社会大众主要的社交方式，直接侵入到了人们的生活本身，如果说微博能够更直接地与创作者对话、范围更广，那么微信主要面对圈子内人员，如微信群分享、朋友圈点赞这类型的圈子内戏剧评论分享。微信公众号的文章影响范围更广泛些。到目前为止，微信作为社交平台，已经拥有了上亿的用户量，并且微信作为互联网时代的社交工具，更加方便地引导着大众的社交生活。

现有跟戏剧评论相关的微信公众号大致分为三类：一类是由中国戏剧家协会、各省戏剧家协会、研究所创办的微信公众号，主要与传统媒体期刊杂志同步发表核心的戏剧评论，并宣传戏剧相关的高峰论坛，举办戏剧沙龙等，是传统媒体在新媒体中的延展，有助于戏剧理论面对社会大众的传播。一类是教学研究学院开办的公众号，如上海戏剧学院开创的"戏剧评论"，南京大学开创的"戏剧与影视评论"等，主要推送戏剧热点消息、有深度有前瞻性的戏剧评论，同时举办各类戏剧讲座，公开面向社会大众，旨在提升社会大众的艺术素养，这类型的戏剧评论相较自媒体更为专业，也更为纯粹。最后一类剧场、公司等创建的公众号，如"大麦戏剧"整理热门戏剧信息，收集专家评论，独家线下赏析剧目活动报名通道；"乌镇戏剧节"公众号发表活动中精彩言论与戏剧节活动信息，这类公众号不发表专门化的评论文章，通常是发布演出信息、活动通告等，但是对于戏剧外圈文化、戏迷们是很重要的空间存在。

无论戏剧评论的演变历史，评论模式与评论空间如何变化，新时代、新传播、新媒介、新特点都给予了戏剧评论极大的挑战和考验，新媒体空间不断地变化，如前些年盛行的博客，打开了人们网络写作的交流环境，现已基本落幕，所以需要我们不断分析时代发展，寻找新媒体特点，才能扬长避短，推动戏剧评论健康发展，助力戏剧创作发展。

4.2　新时代戏剧评论的多重关系

戏剧和影视一样，是一种综合艺术，是反映当代社会生活的一种艺术形式，同时介入角度多，层面广，戏剧评论可从文学、表演、美学、社会、民族、历史等等角度去评价作品。随着社会的多元性，社会价值观也变得多元，从而决定了戏剧评论的多向选择。戏剧评论不单单是理论知识，它更是与戏剧创作相互助力，与文化传播相辅相成，与戏剧鉴赏相互作用，与戏剧读者大众相互推动，研究戏剧评论的多重关系，有助于推动戏剧评论的蓬勃发展，提高戏剧评论工作者、戏剧创作者与受众的政治判断力、政治领悟力、政治执行力，增强政治自觉；有助于提高戏剧作品的理论含量、学术含量，增强学术自觉，助力戏剧作品创作的高质量发展；有利于提高戏剧作品的传播力度、传播广度和传播深度，增强传播有效性。

新时代戏剧评论呈现了多重关系，这些关系是在长期发展中建构出来的。发展至今，戏剧创作、戏剧作品、戏剧评论、戏剧观众、戏剧传播等已经自动生成为戏剧活动的有机系统，并成为这个系统中的重要部分，缺一不可，也在系统中相辅相成，发挥重要的作用，影响和制约着戏剧活动的完成，并在多重关系中呈现良性的发展和循环，力求在多重关系中找到发展的平衡点，相辅相成地完成戏剧评论与戏剧创作的多赢。

4.2.1 戏剧创作与戏剧评论

以往，我们常常会把戏剧评论与戏剧创作看成两个工作序列，戏剧评论属于理论层面，戏剧创作属于实践层面。也有大部分戏剧创作者、戏剧表演者不善于理论研究，无法写出富有哲理的戏剧评论，反之，戏剧评论家大多数也不是戏剧创作者出身。

当代戏剧评论已经发生了显著变化，尤其是近年来广泛开展的"以评代奖""一剧一评"等新颖评论方式的兴起，使得戏剧评论从理论层面逐步转向渗透、影响，甚至直接参与到了戏剧创作的层面，成为助推戏剧创作的助力。因此，我们不能仅仅习惯于将其从属于戏剧史论，更应该将其纳入创作范畴。例如莱辛的《汉堡剧评》就是戏剧评论推动戏剧创作的典型代表。我们在看莎士比亚、汤显祖、曹禺、老舍的作品时，属于戏剧史论的范畴，而我们在对一些现代创作的剧本提意见时则属于戏剧评论创作范畴。由此可以看出，戏剧评论应该以其独立的价值取向和优势存在于人文艺术学科之内。那么，戏剧评论应该如何去助推戏剧创作，这也成为摆在剧评人面前的一个重要任务。[7]

2014年10月15日，习近平总书记在文艺工作座谈会上指出，"文艺批评是文艺创作的一面镜子、一剂良药，是引导创作、多出精品、提高审美、引领风尚的重要力量。"好的文艺评论可以在发挥自身特有的"批评精神"之中，作用于文艺作品思想和艺术水准的提升。因此，一方面，繁荣戏剧创作就必须打磨好戏剧批评这把"利器"。犹如"剜烂苹果"，戏剧评论就是要"把烂的剜掉，把好的留下来吃"。真正的戏剧评论不该被市场操纵，不能唯流量是从。另一方面，文艺评论必须为文艺创作把好方向盘。文艺评论必须坚持正确的舆论导向，注重文艺评论的社会效果，弘扬真善美，批驳假恶丑，不为低俗庸俗媚俗作品和泛娱乐化等推波助澜。

一篇好的戏剧评论能够引起戏剧创作者的反思与探讨，将理论作用于实践，一个优秀的戏剧评论家不会只注重理论研究，还会尝试实践创作，从而将实践经验总结联系到理论研究，让理论不再浮于表面，而是真正作用于评论创作。如英国现代戏剧的奠基人萧伯纳，被誉为"莎士比亚之后英国最伟大的戏剧家"，对同时代及后来的戏剧创作产生了深远影响。在他60多年的文学生涯中，共创作了52个剧本。1925年，萧伯纳被授予诺贝尔文学奖。萧伯纳以文艺评论为起点，再走上创作之路，是戏剧评论指导戏剧实践的成功典范。[8]

新时代新媒体戏剧评论的出现是信息革命深入发展的必然产物，是现代科技文明发展进步的体现；戏剧艺术、戏剧评论重返民间，是戏剧艺术、戏剧评论的本体性回归；为传统戏剧评论赋能，使戏剧评论变得更为生动鲜活，具有生命活力。[9] 最直接性的作用体现在网络戏剧评论的活跃带动了年轻人对传统戏剧艺术的关注，使戏剧艺术再次走入大众视野，成为大家关注的热点，这对沉积、小众的传统戏剧无疑是一个好的机遇。

4.2.2　戏剧鉴赏与戏剧评论

戏剧作为综合艺术，有着较为复杂的审美创造过程，这就对观众的戏剧鉴赏水平、戏剧评论家的审美鉴赏力提出了更高的要求。戏剧鉴赏作为戏剧评论的基础，是戏剧评论的先决条件，戏剧鉴赏能力包括戏剧审美、理论认知、创作基础，是戏剧评论能够有效健康地开展的先决条件。美国新批评学派代表理论家布鲁克斯曾用品尝蛋糕形象地比喻文学鉴赏与批评之间的关系，认为文学布丁蛋糕的滋味的最可靠证明就是去尝一口，同时他还指出对文学作品进行批评首先需要依靠切身的感受。足见，艺术鉴赏之于艺术批评的重要性。单就戏剧评论而言，这种重要性直接体现在戏剧鉴赏对戏剧评论原则生成的影响，对戏剧评论过程的制约，以及对戏剧评论效果所起到的助推作用。[10]

1）戏剧鉴赏是戏剧评论的艺术体现

戏剧评论的核心人物虽然是对评论主体即戏剧作品本身或者系列创作现象按照审美的理念与理论研究对作品或戏剧创作过程进行审美感受和理性思考，提出客观的评价及相应的建议，但是评价过程本身来源于评论家通过对戏剧艺术进行的主观感受，感受往往是感性的，是从评论家的真实体会出发，并建立在评论家的一定的审美感受上。可见，有效的戏剧评论需要评论者有一定的鉴赏水平，这里的鉴赏能力需要一定的艺术素养、理论知识及审美素养作为支撑。

戏剧评论是感性与理性并存，科学性与艺术性共融，传统性与创新性相辅相成的，只有以审美鉴赏为基础，才能使评论者深刻理解和把握戏剧作品的艺术特点和独特内涵，从而客观地、理性地对戏剧作品进行富有艺术见地和一定理论高度的分析和评价。如果脱离了鉴赏基础，单从理论科学的角度评论作品，将无法全面地感知创作的艺术性及作品的情感，从而失去了艺术的审美价值。

2）戏剧鉴赏是戏剧评论的基础

郭沫若曾将批评活动的展开分为三个阶段，即感受、解析和表明。这一简单明晰的批评过程，是一切文艺批评必经的基本阶段。由此看来，戏剧鉴赏的基础效能将会渗透于戏剧评论实践的全过程。因此有学者指出，建筑在审美基础上的戏剧评论，才算是戏剧评论的正途。[11]

在开展戏剧评论的过程中，戏剧鉴赏作为初始化阶段，首先要带着艺术水平的鉴赏能力，真诚地对戏剧作品进行赏析，进行艺术作品的审美体验后，才能有后续的结合艺术理论、社会现象、实践创作等方面进行理性思考和分析，从而归纳评论观点、主题，进行戏剧评论的艺术创作。总体来说，戏剧鉴赏是戏剧评论的必要先决条件，评论者的戏剧鉴赏水平、艺术素养决定了戏剧评论的高度和艺术性。

3）戏剧评论能够提高观众戏剧鉴赏水平

戏剧评论除了面向社会大众外，更主要面向的是戏剧创作本身和读者。其中面向的创作者，包括剧作家、导演、演员、舞美、灯光等，他们根据评论提升自己的创作水平。而面向的读者，大致有三类，一类是正在进行戏剧研究的专业学生或学者；一类是有固定喜欢的戏剧作家或戏剧评论家，一个能吸引大量读者的评论家，一定是一个优秀的戏剧评论家，无论是传统媒体中的评论大家，还是发挥了网络自媒体优势的网络评论家，都能够用自身的魅力带动社会大众关注戏剧，推动传统艺术的传承；还有一类读者，也是受众最多，范围最广的一类，便是当下的欣赏戏剧作品后急于更深入更深刻地再次了解作品，对作品渴望阐释甚至渴望评论。科恩认为："表演结束了，但戏剧的影响仍在。这是一种需要思考、讨论、幻想，几小时几天几年都挥之不去的东西。"可见，人们除了欣赏艺术作品外，还有阅读艺术批评的需求，这种需求同样源于人类的天性，即阐释、评价和分类的欲望，也即批评的欲望。[12]

从各类艺术批评，无论是影视评论、戏剧评论，还是文学评论、美术评论，我们发现，能够引起观众阅读评论的欲望，主要有两种，一种是求疵，一种为寻美。从观众的角度来看，往往一部作品结束后需要观赏评论来阐释或澄清自己的部分疑惑或对自己的见解产生共鸣，这里一部分是瑕疵，一部分就是美。1840年，法国批评大家圣勃夫提出两种批评观念，"激动人心的批评与专爱挑剔的批评"。所谓激动人心的批评，就是寻美的批评，指能够激发起新的美感并说明创造这些美感的方法的批评。所谓专爱挑剔的批评，就是求疵的批评，指专爱披露新的作品与已有定评的理想作品相比所表现出的不足的批评。这两种批评对于读者进一步理解戏剧作品都是非常有效的，同时，对于批评本身来说，求疵与寻美，也是其立身之本。[13]

作为观众，在阅读戏剧评论的过程中，无论是求疵还是寻美，都是渴求能够对作品有进一步的理解，通过高水平的戏剧评论整理自己的感知和理解；都能够重新唤起一种审美体验，是对自身鉴赏作品水平、艺术素养的一种提升，所以，有艺术理论作为支撑，专业水平作为基础的戏剧评论能够使观众更加有获得感，不只是作品本身的艺术获得感，更是对戏剧艺术理论的探索感，使社会大众更深入地理解作品，感受作品的艺术性，从而提高自身的艺术欣赏水平，促进观众对戏剧作品的喜爱及对戏剧艺术的热爱。

由此可见，戏剧鉴赏与戏剧创作的关系是双向的，是互动的。如果能够相互借力，良性发展，就能促进戏剧评论及戏剧艺术的健康发展。

4.2.3　戏剧文化传播与戏剧评论

文化是意识形态的存在，而意识形态必须以内容和形式进行物化，即作品，在戏剧领域就是戏剧作品。优秀的戏剧作品可以弘扬文化丰富内涵和积淀的优秀性，通过优秀作品将文化呈现，才能使其易于被受众所喜爱、接受，甚至以文艺评论形成"二次传播"，不断扩大影响力，形成感召力和凝聚力。

1）戏剧文化传播成为优质戏剧作品和戏剧评论诞生的动力

基于文化传播技术的发展现状和趋势，传播对象对文化需求发生了转变，传播内容与受众关系也产生新的变化，促使我们必须与时俱进，去适应进而推动戏剧作品和戏剧评论的新发展。

第一，文化传播包含传播者、传播内容、传播媒介、传播受众和传播效果等多项因素，但是戏剧文化相对局限些，大部分戏剧呈现方式以舞台为主，以剧场为中心与观众零距离接触，虽然也有电视戏剧频道和网络专题，依然受众局限，戏剧文化传播受限。所以戏剧文化传播更多的是采用跨界融合。其一，与影视跨界融合，用影视的热度和观众的喜爱度推动戏剧的传播，例如，老舍创造的经典话剧《茶馆》，经历了戏剧—电影—电视剧多种艺术形式进行传播。同样方式进行"跨界"的戏剧《驴得水》，其电影版采用契诃夫圆圈式的戏剧结构方式，从而建构出深刻的民族寓言。其二，与综艺跨界融合，现在很多综艺节目开始融入了戏剧表演的元素，通过戏剧表演扩展综艺节目讲故事的效果，双向进行文化传播，如《国家宝藏》《典籍里的中国》等等，运用舞台戏剧表演的形式讲述了跨时空的经典故事。其三，与音乐跨界融合，将京剧、越剧等戏曲与流行音乐相融合，如《闪光的乐队》舞台上将昆曲《游园惊梦》与摇滚相结合，在《王牌对王牌》综艺节目中中国戏剧家协会副主席演唱了一首越剧与流行音乐相结合的歌曲《烟花易冷》，也受到了观众的一致好评。可见，戏剧文化需要不断地寻找新的传播方式才能将各类戏剧优秀传统文化流传下去。

第二，在新时代下，无论是媒体还是文化，都在融合创新地快速发展，不仅戏剧传播发生了重大的转向，戏剧评论更是在广阔的新媒体平台上显示出了新的特征。戏剧评论不同于戏剧创作，它更具备了碎片化、时效快等特点，所以，借助新媒体技术的开放性、互动性等特征，媒介传播大大地刺激着戏剧评论的传播，同时作用着戏剧文化的传播。受众变成了戏剧评论形式和内容的决定者。社会文化需求呈现出多样化，并且文化的表达形式也变得多元化。这就需要戏剧作品在做到生动讲述中国故事的基础上，做出创新、做出深度，让世界更好地认识中国，倾听来自中国的声音。优质戏剧作品承担起来输出主流文化和传统中华文化的重任，让更多的文艺工作者以更高的要求约束自身，用更大的热情来投入新的创作。

第三，新媒介时代的戏剧评论也显示出私人化、平民化、普泛化、自主化的特征，每个人都拥有发出声音的权利和传达自己观剧体验的空间，到处充满了接地气的讨论、反思、吐槽和调侃。微博、微信的广泛使用带来了"微写作""浅阅读",出现了大量碎片化的"微剧评"甚至"一句话剧评""短评"等形式,阅读者与写作者建立了一种更加紧密、快捷的虚拟交流形式,这是一种新的亲密感体验方式,"在场感"和"直接感"对于新媒介时代的戏剧评论场域而言,碎片化、虚拟亲密化、微评论式的戏剧评论越来越显示出在戏剧传播和戏剧评论中的重要作用。[14]戏剧评论要不断适应互联网时代的传播特点,不断学习汲取新的科技知识,例如二次元、区块链、VR、AR、元宇宙等,打好线上微评、快评等与线下严谨、规范的评论组合拳,真正发挥戏剧评论的广泛影响力。收回媒体话语权,借助文化的输出,我们在向外传播中国主流价值观的同时,也让紧贴时代脉动、记录人民心声的文艺评论为世界所知,这是一种双向获益的过程,由此推动更多优质戏剧评论的诞生。

2)重审社会化媒体对戏剧评论的影响

社会化媒体被定义为"基于用户关系的内容生产与交换平台",微博、微信、论坛等均归属于社会化媒体。社会化媒体的兴起,则进一步激活了戏剧评论的生存空间,使其能量再生和兴革进化拥有了新的可能。社会化媒体为戏剧评论提供了全新的舆论平台和生态环境,对戏剧评论活动产生深刻的影响。[15]

第一,评论观念由作品评价转向个人情绪抒发。无论是戏剧评论主要任务,还是核心价值,戏剧评论都需要作用于戏剧创作、文化传承本身,尽管评论观点可以根据阅历行业不同,从戏剧艺术本身延展到社会现象、政治生活等,但评论的主要对象必须围绕戏剧创作本身。随着网络时代的发展,更多戏剧短评出现在了具有社会化属性的微博、论坛等自媒体平台上。于是自媒体平台中部分戏剧评论者,并没有专业的戏剧理论与艺术素养,仅凭个人感受大肆评论作品,以通过寻找社会热点、抒发个人情感与读者共情,吸引流量,消解了戏剧的社会效用和专家对戏剧的权威解读。

第二,评论视野由艺术层面转向个人生活。在权威的评论系统里,戏剧评论的视野必须聚焦在艺术领域,这是戏剧评论的最核心目的与价值。但是戏剧泛评论现象的兴起,专业戏剧评论家受到了大众文化与商业市场环境的双重打击,一度出现了失语现象。社会化媒体现象使戏剧评论出现了平等开放交流的结构,更多的大众评论仅仅以戏剧作品为切入口,讲个人看戏过程的生活轨迹、所触及的个人感受和悲欢喜怒,并未涉及戏剧艺术本身,更妄论戏剧理论、戏剧美学等思考,大量的个人化评论影响着社会大众获得高水平的戏剧评论。

第三,批评形态由学术探讨转向印象点评。传统媒体的戏剧评论由专业的报纸杂志编辑把关,追求高水平文章和有造诣的学术理论发表,具有鲜明的学理性,重视文化精英的学术探讨。社会化媒体平台的戏剧评论,更多观众并没有经历过系统专业的教育和戏剧相关的学术积累,对戏剧的评价是浅显的,是缺少意义的印象点评。看起来代表了社会大众的印象观点,但并不客观,也不利于戏剧的发展,如荒诞派戏剧,如果没有马丁·艾斯林的精彩阐释,让读者领悟了一种新的戏剧的美及其欣赏的方法，这种戏剧将不会大力发展下去。试想，如果荒诞派戏剧出现在网络时代，有可能会被大量不懂艺术和创新戏剧的社会大众，通过个人的主观表达，大肆批评和抵制，那戏剧历史上将会少了一种派别的创新。虽然这种社会性的印象点评方式丰富了戏剧评论的话语方式，使其受到社会大众的关注，使评论方式更加平等化、多元化；也或许这种大众评论更多了真情实意，容易引起观众共鸣，但缺乏理性思考、科学公正的评论，是否能够推动戏剧评论发展，需要我们进一步探索。

综上所述，面对媒体深度融合时代环境下戏剧作品缺乏现象，戏剧评论不仅关系着文艺作品创作的质量，更关系着戏剧作品传播的深度和广度。优秀的戏剧评论除了要发现作品中的真善美，揭示假恶丑，推动戏剧作品创作的高质量发展，更要发出自己专业性和权威性的声音，借多元化、多渠道、分区域评论表达的长尾效应，推动戏剧创作繁荣发展，进而实现戏剧文化传播和戏剧文化传承。

3）戏剧评论本身就是传播媒介

从戏剧评论的功能来看，戏剧评论本身就具有媒介的功能，是戏剧活动中承上启下重要的媒介，也发挥着承上对戏剧创作和戏剧作品的反哺作用，启下对戏剧观众、戏剧传播的引导作用。

一方面，戏剧评论是对戏剧创作出来的戏剧作品的深度解读，是引导观众去正确认知戏剧作品的有力的评价，是戏剧创作与戏剧作品的客观评价；另一方面，戏剧评论反哺戏剧创作，并引导戏剧创作创作出更多更好的精品。我们可以看到，戏剧评论一方面牵手戏剧创作的戏剧作品，另一方面触达戏剧观众，在参与过程中，戏剧评论作为传播媒介可以全方位、全面地介入戏剧创作的全过程，也可以全面地指引观看戏剧的人的正确认知。

4.3　新时代戏剧评论的新症候

在媒介发展与媒介融合的新时代，新媒体打破了戏剧评论被专业知识分子垄断的格局，新媒体的戏剧发生了巨大的改变，评论空间转变，评论主体拓展、评论文本属性变革，甚至于评论行为、评论对象都有所变化，以至于戏剧评论与戏剧创作、戏剧传播、戏剧鉴赏的关系也发生了新的改变。虽然新媒体带给了戏剧评论活力，拓展了传播空间，将戏剧推向了社会大众，将这个传统文化增加了现代表达，但是由网络新媒体为传统戏剧评论带来理性评论的主体危机、价值示范等各项矛盾与问题，需要我们正确面对新症候，转危为机，才能促进新时代戏剧评论的健康发展。

4.3.1　网络新媒体为戏剧评论带来的主要矛盾

网络新媒体自身的即时性、互动性、便携性等特点直接影响着戏剧评论的发展，传统戏剧评论往往由行业专家、学术研究者通过一场演出、一个作品对戏剧理论进行阐述，对戏剧创作进行评价，并不仅仅局限于一场演出，而是一类型甚至是某一个学派进行探讨。知识含金量、学术价值高，并有纸质媒体编辑筛选、把关，传统戏剧评论呈现出来的往往是行业大家的优秀文章。而现在新媒体出现的评论常常是某一个观众面对一场演出有感而发，有长篇综述，也有三言两语的印象点评，通过社会化媒介在圈内大量宣扬。碎片化、拼贴式的戏剧评论景观面前，青年戏剧评论掌握着流量密码，冲击着专业化评论格局。探讨网络新媒体带给戏剧评论的主要矛盾，基本可以归纳为两点，即文化属性与媒介属性之间的矛盾、艺术价值与商业价值之间的矛盾。

1）文化属性与媒介属性之间的矛盾

网络新媒体戏剧评论的崛起无疑是当今戏剧评论界里冲击最大的文化现象。与其说是文化现象，不如说是媒介为戏剧文化带来的巨大变革。目前，大部分文化学者在谈到戏剧评论现象及前景，都充满着忧思和悲观，认为在这样碎片化、随意性的戏剧评论现象面前，戏剧评论遭遇了前所未有的危机与困境。行业评论家、研究学者认为，戏剧评论是一门学问，是一种参与艺术创作并促进艺术发展的重要环节，属于文化属性，需要大量的理论知识作为支撑，评价内容在学术价值与思想价值上，都需起到一定的引领作用，需要真正热爱戏剧、懂评论的专业人员来做学术研究，并且要从严对待，才能推动戏剧理论、戏剧美学等学术发展。

但是网络新媒体的出现，席卷着各行各业，传统媒体面临巨大的挑战，采取媒体融合，打造新媒体阵地。作用于戏剧评论，更是将网络新媒体的媒介属性发挥得淋漓尽致，特有的即时性、在场性、存在感和便捷、易用的操作体验，成为评论主体参与网络互动、大众狂欢的工具和利器。网络评论出现了"人人都是评论家"的现象，评论表现形式向网络文章、即兴点评、微信文博短文、短视频评论、弹幕评论转移，评论内容的主体也从学术研究、理性探讨向几乎无所不包地涉及戏剧创作、演出活动的方方面面的碎片化、即兴化、情绪化的感想、瞬间感受和图像化的视觉表达转移。各窥一斑，不拘一格，各执一词，出现了高度的个人化特征。[16]

在专家学者眼中，这样的评论是不负责任的，是不值得传播的，甚至都不能成为一篇严格意义的戏剧评论。网络新媒体戏剧评论言语更注重个人化表达、自我感情的强化，恰巧这样的评论更能与社会大众产生共鸣，个人情绪战胜理性思考，相反，文化层次过高的戏剧评论社会大众理解困难，反而关注较少，传播力度小，被大量具有大众娱乐层面的评论挤压、掩埋，评论的权利话语通过大量的网友转发、点赞、传播，专业文化像沙子一样被淹没。

戏剧评论的文化属性被新媒体的媒介属性大力消解着权威性，传统专业评论家及学术研究人员长期积累的专业素养、戏剧理论、审美经验在传统批评家多年习得的专业素养，多年积累的审美经验，在话语狂欢、众声喧哗之下，方枘圆凿，进退失据，最后是力所不逮，陷入媒体传输的混响之中。[17]

2）艺术价值与商业价值之间的矛盾

戏剧评论原本主要是针对一个艺术作品或者某种戏剧现象所进行的艺术性的、理论性的评判，对一部戏剧从前期戏剧文学到舞台呈现进行艺术评判，引导观众提高艺术鉴赏能力，推动戏剧理论、戏剧美学发展，无论是对戏剧本身还是对理论研究，都有一定的艺术价值与学术价值。但新媒体的介入，大量的评论形式涌进了观众视野，社会大众对作品的理解与倾向也被海量的个人评论所影响，新媒体为受众提供了无障碍的阅读空间和交流场所。于是，这便成为企业、商业宣传戏剧的一种得力的手段。各种演出团体、商业机构开始利用戏剧评论为演出宣传造势、市场营销、后续开发。在宣传过程中，有利用专门写艺术评论、艺术见解引导社会大众观看的，有利用热点话题进行宣传的，甚至开始聚焦于某一个演出明星话题作为卖点，添加一些趣味的咨询吸引观众，通过对明星的网络热评，弱化了戏剧文化本身，这就将原本的艺术论坛变成了商业宣传阵地，将原本的艺术价值弱化，商业价值凸显，以至于戏剧评论的价值体系失守。网络的商业属性极大的影响力，也使戏剧艺术、戏剧评论和戏剧传播受到了资本的操控。没有流量的传统戏剧艺术将会逐步消失在大众视野，取而代之的是有商业价值的作品不断地流行。

4.3.2　新媒体平台戏剧评论的主体危机

很多人认为，是新媒体的出现引发了戏剧评论的各类问题，但其实从传播角度来说，新媒体仅仅是将评论的场域从传统纸质媒体拓展到各类新媒体平台，影响戏剧评论内容及内涵的主要是戏剧评论的主体。新媒体的出现不只是拓展了评论空间，更主要的是主体的转移产生的危机。

1）危机一：精英让位大众

新媒体视阈下的戏剧评论队伍主体构成从传统的精英化领域转移到大众化观众，虽然在这个转移过程中，传统戏剧领域的行业专家、研究学者仍然坚守在戏剧研究、戏剧评论的岗位上，也有很多专家教授在新媒体开辟公众号及微博，发表自己的专业言论，但是从总体数量及传播范围来看，戏剧评论的主体已经变成了过去从来无缘涉足高雅的戏剧评论领域的普通大众、草根评论家，他们成为新媒体领域戏剧评论的参与者、主力军。当今的戏剧评论者队伍总体来说可以分为四个层次：第一层是有着戏剧理论、戏剧美学基础的学术者、评论家；第二层是有着戏剧创作经验的主创人员、行业专家；第三层是爱好戏剧，有着自己喜爱的艺术或艺术家的资深观众，最后一层就是在新媒体平台随意发表言论的大众化群体。这四个层次的人群无论是在数量上还是在学术造诣、评论水平上，都构成了金字塔形，第一层学术造诣高，但数量少，被社会大众关注少；最后一层评论水平低，反而数量最多，对社会大众影响最深，这就是新媒体戏剧主要的主体危机。

戏剧评论是从戏剧的艺术特点与表现形式层面来讨论有关内在与外在的特质的，

其方向同样是探讨戏剧本身，包括创作背景和社会效应等。所谓戏剧评论，是在戏剧欣赏的基础上，运用一定的理论观点和批评标准，对戏剧剧目或现象作出科学分析和评价。戏剧评论有助于提高特定社会大众的艺术素质和鉴赏能力，有助于充分发挥戏剧评论在戏剧创作流通过程中的信息反馈和正向调节作用。所以，正确的戏剧评论可以帮助创作者总结创作经验，提高创作水准，甚至能帮助观众提高鉴赏和判断能力；还可以进一步使各种戏剧现象、戏剧思潮和戏剧观念，以及创作主张、戏剧流派和各类风格相互交流和争论。一个称职的剧评人，应该具有生动的感受能力和敏锐的直觉能力，既能推动戏剧创作，也能影响戏剧观念和理论的发展，还能促进戏剧作品的演出，引导观众的鉴赏。[18]

但反观当下戏剧评论的主体，往往是从个人观众身份去表述感受，缺少理论知识作为指导，缺少鉴赏能力与理性思考能力，专业领域在互联网领域不能发挥更多的作用，以至于评论无法作用于创作，更不能促进戏剧理论、戏剧美学的发展。这对传统的戏剧评论主体产生了"去权威化""去精英化"现象。专业戏剧评论人的"集体失语"，无论是理性分析还是权威见解，都出现缺失现象，这正是戏剧评论面临的主体危机之一。

2）危机二：理据让位情绪

主体危机的原因，除了专业剧评人集体失语，专业评论在新媒体平台上的缺位也是客观原因之一。媒体记者的新闻报道、演出推介文字，占据了大量的传播空间和评论平台，以至于权威化的戏剧评论被淹没，未能更广泛地面向社会大众。还有很多被商业操控的剧评家，运用专业知识大力吹捧某一戏剧作品，达到演出宣传效果，却缺少了专业的分析、尖锐的态度等等，这些都会导致专业戏剧评论的主体危机。当前，我国文化和艺术处于转型时期，树立文化自信、建设文化强国是我们当下阶段的重要任务之一。专业领域的戏剧评论应该担负起戏剧创作及文化现象的引领者的作用。推荐有价值的戏剧作品，推动戏剧理论研究，探索戏剧发展路径才是戏剧评论者应该做的事情，而不是沦为商业的推手和作品的宣传工具。所以，专业领域剧评人应该和戏剧创作者在某种程度上在同一空间发生对话和交流，并通过发现新的戏剧现象、推介新的戏剧作品而去重新捕捉戏剧观念的嬗变。由此可见，对当下中国戏剧生存环境的充分体验与洞察能力，都将是对专业剧评人职业素养、艺术良知和社会责任最基本的考量。[19]

然而，新媒体的推动，降低了戏剧评论发表言论的门槛，情绪化、印象化等点评随处可见，社会大众借用戏剧评论的名头大肆表述情绪，制造舆论，非理性地、非科学地、非理论地发表评论，缺少最初的审美及最基础的鉴赏力，影响着优秀作品的传播。所谓"真正的鉴赏力"，即在真正的审美鉴赏的基础之上进行批评主体的观念阐发和价值判断，由此才能避免非专业戏剧评论沦为简单的个人情感宣泄。

主体的危机归根结底是被架空的戏剧评论丧失了审美的、诗意的鉴赏基础。批评主体在对戏剧作品进行或硬性剪裁或肆意泼墨的过程中，很难对作品的形式特征和艺术内涵形成良好的情感判断和正确的审美认知，最终将会导致戏剧评论无法与创作者、观众产生紧密的联结，致使戏剧评论无法抵达戏剧艺术内核。与此同时，戏剧评论的阐释价值和引导价值也将受到不同程度的削弱。[20]

4.3.3　新媒介环境下戏剧评论的价值失范

戏剧评论在网络新媒体等新兴媒介的冲击下，进入了一个话题自由、民主开放的阶段，不同的社会层面，不同的价值层面，不同的利益层面对戏剧的不同层面进行评论，思想价值、情感导向、利益冲突充斥着戏剧评论原本应有的理性与客观，市场特性、媒介特性、大众特性影响着戏剧评论原有的学理性，戏剧评论的多元性与差异性难免会造成价值紊乱。当戏剧评论从精英化转向大众化，面对的不仅是模式变革的矛盾、场域迁移的主体危机等问题，还有学理、功能、审美等价值失范，甚至戏剧创作本身的价值也会受到影响。

1）民间评论弱化了戏剧评论的审美价值

在戏剧评论价值领域，审美价值是最基本的价值度量，苏联美学家列·斯托洛维奇曾指出，"忽视审美的价值本质，就不能揭示美的标准"，如果戏剧评论的审美形式、审美特性、审美价值被消解，那么我们很难对戏剧作品作出真正的价值评判。[21]

2014年7月，北京人艺上演曹禺的经典剧作《雷雨》，遭到现场观众全体笑场。这个现象引起了新媒体平台大范围讨论，一个发生在20世纪20年代的惨烈悲剧却引起了当代青年的笑场，观众欣赏不到戏剧本身的美学与价值，不尊重经典剧作，这样的事件快速发展成了一个热点文化事件。从这个典型案例可以表现，当没有过多专业素养、美学素养作为支撑，社会大众对戏剧的理解往往只会存在于剧情表面，个人情绪会主导对戏剧作品的赏析。他不会去读类似《雷雨》经典剧作背后的社会背景、人物塑造及表达的戏剧语言，更不会懂戏剧表演、戏剧舞台语言的美学价值。戏剧表演现场亦能表现出如此现象，在网络平台的虚拟环境下，肆意评价的现象更甚，尤其是对新兴戏剧的评价更是毫无顾忌，这样以感性为主的即兴点评，常常没有经过深思熟虑，更没有深厚的美学理论做支撑，对戏剧的消遣、娱乐等情绪的宣泄远远多于对审美价值、美学精神的坚守。这样的评论弱化了戏剧评论的美学价值，戏剧表现的审美标准、审美形式、审美特性被冲淡，更会将戏剧创作推向边缘，太深奥的作品社会大众不买单，太创新的作品社会大众不理解，于是媚俗作品因此滋生。

2）感性评论弱化了戏剧评论的学理价值

学理往往指学术上的道理和法则，包括学术与理论。学理价值一直是做学问学研究重要的价值之一。一篇高质量的戏剧评论，应该是有学术依据，有思想高度，有一定值得流传和学习的价值的，应该是一篇严肃的评论。戏剧评论中严肃的评论往往有三种：第一种以评伶、谈艺为主题，评价艺人的唱腔做打或台词表演等技巧，谈角色本身，谈戏剧情节，谈创作艺术等等，如《梨园旧事》《何桂山》等，是研究京剧史者的好史料。第二种为纪实评述类，真实记载演出时间、演出人员、演出剧目，并针对具体演出内容，如一招一式、一段一句进行分析，常常会用比较、研究等方式进行鉴赏，如非禅评谭派须生王又宸《碰碑》时云："头场'金乌坠'之倒板尚平稳，上唱回龙腔'我的儿'之腔当落中眼而又宸勉强落板，殊觉生硬。原板亦无甚佳句。'双眉愁皱'，谭氏腔甚冗长而又宸太嫌短促。"[22]这样的点评细致专业，一看就是此中行家，对阅读评论者相当于一次戏剧鉴赏基础的提升，本身也具有一定的学术价值，值得推广和流传。

然而新媒体平台上发表的戏剧评论，往往有吐槽、趣味式的感性评论，这类评论往往从剧情表面出发，将作品的不如意放大，为在网络平台有较高的点击量，更是寻找另类切入点，或借助社会热点，剑走偏锋，掀起话题，以至于使评论增加了趣味性，获取了受众的参与热情，弱化了戏剧评论的话语深度，更不存在任何的学理价值。这种类型的剧评往往不是针对作品本身，而是以作品为切入口，满足自己的趣味或情感的宣泄，感性评论缺少思辨与严谨，更缺少严肃性。感性评论虽然活跃了大众对戏剧的关注，也使戏剧评论的角度多元化，但是学理价值的缺失，使剧评变得肤浅，没有内涵，对社会大众有误导的作用，对于创作作品本身，更失去了参考价值，缺乏社会性的学理担当。

3）大众评论消解了戏剧评论的功能价值

一部戏剧作品主要有四大功能，分别是审美功能、娱乐功能、交流功能和教育功能。于是，一篇高水平的戏剧评论不仅仅有对作品进行介绍和推广的描述功能，还要有引导观众欣赏艺术、了解艺术的阐释功能，更重要的是一种意识形态功能。欣赏一部戏剧，往往要从四个维度去赏析，分别是美学维度、历史维度、社会维度和现代维度。从美学理论去鉴赏艺术创作本身；从古今对比、历史的角度讲解戏剧发展或戏剧人物历史背景故事，以史明鉴；从戏剧反映的现象映射到社会中，对社会大众起到警醒作用；从现当代角度思考戏剧的发展前景及理性建议。同时还要坚守专业态度、客观态度及问题意识，才能实现戏剧评论的功能价值。

真正的戏剧评论是一个以作品为载体的再创造活动，它可以在戏剧实践之后为其进一步阐释和总结，但绝不能止步于此。戏剧评论是一种极具公共性的社会活动，具有相对固定的范式和标准，以及严肃和专业的特征。戏剧评论不只是评论者的安身立命之本，也是一种社会责任，一经产生便会向社会传播，具有一定的社会公共效应。正是因为严肃的戏剧评论应该具有知识性、独特性和公共性等特征，这就要求从业者要理性地对待戏剧评论，赋予其一定的品性维度和实践态度，而不能满足于对戏剧作品做简单阐释或为实践护法。[23]

然而，新媒体赋予大众评论的话语权，使人人都是评论家，权威批评的瓦解使戏剧评论的功能价值失衡，新媒体戏剧评论打破了与专业评论之间的壁垒，去中心化地结构了专业评论的权威，使戏剧评论缺少社会现象分析，缺少对社会大众教育的理念，以至于功能价值紊乱。大众评论没有独到的见解和独特的理解力，往往人云亦云，同质化现象严重，更大地弱化了戏剧评论的功能价值。

英国传播学家格伯纳曾提出一种理论为涵化理论，主要含义指媒介尤其是电视媒介形成的文化对观众有一定的影响，并且是长期影响，这些文化直接影响着人们的社会观、世界观、价值观等。如今，新媒体等新兴媒介快速渗透到了人们生活，并大量占用着人们的时间，左右着人们的思想。戏剧评论原本是对人们学术、思想、意识形态的引领，但新媒体视阈下的戏剧评论出现了主体危机、价值失范的新症候，更需要我们去关注、研究并逐渐消除，促进戏剧评论及戏剧高质量发展。

4.4　新时代的戏剧评论前瞻

中国戏剧历史悠久，戏剧评论属于戏剧理论，在发展史上具有不可替代的地位，一部很好的作品能够走出舞台，走向全国，面向世界，传播中国文化，戏剧评论起着厥功至伟的作用。戏剧评论是以戏剧鉴赏为基础，从具体的艺术感受出发，结合一定的戏剧理论和美学思想，对戏剧作品和戏剧活动进行分析、评价和研究的认识活动。戏剧评论是戏剧鉴赏的终点，也是戏剧研究的起点。戏剧评论和其他艺术门类的评论一样，都具有知识性、独特性和公共性的特点。艺术创作是一种艺术生产，艺术评论则是一种知识生产。戏剧评论涉及评论主体对世界和戏剧作品的看法。它虽然不同于通过演绎或归纳推导出某种客观真理的科学实验，却能通过艺术形象揭示人性的深层意涵，是人类进入文明社会后不可或缺的情感判断。它启发观众对作品的深层认识，甚至可以推进戏剧理论的发展。[24]

中国戏剧的传承及发展不仅需要戏剧创作者，也离不开戏剧评论的推动，所以就需要我们为当下新时代发展中的戏剧评论寻找出路。

4.4.1　建构媒体融合视域下戏剧评论的价值体系

随着新媒体技术的发展，戏剧评论带来新素质的同时，价值失范问题依然严峻，戏剧评论的学理价值、功能价值、审美价值都需要重新构建，戏剧评论本应将文化价值观作为参照系，契合文化精神的多元性与包容性，通过对戏剧作品的深度挖掘来指认其艺术魅力与文化意义，在批评话语体系中建构起戏剧评论的参照维度，而戏剧评论的文本表征与价值观念在媒介变革与社会发展中急剧变化，所以，在新媒体视域下重建戏剧评论核心价值体系就显得尤为重要。[25]

1）提高认识

文化是一个国家、一个民族的灵魂。文化兴则国兴，文化强则国强。文艺作品作为传播文化的重要载体，其质量对于文化传播效果发挥着至关重要的关键作用。与此同时，文艺评论作为舆论引导的先锋力量，能够统一文艺作品的政治性、艺术性、社会反映、市场认可等方面，让更多既能传播知识又富有人文关怀的优秀作品呈现在观众眼前。对于优质的文艺作品来说，文艺评论及时有效的推介可以造就良好的文化传播效果；而文艺评论反方面也会推进文艺作品创作的高质量发展，进一步助力文化的传播与传承。因此戏剧评论者不能够故步自封，应该不断提高自身的认知能力。担负起历史评论的责任，增加我国戏剧的独创性与价值性，传承传统文化，从而促进戏剧的进步。

2）凝聚核心价值理念

党的十八大召开以来，对社会主义核心价值观作出归纳，与此同时，文艺评论核心价值体系的确立也要与时俱进，面对新媒体平台开放性、多元性、民主性等特色，各类思想文化碰撞，交锋并快速融合，所以要坚持社会主义核心的价值理论本位，坚守核心价值观的戏剧评论本性，是我们需要面对的主要问题。当下新媒体平台的戏剧评论，大多数以"短、平、快"为特征，片面化、商业化、情绪化较为严重，大多数评论缺乏戏剧理论、戏剧美学以及戏剧审美力，更缺少核心价值观的引导。权威戏剧评论被大众评论淹没，无法形成对戏剧创作的发展提供有益的指导。所以，要改变现状，要在新媒体戏剧评论中，以社会主义核心价值观为方向，重视核心价值观的理论阐释空间，而不是生搬硬套、僵硬教唆，更不是将戏剧评论意识形态化，而是要将其植于民间思想的沃土，通过审美批评彰显文化价值与审美品格，批评阐释不断推陈出新，而后外化新媒体平台特有的批评风范，在众声喧哗中把人民利益、国家利益不断"涵化"成新媒体批评的核心价值体系。[26]

3）坚持以人民为中心

新时代戏剧评论，要牢牢地把握"坚持以人民为中心"的正确导向，要明白戏剧评论是"为了谁、依靠谁、谁是作品的主人公"，究其价值追求而言，坚持"以人民为中心"的评论导向是坚定文化自信的表现，优秀的戏剧作品是为人民抒写、为人民抒情、为人民抒怀。伴随戏剧发展，一方面，应该时刻让戏剧评论反哺戏剧的创新，坚持社会效益和经济效益的统一；另一方面，不能为了经济效益，而忽视了戏剧评论的价值导向，在戏剧评论工作中必须牢固树立正确的国家观、民族观、历史观、文化观、审美观，对我们所处的历史方位、现实背景、未来道路有充分的判断和认识，以真正的批评精神发挥价值导向，担当社会使命。

4.4.2　提高评论主体的艺术素养

戏剧评论的主体既是戏剧作品的鉴赏者，也是阐释者；既是传播思想的实施人，也是提高社会大众鉴赏力的主要人，是社会精神的弘扬者。可见，评论主体的艺术素养直接影响着戏剧评论的总体质量、戏剧创作的发展方向，甚至是社会大众的价值走向。这里的艺术素养是广泛的，不仅包括评论者的文化水准、鉴赏能力、戏剧理论水平，还包括媒介素养、责任意识和艺术素养。

1）提高专业戏剧评论主体的媒介素养

新时代，新媒体技术改变着媒介格局、评论生态。无论是评论主体，还是评论场域，受众接受都发生着重大改变。网络的流量密码掌握在擅长网络营销、网络评论的网民手中，但这群人往往没有专业理论和艺术素养。所以传媒戏剧评论的学者专家，在研究戏剧本身的同时，也要学会适用媒体的变革，适应受众的变化。

与戏剧评论主体分层形成"三角塔形"一样，接受的受众同时也被分为四个层次：第一层，专业学习戏剧的研究人员和专业院校学生，他们力求通过研究戏剧评论深化自身的戏剧理论、戏剧美学等知识体系。第二层为戏剧创作的行业人士，他们通过戏剧评论反观自身创作问题，力求找到突破口，作用于自己的实践创作。第三层为热爱戏剧，会定期到剧场观看戏剧的观众粉丝，他们往往有自己喜欢的戏剧品种或戏剧演员，他们希望通过戏剧评论进一步了解自己喜爱的戏剧创作或戏剧演员。第四层即广大社会大众，跟风或者突发兴趣去观赏了某一部戏剧作品，心中对作品的不解或情感需要宣泄，无从入手，开始在网络平台上寻找戏剧评论，为自己解惑或找情感认同。这类受众往往是人数最多的，也是需要我们关注和吸引的社会大众，如果能够提高他们的文化素养、艺术情操，更能推动我国戏剧发展，树立我国文化自信。

这就需要我们传统戏剧评论人员将自己的专业素养、艺术理论通过网络进行传播，话语策略、表达方式也要改变，跟上普通大众的网络阅读模式。专业戏剧评论者要"积极探索有利于破解工作难题的新举措、新办法，特别是要适应社会信息化持续推进的新情况，加快传统媒体和新兴媒体融合发展，充分运用新技术创新媒体传播方式、占领信息制高点"[27]。传统戏剧评论主体需要顺应媒介发展趋势，强化"互联网思维"，拓展评论形式，创新新媒体评论表达方式，适应媒体融合发展趋势。并增强新媒体戏剧评论的核心价值观感召力，重视特点问题，树立正确的引导方向，重视戏剧评论的领袖作用，利用自身知识结构与圈内影响力，提升整体戏剧评论主体水平，使高质量、高水平影视评论得以向社会大众传播。

2）提高评论者的文化担当与社会担当

虽然网络自媒体的评论空间评论水平参差不齐，有不同论点不同视角的评论，但评论要公正科学，有正确的价值判断，不能因为个人喜恶影响大众，要有最起码的职业操守。

戏剧评论与文化传播是相辅相成的，评论内容需要有强大的文化底蕴作为支撑，有着传播戏剧理论、研究戏剧文化的主要功能。仅仅将个人情绪作为评论发泄，或仅看表面就印象点评，甚至为了商业目的推崇或贬低某些戏剧作品，这样的评论既没有文化担当，也没有社会担当。他弱化了戏剧评论的社会功能，没有起到阐释与鉴赏的作用，更没有助力于戏剧创作的良性发展。当然，戏剧发展多样，现在的戏剧发展已开始与各类文艺融合，有的与旅游演艺融合，有的与影视作品融合，与音乐融合；儿童剧、先锋剧这些小剧场戏剧开始被不同类型的观众所关注。商业戏剧与戏剧的严肃性是否相违背，也是我们探讨的一个方面。笔者认为，优秀的传统文化是经得起市场考验的，所以一些戏剧演艺开始请大流量明星作为演员，以大流量带动传统文化，适应商业市场。这样的戏剧创作是否成功还需要用时间去证明，随之而来的戏剧评论，也受到了挑战，大量评论开始围绕明星进行追捧或吐槽，少有人关注戏剧本身，这是专业戏剧评论不乐于见到的。

实际上，历来的商业性戏剧在文化价值上也有高低之分，特别是力求娱乐性与艺术性相结合的戏剧，在批评的视野中应当受到关注，批评应当鼓励这类尝试，帮助他们总结经验教训，而不是盲目地"捧杀"或"棒杀"[28]。客观评价，提高理论知识、美学理论，才能真正地提高评论者的文化担当与社会担当。

3）提高新媒体戏剧评论者的艺术修养

当代戏剧评论的主要问题无外乎传统戏剧评论家不善于在新媒体平台发言，网络上的大众评论缺少艺术素养与理论基础。一个评论家戏剧艺术修养的高低，决定着社会大众对戏剧的理解高度，决定着戏剧创作的发展方向和戏剧文学、戏剧美学、戏剧理论的发展。戏剧评论家的视角是广阔的，在进行戏剧评论时，应以历史为纵向维度，以戏剧学为横向维度，加上自身情感与专业知识的本体维度，全方面地评论作品，这样的评论才具有艺术价值和美学价值。可见，戏剧评论本身也是一种艺术创作，要让自己的评论具备艺术性、可观赏性、可研究性，才是戏剧评论的正确方向。虽然新媒体平台的趣味性比较重要，更容易吸引受众，但是如果只是为了市场，讨好观众，失去了原有的专业性，这样的评论也仅是昙花一现，不能称之为艺术创作。可见，提高戏剧评论者的艺术修养，同时也能够提升社会大众的欣赏水平、鉴赏能力，为艺术创作提出建议，发挥其本身所承载的历史责任。

4.4.3　推动戏剧评论的生态构建

在新时代，戏剧评论呼唤高质量的发展，更应该从多途径、多渠道去推动戏剧评论的生态构建，正确认知戏剧评论的作用、功能，并推动戏剧评论的话语体系的建设。

1）通过戏剧评论加强中国戏剧理论体系和话语体系的建设

新时代，戏剧评论的生态构建应该坚持"以人民为中心"的导向，坚持实事求是的原则，根据不同的艺术形态的戏剧作品来进行评论。评论应该实事求是试，不能把七分好说成十分好。一个题材可能和应该达到的高度与作品已经达到的高度是不同的。不能把你分析的可能达到的高度说成作品已经达到了这样的高度。"精品""高峰""具有划时代意义的作品"等评价是必须经过历史的检验才可能得出的，如果群众并未认可，评论家轻易给一部作品戴上这样的帽子，只会失去评论家的"权威"。首先应该努力"继承创新中国古代文艺批评理论优秀遗产"。由于时代变化等原因，古代文论、剧论不易为当代读者理解，近年来多位学者在古代文论、剧论的研究、阐释方面取得很多成果，但在当代的戏剧理论批评中使用得很少，这种状况表明这些古代话语并没有成为现代戏剧理论话语体系的一部分。现在应该努力把一些可以"激活"的古代理论概念、美学范畴和命题激活，运用到戏剧评论中去。其次，应该"鼓铸"出一些新的词语来丰富当代剧论的话语。许多古代剧论的概念和命题是在总结丰富的实践经验中提出的，如李渔的立主脑、减头绪、密针线、脱窠臼等，就是在总结当时传奇创作中的问题中提出的，我们应该继承这一传统，总结当代创作的新鲜经验，提升到理论高度，提出新的词语。

2）重塑开放平台价值批评体系权威批判力

媒体深度融合时代，"掌握了自媒体，人人都是评论者"，面对专业失语、价值失向和审美失范等现象，应充分借力互联网和媒介新技术，以多元的方式、渠道、平台、阵地，推进分众化、分区域的表达，助力文化传播的文化传承的实现。

第 49 次《中国互联网络发展状况统计报告》（2022年2月）统计数据显示：截至2021年12月，我国网民规模达10.32亿，形成了全球最为庞大、生机勃勃的数字社会。无论是经济建设还是文化建设，都必须重视媒体深度融合下中国大众普遍具有的"数字身份"属性，重塑媒体深度融合下的戏剧评论生态格局。开放平台是一把双刃性，应该充分有效地把握开放平台的优势，并结合传统平台的影响力多元地表达戏剧评论的权威性，并进一步推动传统戏剧评论能够转换身份，适应互联网思维，充分利用新媒介新平台，转换思想观念、评论文本转换话语方式、评论媒介转换运作方式，培育核心价值认同，以开放的姿态改造专业戏剧评论，将戏剧评论置于社会主义核心价值体系中，为戏剧评论权威扎根，就能够对扭转戏剧评论在新媒介平台中的价值失衡、功能失效等局面。对新媒体戏剧评论传播模式进行合理导控，摆脱媚俗、平庸，改变消费主义、娱乐主义，重塑戏剧评论的权威。[30]

3）戏剧和戏剧评论的融合创新

新时代是一个融合的时代，无论是艺术还是文化，融合发展是构建立项戏剧评论生态的方向。

第一，媒体深度融合。媒体融合是当下时代背景中的一个重要表现，传统媒体与新媒体在经历了相互排斥、相互比较后选择相互融合。作为媒体主要艺术内容，艺术创作也在不断地适应媒体融合媒介的发展。戏剧也从传统的舞台上的在场表演，围绕题材、类型、空间、题材类型与舞台形式不断展现新的活力，同时也进一步呈现出跨媒介融合、多类型复合等新特征。高清影像、线上戏剧依然是中外戏剧交流的主要方式。

近些年，中国戏剧延续了线上、线下同步探索的状态。在戏剧节庆方面，阿那亚戏剧节、乌镇戏剧节、北京国际青年戏剧节、中国戏剧节等，都同步开启了线上戏剧单元，并有不少依托线上的实验新作。那作为戏剧创作伴随而生的戏剧评论，更应该大量探索在媒体融合环境下，专业评论如何走向网络媒体平台，在网络评论中发出自己的声音，用权威评论引导民间评论，使戏剧评论走上正途。

第二，专业评论与网络评论相融合。在广大受众已开始转向网生代的青年人时，专业批评者既应降低姿态，使批评出发点不是指导而是交流与分享；更应通过自己的专业素养，提升戏剧评论品级。充分利用网络媒体平台，完成象牙塔中理论研究成果的实践性转化，在网络批评中发出自己的声音。如果专业批评始终故步自封，便永远只能自说自话；如果媒体批评缺乏诚意，便大可会被忽视；如果网络批评过于主观，其合法性、合理性也会遭到质疑。无论哪种批评，如果还没能与创作建立直接、亲密的关系，便只能是无关痛痒的批评。只有在共同精神立场中完成的"共融"，为健康的戏剧评论生态提供保障，让戏剧评论最大可能地发挥效力，才是戏剧评论的最佳前进方向。[29]

第三，艺术与商业融合。新时代下，市场经济影响着艺术的发展方向，优秀的传统文化传承需要在商业市场中存活，才能流传。正确地运用商业运作，对戏剧进行宣传推广营销，是适合艺术发展的必要手段。无论是戏剧创作还是戏剧评论，在融合过程中，都要坚守艺术的底线，不被商业化、市场化所影响，创新思路，推出高质量高水平戏剧作品与戏剧评论。

4）培养新时代青年戏剧评论人才

新时代，作为网生代的青年人，从小便生活在互联网的环境下，对于如何运用新媒介，如何使用互联网语言，如何掌握流量密码，都是轻车熟路，于是培养青年戏剧评论人才是戏剧评论可持续发展的最直接的方式。

在媒体深度融合的时代背景下，戏剧的发展与影视相比，相对小众些，在青年中并没有受到相对的关注，戏剧评论是沟通创作与接受的"桥梁"。当下，"Z世代"（指新时代人群）逐渐成为文化消费主力军。戏剧评论在适应媒体融合传播格局的发展过程中，忽略了对中间对话机制的构建即戏剧评论的探索，戏剧青年评论人才的培养更是打通内、外部世界的"刚需隧道"。于是，需要我们发动专业评论家打造戏剧评论基地，组建戏剧评论协会，大力开办青年戏剧评论人才培养，请评论专家打造青年人的戏剧理论底蕴，请行业专家传授戏剧创作经验。大量观摩经典戏剧作品，培养青年的鉴赏能力、审美能力，再请新媒体运营等行业人员引入"戏剧评论+媒体深融"的培养视角，在培养的过程中，强化对戏剧青年评论人才的"传媒思维"培养。通过系列教学活动，为学员构建全面和专业的戏剧评论框架体系，培养适应"媒体深度融合"传播格局的戏剧青年评论人才，从而强化戏剧评论的桥梁功能，进而提升戏剧在社会上的被认知度、被接受度，最终培育新时代戏剧生长的文化空间，助力戏剧创新发展，助力讲好中国故事。

由此可见，新时代下的戏剧评论还面临着很多的挑战，如媒体融合发展、评论主体的素养培养等。重塑网络平台评论人的社会价值体系，鼓励权威评论家走进新媒体平台，学会运用互联网思维，同时提高评论主体的艺术素养和社会担当，实现共融、创新、和谐发展，构建理想化的戏剧评论生态，助力戏剧创作，传承艺术文化，讲好中国故事。

参考文献：

［1］吴新苗."五四"前《晨报》上的戏曲评论与争鸣［J］.戏剧（中央戏剧学院学报），2021（2）：136-147.

［2］康建兵.新时期以来戏剧批评的回顾与反思［J］.新世纪剧坛，2020（3）：4-10.

［3］卢兴.新媒体视域下的戏剧批评演变研究［J］.戏剧文学，2017（5）：54-58.

［4］周大明.对当前我国戏剧评论若干问题的思考［J］.艺术百家，2011，27（2）：41-44.

［5］吴卫民.网络时代的戏剧批评空间［J］.中国文艺评论，2017（9）：108-116.

［6］徐煜.自媒体背景下戏剧批评的立场与文本属性［J］.戏剧（中央戏剧学院学报），2014（5）：99-103.

［7］蒋中崎.从精品到经典的转化——戏剧评论如何助推戏剧创作［J］.戏友，2018（S1）：102-103.

［8］姬蕾.从评论家到创作家：萧伯纳的早期戏剧评论与戏剧创作［J］.四川戏剧，2020（10）：88-91.

［9］亢西民，刘艳芳.新媒体戏剧评论现象的透视与思考［J］.戏剧文学，2021（3）：4-9.

［10］回宝昆，张守志.重审以戏剧鉴赏为基础的戏剧批评——兼论戏剧批评现状及其危机应对［J］.新世纪剧坛，2019（1）：9-14.

［11］回宝昆，张守志.重审以戏剧鉴赏为基础的戏剧批评——兼论戏剧批评现状及其危机应对［J］.新世纪剧坛，2019（1）：9-14.

［12］汤逸佩.为读者的戏剧批评［J］.戏剧艺术，2014（4）：24-28，43.

［13］汤逸佩.为读者的戏剧批评［J］.戏剧艺术，2014（4）：24-28，43.

［14］黄寒冰.论新媒介环境下的戏剧传播与戏剧批评［J］.浙江传媒学院学报，2015，22（1）：17-22，140.

［15］王明端.社会化媒体与戏剧批评［J］.戏剧文学，2014（12）：10-15.

［16］亢西民，刘艳芳.新媒体戏剧评论现象的透视与思考［J］.戏剧文学，2021（3）：4-9.

［17］宋宝珍.网络时代的戏剧批评：凭什么?评什么?［J］.戏剧艺术，2014（4）：13-19.

［18］罗丽.戏剧评论：自媒体时代的危机与展望［J］.中国文艺评论，2016（8）：36-42.

［19］罗丽.戏剧评论：自媒体时代的危机与展望［J］.中国文艺评论，2016（8）：36-42.

［20］回宝昆，张守志.重审以戏剧鉴赏为基础的戏剧批评——兼论戏剧批评现状及其危机应对［J］.新世纪剧坛，2019（1）：9-14.

［21］卢兴.新媒体视域下戏剧批评的价值体系建构［J］.艺术广角，2020（4）：41-47.

［22］吴新苗."五四"前《晨报》上的戏曲评论与争鸣［J］.戏剧（中央戏剧学院学报），2021（2）：136-147.

［23］赵建新.戏剧评论的维度与态度［J］.戏剧文学，2021（9）：4-10.

［24］赵建新.戏剧评论的维度与态度［J］.戏剧文学，2021（9）：4-10.

［25］丁罗男.重建批评的信心——论新媒体时代的戏剧批评［J］.戏剧艺术，2014（4）：4-12.

［26］丁罗男.重建批评的信心——论新媒体时代的戏剧批评［J］.戏剧艺术，2014（4）：4-12.

［27］卢兴.新媒体视域下戏剧批评的价值体系建构［J］.艺术广角，2020（4）：41-47.

［28］丁罗男.重建批评的信心——论新媒体时代的戏剧批评［J］.戏剧艺术，2014（4）：4-12.

［29］谷海慧.现状与理想：戏剧批评的效力［J］.戏剧文学，2014（7）：4-8.

［30］安葵.关于戏剧评论的几点思考［N］.文艺报，2021-09-13.

第5章　新时代其他文艺评论

近代以来，"传统与变革""中与西""文化与政治"一直是中国文化建设中的三对重要关系。步入新时代，中国的命运迎来了一个独特的历史时期，在文化建设的漫漫长路上，我们仍在试图回应上述问题，以推动新时代中国特色社会主义文化建设，构建中国对外传播的话语体系。为了找准历史坐标与当代坐标，推动文艺评论建设，我们更需要强化历史的眼光与他者的视野，扎进历史的深处，重新审视传统文化的宝库，打捞出可创造性利用的瑰宝；放眼世界的他处，借鉴国外的"异文化"研究视角，用他山之石，雕琢我们的文化。

新时代艺术的类型、题材、方式等等比任何时期都更丰富，同样，新时代的文艺评论其表达方式、呈现方式、表达形式也比任何时期都更活跃，因此，新时代文艺评论在其内容形式的表达上，以文学评论、影视评论、戏剧评论为代表的评论之外，音乐评论、舞蹈评论、摄影评论等等评论表现力更加活跃。新时代其他文艺评论更应扎进历史的深处，放眼世界的他处。

5.1　感物于心，知音知乐：音乐评论

音乐是文化的重要载体和传播手段，是国家文化软实力的组成部分，对塑造国家形象和传递价值观，具有不可替代的作用。进入新时代，更应该创作和生产出更多无愧于这个伟大时代的优秀音乐作品，创造出既有生命质感又有现代理念并满足当代观众审美需求的作品，让音乐丰富社会大众的精神生活需求。

音乐的发展，促进了音乐评论的进步，二者相辅相成，不可分割，携手共谱新时代新篇章。

5.1.1　理解音乐评论

音乐评论是专家或大众在基于音乐赏鉴的基础上对音乐作品的审美、功能、价值进行的评论，又称为音乐批评。在各种艺术形态中，音乐具有高度的抽象性，尤其是纯音乐，缺乏词意的诠释，所以这又决定了音乐鉴赏活动、音乐评论具有高度的主观

性。人类是万物之灵，具有极高的创造性，中国素有"天人合一"的人文思想，古人往往因日月奔腾、风云变幻、万物生长而感合于心，由视觉、触觉、味觉、知觉，进而演变出立体的通感，形成音律的听觉。

宋代文学家欧阳修感秋象之萧瑟肃杀，故通感心灵，如闻秋声，其在《秋声赋》曰："如波涛夜惊，风雨骤至。其触于物也，鏦鏦铮铮，金铁皆鸣；又如赴敌之兵，衔枚疾走，不闻号令，但闻人马之行声。"流动的音符通过听觉进入脑海，经过大脑的转换，以听众的生活经历、文化认知、情感心理为孔、为弦、为键，如风路过各人心中静默的苍原，如泣如诉，如怒如号，奏出具有各色情感基调的天籁。这是音乐体验的形成过程。如果在此体验上更深一步，用文字将内心的音乐体验表达出来，则是音乐评论。

1）音乐评论与音乐评价

音乐评论有4种境界：一是体悟境，即听众基于个人的生活体验，论及音乐的曲调、旋律、词意、主题营造的音乐体验，此种评论，重在个人音乐体验的表达；二是评价境：基于个人音乐体验的感受，论及具体的音乐的优劣、价值、意义、影响，尤其是对于政治、文化、历史、经济的价值，此种评论，重在音乐对他人、社会的价值的表达；三是阐发境：打破封闭的音乐围墙，采用政治、经济、文化、生态等多元视角，研究音乐及其表演者、创作者风格与艺术特色，从而探索抽象的音乐本体的价值、意义、功能及其与时代、社会、民族的互动关系，此种评论，侧重于音乐的艺术特色与功能；四是创建境：在第三重境界的基础上，形成关于音乐学科、学术的系统性理论体系。

从音乐的内部生态来看，音乐文化的繁荣与发展离不开创作者和表演者，也离不开评论者，三者的水平直接决定了音乐文化的发展水平。

提到音乐评论，必须了解音乐评价的概念。音乐评论侧重于音乐的艺术与学术层面的评论研究，而音乐评价重在对音乐价值的评判。音乐评价需要通过音乐评论去实现，而音乐评论则是基于音乐评价而产生的。

音乐评价体系由音乐观念、音乐价值、评价标准、作品质量、评价方法、音乐思想、音乐批评各要素组成。其中，音乐观念是音乐评价的心理基础，对不同类别的音乐的评价反映了个体所在社会、国家、民族的整体观念，也反映了个体的生活经验；音乐价值是音乐评价的实践要素，音乐活动的开展最终是为了实现一定的价值，音乐评价则是对作品价值与意义的检验环节；评价标准是音乐评价的衡量尺度，作为大众的音乐评价，根据个体的经历与审美作出评价，具有多元性、开放性，而作为学术意义上的音乐评价，承担着"以乐化俗"的功能，则需要深耕自己的学术土壤，聚焦音乐文本，构建与时代相适应的艺术标准、思想标准，对音乐作品的艺术容量、思想内涵等方面进行有效的评价，从而引导音乐文化的高质量发展；作品质量是音乐评价的评价内容，一个时期的音乐文化水平直接以音乐作品的形式呈现，包括创作、表演、教育、研究、器乐制作等质量；评价方法是音乐评价的实践指南，只有立足于评价标准，根据不同评价对象特点，探索出相应的评价方法，才能进行有效的音乐评价；音乐文化的发展需要培育社会文化空间。艺术的永恒生命力在于被接受，即音乐需要知音，若无钟子期，伯牙便只能孤芳自赏，音乐的价值便无法实现。音乐作品的出现既需要社会大众给予音乐支持，给予音乐人才培养、音乐研究、音乐创作、音乐表演相应的资源及政策支持，同时也需要培育大众相应审美及文化习惯，特别是在音乐产业化发展的今天，音乐创作一方面不断繁荣，但另一方面，也存在佳作"曲高和寡"、为音乐付费意识不强等现象，所以这需要强化对大众的音乐欣赏能力；音乐批评是音乐评价的实现方式，如果没有基于音乐鉴赏的音乐批评，音乐作品只能被束之高阁，失去其被接受的可能性，丧失其艺术生命力。

2）音乐评论的分类

音乐评论按评论的性质与主体，可分为专业音乐评论、大众音乐评论，按评论聚焦的环节与对象，可分为音乐创作评论、音乐表演评论。

（1）专业音乐评论与大众音乐评论

"有口皆碑"，说明人们在日常生活中进行点评是一个频繁的行为。纳入音乐评论的视野内，进行学术视角的考察，不难发现，音乐只要有听众，便会出现或短或长，或雅或俗的点评，当这种点评以固定的媒介形式进行传播时，就形成了具备研究条件的"音乐评论"。随着音乐的产业化、大众化，阳春白雪逐渐移步至寻常百姓家。上网可聆听肖邦的钢琴曲，欣赏《歌剧魅影》，也可以沉浸在箜篌、尺八的悠扬清远里，当音乐体验不再是少数人的专享，音乐评论的力量也被社会大众所掌握，于是出现了当下专业音乐评论与大众音乐评论共生的态势。

专业音乐评论是各级各类专业艺术院校、团体从事音乐创作及教学的工作者以及传媒观察者就音乐创作、表演进行的关于艺术审美、精神内涵、社会文化功能等方面的评论，以期刊报纸为主阵地，具有较强的学术性或行业性视角，具有客观性、逻辑性；而大众音乐评论则是普通观众对音乐作品欣赏的感悟、评价、阐发式评论，主要发表在网络平台上，具有较强的个人经验性，文体风格较为随性，且具有较强的"网感"。

（2）音乐创作评论与音乐表演评论

在音乐领域里，评论主要聚焦于两个环节，其一是，针对音乐创作的评论。

音乐创作按性质和主体，可分为专业音乐创作和社会音乐创作。专业音乐创作是当代音乐创作的主力军。在国内，各级各类专业艺术院校、团体从事音乐创作及教学的工作者是专业音乐创作的主体，其创作的作品按形式主要可分为声乐器、器乐器、音乐戏剧三大类，从资质上来看，可分为国家、省市自治区艺术基金支持创作，各级政府委约创作，国际、国内各类机构委约创作，个体自由创作四类。因不同的音乐形式有不同的艺术表现手法，其评论的方法各有不同。在声乐类作品中，需关注音乐的技术手段是否完美表现音乐词本的思想与意境，引起观众的共鸣；在器乐类作品中，需重点关注作品的思想内涵与技术表现之间是否融洽配合，引起观众的共振；在音乐戏剧类作品中，则需要关注戏剧的艺术表现手段是否能完美呈现戏剧剧本的艺术构思，从而塑造戏剧张力，引起观众的共情。

社会音乐创作是当代音乐创作的生力军。各行各业非专职从事音乐创作的工作者加入到音乐创作的阵营，尤其是在当下的互联网生态下，其音乐创作体裁以流行音乐等小型歌曲为主。因其创作较为简单，灵动多变，往往深入到大众生活中，表达大众的审美与情感，促进了音乐风格创新与音乐文化的大众化。

其二是，针对音乐表演的评论。

音乐表演可分为专业音乐表演与社会音乐表演。专业音乐表演是当代音乐表演的主要组成部分。在国内，各级各类专业艺术院校、团体从事音乐创作及教学的工作者是专业音乐表演的主力军。按照音乐作品的形式，专业音乐表演的形式可分为声乐器、器乐器、音乐戏剧及指挥四大类。按资质可分为各级艺术基金支持的音乐表演（传播交流推广资助）项目，国家职能机构委约的音乐表演项目，国际及国内机构委约的音乐表演项目，个体自主进行的音乐表演项目。音乐表演是演奏家对音乐作品的二次创作，评论注重论及演奏家对于原作艺术特色与精神内涵的诠释与演绎，以及是否形成个人独特的艺术风格，即是否碰撞出二次创作的火花，实现"锦上添花"。

社会音乐表演是各行各业非专职从事音乐表演的工作者自发进行的音乐表演活动。相较于专业音乐表演活动，社会音乐表演的艺术审美、技术水准、精神内涵"良莠不齐"，且形式与种类庞杂，规模大小不一，标准体系构建较难，对于此类表演活动的评论在实践中缺乏相应的评论。

3）音乐评论与时代之变

音乐评论根本在于对音乐作品及表演的艺术特色、功能与价值的评论，而作为一种艺术形态，音乐的审美、功能、价值的确立受到政治变迁的影响，同时音乐作为一种具有高度媒介性质的艺术形态，其审美、功能、价值的表达与实现同时也受到媒介变革的深刻影响。所以在论及音乐评论时，不可避免地需要论及时代之变下，政治与媒介的变迁对音乐的影响。

回首新中国成立以来的音乐评论与政治之变，着眼于当下的媒介转型升级，这是考察音乐评论与时代之变的两个重要观测点。

（1）音乐评论与政治之变

新中国成立初期，音乐批评领域的理论问题，主要是围绕着社会主义现实主义的音乐观念进行的。1953年，北京召开了第二次全国文学艺术代表大会，会上把"社会主义现实主义"的艺术手法确立为文学、艺术创作与批评活动的准则。[1]在本次会议上，时任全国音协副主席的李焕之，撰写了《我对音乐中社会主义现实主义的理解》[2]一文，指出在"社会主义现实主义"的理论指导下，音乐的使命是"情感表达的真实性必须同情感表达的深刻性联系起来，不深刻的情感也是不真实的"。[3]音乐创作要超越"自然主义"，立足于社会主义新中国建设的实际，运用"现实主义"，塑造音乐的"典型形象"，传达一种深刻的情感，实现音乐作品思想性的表达。

1953年，贺绿汀在中华全国音乐工作者协会全国委员会扩大会议上作了专题发言——《论音乐的创作与批评》。[4]贺绿汀作为中国民族音乐的先行者，推动融合中西音乐风格，曾创作出《牧童短笛》《摇篮曲》等系列反映中国文化格调、民族风格浓郁的钢琴曲；作为党内的音乐创作先锋，积极推动"党的文化战线"建设，投身音乐事业，创作出《游击队之歌》《中华儿女》《四季歌》等系列激励全民族抗日、具有革命情怀与理想的音乐作品。1953年，贺绿汀发表了《论音乐的创作与批评》，一方面是作为学术界、音乐界的代表，就社会主义现实主义音乐创作，提出了对新中国音乐文化发展的思考与探索，同时也是作为音乐家本身，在新的历史时期对个人艺术生涯与实践做了总结与创新。在《论音乐的创作与批评》中，他论述了"学习马克思列宁主义与生活体验的问题""学习技艺与单纯技术观点的问题""民族形式与西洋风格的问题""关于抒情歌曲与小资产阶级情感问题""形式主义的问题""新歌剧问题"6个方面的问题，归根结底还是讨论中国音乐创作中"艺术与政治""中与西"的问题。贺绿汀认为音乐创作要紧跟时代，与政治和现实生活密切结合，并注重继承本民族优秀的文化遗产。在该文中，我们还需关注的便是贺绿汀从音乐创作内部提出的对音乐的理论技术与思想情感的关系的思考："音乐上的一切理论技术都无非是想通过它来表达某种思想感情，所以技术只是一种工具，是表达作曲者的思想情感的一种手段，技术越熟练就越能表达音乐的内容。"从音乐创作的外部来看，音乐理论技术与思想情感的关系其实是艺术与政治关系内化在音乐创作过程中的投影，音乐理论技术与思想情感的关系外化，则表现为艺术与政治的关系，因为在社会主义建设初期，深刻的思想情感的评判标准是由深刻的政治性决定的。

1956年，毛泽东在中央政治局扩大会议上提出了对新中国文艺事业影响深远的"百花齐放、百家争鸣"的"双百方针"，立足于当时社会主义文化建设的实际，指出"艺术上不同的形式和风格可以自由发展，科学上不同的学派可以自由争论"。但这种自由的前提是在社会主义文化建设的框架下，即文艺发展不能背离社会主义建设的主旋律，因此必须加强知识分子的思想教育，提升他们的政治觉悟，实现对知识分子世界观的改造："知识分子必须继续改造自己，逐步地抛弃资产阶级的世界观而树立无产阶级的、共产主义的世界观……在知识分子和青年学生中间，最近一个时期，思想政治工作减弱了，出现了一些偏向。在一些人的眼中，好像什么政治，什么祖国的前途、人类的理想，都没有关心的必要。"

3个月后，毛泽东发表了《同音乐工作者的谈话》[5]，在谈话中着重论述了"中外"音乐艺术融合发展的关系："艺术的基本原理有其共同性，但表现形式要多样化，要有民族形式和民族风格。"毛泽东明确指出既要从本民族优秀传统文化中汲取养分，又要善于学习外国文化，在二者结合的基础上，创造出具有中国特色的音乐风格："艺术又怎么样呢？中国的音乐、舞蹈、绘画是有道理的，问题是讲不大出来，因为没有多研究。应该学外国的近代的东西，学了以后来研究中国的东西。如果先学了西医，先学了解剖学、药物学等等，再来研究中医、中药，是可以快一点把中国的东西搞好的。"

从社会主义建设初期党和国家领导人的系列具有重要指导意义的讲话中可以看出，当时的音乐创作的政治性、民族性与艺术性是关于音乐创作与理论研究中的三个重要的问题。1963年，"音乐舞蹈座谈会"在北京召开，其核心就是讨论音乐艺术的民族化问题，不久之后，周恩来总理提出"音乐舞蹈要进一步'革命化、民族化、群众化'"，明确确立了"政治第一，艺术第二"的音乐创作与批评方向。音乐作为一种文化艺术的主体性、独立性被国家政治的主导性所掩盖。这个单一阶段的音乐批评观念的本质属性，就是：政治观念的"一元化"[6]。

1966年到1976年，社会上兴起了一场围绕"样板戏"展开的文艺评论，音乐成为依附"样板戏"而存在的艺术形态，中国音乐批评呈现出音乐形式单一化、批评模式极端化的态势，相较于社会主义建设初期，本时期的音乐艺术完全丧失其主体性、独立性。

"文革"后，音乐创作再次绽放活力，音乐创作与批评注重强调音乐的自主性、独立性。1979年，在成都召开的"器乐创作座谈会"则是新时期音乐创作与批评的探索。于润洋在会上发表了影响广泛的《器乐创作的艺术规律》[7]，在该文中，他主张回归音乐的艺术特质去讨论艺术与政治的关系。他认为："由于器乐表现手段的特殊性质，它不仅不能直接表达抽象的概念、思想、观念，而且也不擅长表现可见的视觉形象，不擅长描绘或模拟感官可以感知的实在的客体。"基于这样的艺术特性，器乐创作只能间接通过作品情感刻画，直接激发人们与现实生活密切相关的情感体验，从而实现政治内容的表达。"器乐作品的政治内容是蕴藏在深刻的感情内容中的，正是在这种深刻的感情内容中体现着人们对现实的感情态度和感情关系，而这对人们的社会实践无疑是起着重要作用的。"

新的音乐思潮的出现引发了一系列关于音乐创作路线、主义问题的讨论。1978年7月，吕骥发表了《音乐艺术要坚定走社会主义道路》[8]一文，针对近年来出现的"新潮化"音乐创作提出反对，他认为"新潮音乐"片面强调音乐创作的主体性，以及音乐创作在审美方面追求"不受任何客观事物影响和制约"的自由，这是把音乐创作与传感，把自己与音乐的感受者——人民割裂、对立起来，造成了音乐与社会、民族，与时代、历史脱节，处于一种"封闭状态"，这是不利的。于是吕骥再次强调"音乐作品必须反映时代精神，具有时代特点，这就首先要求作曲家研究当代的社会生活、当代群众的思想风貌，把握时代的主流。"文章发表后，随即引发了一场空前的讨论，关于"当前中国需要何种音乐？"的思想激烈交锋，《中国音乐学》转载了该文，次年，又连续发表了《什么是发展当代音乐的必由之路》《社会主义初级阶段理论与当代音乐音乐史的几个问题》《科学总结我国当代音乐发展的历史经验》等文章，关于"当代音乐的理论与实践"的讨论持续深入。

1981年，党的十一届六中全会通过了《关于建国以来党的若干历史问题的决议》，指出"在社会主义改造基本完成以后，我国所要解决的主要矛盾，是人民日益增长的物质文化需要同落后的社会生产之间的矛盾。党和国家工作的重点必须转移到以经济建设为中心的社会主义现代化建设上来，大大发展社会生产力，并在这个基础上逐步改善人民的物质文化生活"。在这一时代背景下，音乐创作再次回归到主体性建设，音乐创作"回暖"。改革开放后，音乐创作逐步被纳入市场经济体制中，这又使得音乐成为一种经济产业。

（2）音乐评论与媒介之变

在艺术创作中，人们普遍承认"艺术源于生活，又高于生活"，这说明艺术的双重属性：艺术对人类生活与文化进行了二次创作，最终形成的艺术作品，既是艺术化的"生活"表达的内容，也是表达"生活艺术化"的媒介，即艺术既是人类文化的内容，也是传播人类文化的媒介。从人类文明、民族文化的整体传承与更新来看，人类的艺术演变史既是文化变迁史，同时也是媒介演变史。

作为内容本身和媒介的音乐艺术，具备政治传播、文化传播、营销传播等多种功能，在政治舆论场中，音乐是增强身份认同与鼓舞民众情绪的冲锋号[9]，在跨文化交流中，音乐是无国界的通用语言，通过流动的音乐，引起不同国界观众直接的情感激荡，从而实现心灵与精神上的愉悦，文化与信仰上的互通，因为音乐相较于其他文艺形式的抽象性与纯粹性，使得音乐艺术更接近于人类艺术心灵的纯真形态，更能激发人类心灵最基本、最原生的萌动。在经济生活中，因为音乐艺术极强的感染力，各大品牌通过音乐、歌曲的形式进行产品宣传、推介，利用大众对音乐情绪的认知与感知，实现品牌的价值传达与情感认同。

加拿大著名传播学家马歇尔·麦克卢汉用"部落化→非部落化→重新部落化"的划分方法，把历史上出现过的媒介归纳为口语书面媒介、印刷纸质媒介和电子网络媒介三种形式。依照麦克卢汉的理论，媒介内容的变化是因为媒介形式的改变，形式的改变源于传播技术的进步。与此相反，马克思主义的基本观点是"内容决定形式"，即媒介形式的变化是由于媒介内容的改变，内容的改变源于信息技术的进步。[10]

在口语书面媒介传播时代，文字的出现，弥补了口头传播的不足，通过乐谱，固定音符、节奏、速度、演奏记号、情感记号等音乐技法，音乐艺术的传播第一次突破时空的限制，获得了更多的稳定性。在印刷纸质媒介时代，中国的活字印刷术、西方的"古腾堡革命"，使乐谱的大量复制与传播成为可能；而电子网络媒介的出现，一方面使音乐超越抽象乐谱的图文形式，能够以具体、多样、大众化的视听形态进行大规模的传播；另一方面，在前两个时代，音乐的演奏与欣赏要求时空的同一性，即必须演奏者与观众同时在场，而在电子网络时代，音乐的演奏与欣赏打破了时空同一性的禁锢，海量的音乐作品被生成，海量的观众被抓取，多元的媒介造就了创作与欣赏的互动，构建了音乐文化的云空间，缔造了大众音乐时代。在20世纪末网络音乐出现之前，留声机与唱片的发明，有声电影的发明，广播电台和收音机的发展，录音机的发明、发展和普及，电视和彩色电视的发展，CD、VCD、DVD的发明和普及等6次重要的革命性突破，推动中国音乐传媒技术迅猛发展。[11]

首先，传播方式的多元化与传播力度的提升。尤其是对中国传统音乐而言，网络时代的来临增强了其大众化传播的力度。如古琴曲《高山流水》《阳关三叠》等，曲名用典，且为纯音乐，没有歌词的注释，大众难以领会音乐传达的思想内涵，更不要说去领会曲目的意境了。而在网络时代，曲目可以借助多元视听的方式呈现，比如说配合俞伯牙、钟子期的影像故事，或者是图文典故，抑或根据该曲添加相关的诗词美文……结合时代背景、乐人情况、文化思潮等多方面来设计音乐的呈现形态，将抽象的意境用具象的视听方式展现出来，弥补了单纯的听觉艺术所带来的信息传达不足。中国传统音乐作品的内涵及意境体现为综合化的特质，与文学、舞蹈等其他艺术门类多有交叉，媒介融合之后，文字、画面等表现手法刚好能够有效地为单纯以声音为表现手法的听觉艺术增添其他感官信息，弥补了音乐艺术具象性元素不足的缺憾。传统音乐传播平台更为广阔，多样化的传播渠道使传统音乐受众市场进一步扩大。[12]

其次就音乐创作而言，网络时代尤其是自媒体时代的到来，促进了音乐创作的野蛮生长，同时形成了独具特色的"网络音乐"。正如互联网的出现催生出网络文学，而学术界对网络文学是否成为一种独立的文学体裁存在争议，关于"网络音乐"是一种音乐艺术流派还是一种音乐传播形态，值得进一步探讨。

1997年，我国第一首网络歌曲《惠多》诞生，网络音乐乍现，"小荷才露尖尖角"，自此之后，网络音乐肆意生长，网络音乐平台爆发式涌现，已呈"接天莲叶无穷碧"之势；2004年，酷狗音乐上线；2005年，QQ音乐和酷我音乐上线；2014年，全民K歌上线；2013年，网易云音乐上线……网络音乐平台构建了在线音乐和以音乐为核心的社交娱乐两大服务体验。

2006年，文化部出台了《网络音乐发展和管理的若干意见》[13]，首次明确了"网络音乐"的内涵：通过互联网、移动通信网等各种有线和无线方式传播的音乐产品，一是用电脑下载或者播放的互联网在线音乐，二是用手机播放的无线音乐，即移动音乐。可见，在国家政策层面对"网络音乐"的探讨是聚焦于"音乐传播形态"的层面，即"网络音乐"是基于互联网时代媒介技术更新而形成的音乐艺术的新兴的"传播形态"。中国传媒大学音乐产业项目组公布的《2020中国音乐产业发展报告》显示："2019年，数字音乐产业规模达到664亿元，同比增长8.4%；数字音乐用户规模超过6.07亿，同比增长9.2%，网络音乐用户渗透率达到71.1%。围绕'音乐+'业态融合的转型升级，流媒体音乐下载、在线K歌、音乐演艺互动社交等成为拓展数字消费市场和盈利模式的主要途径。""从2019年中国音乐产业各细分行业的整体产值、增速对比来看，产业规模前三位分别为卡拉OK产业、音乐教育培训产业、数字音乐产业。"[14]音乐从单一的艺术形态，转向产业化发展，衍生出多元新兴业态。

就音乐传播而言，媒体深度融合，多元视听的传播方式搭建起多元化的音乐使用场景，实现媒介化的大众传播。新时代，伴随技术的发展，技术的变革，在新一轮技术革命的驱动下，传播的场景全面变化，迎来了多感知通道传播的新场景时代。一方面，音视频的表达方式，即多模态融合的内容样式，正超越图文形式逐渐成为主流化的信息呈现方式，内容的呈现变得更加多元；另一方面，在传播环境中的供大于求的现状，使内容的情感性价值超越了经典传播理论中权威性和专业性的重要程度，由此受者的情绪唤醒与共振成为决定传播效果成败的关键因素。因此，在多种模态的内容要素中，音乐是一种特殊的情感性听觉信息，音乐传播的表现力更加多元。

首先，音乐作为一种听觉信息和观感，与其他听觉要素一样具有渗透性、可溶性、伴随性等特征，能够应用到不同场景的内容与需求中，并且实时满足不同场景的精神需求。其次，从人类社会的演进来看，音乐是能够直接诱发人类情绪的特殊听觉信息，音乐可以直观地让听众感受喜怒哀乐，音乐的情绪及其诱发的情绪都对人类的生产和互动产生了重要影响。所以在传播中，音乐不应仅被定义为是内容或文化，音乐更应是一种作用于社会发展的结构性媒介。[15]

（3）音乐平台社交化与网络音乐评论

随着移动互联网技术的发展与媒体深度融合的进一步推进，信息媒介技术已深深嵌入音乐艺术创作、传播、欣赏、评论的全过程，直接孕育了网络音乐与网络音乐评论。

网络音乐评论即以网络音乐为对象进行评论，其对象可以是狭义的网络音乐，也可以是广义的网络音乐，即包括网络上传播的一切音乐形式。

在互联网时代，网络音乐鉴赏成为大众主流的音乐鉴赏方式，并且呈现出网络音乐平台运营"多元化""社交化"趋势。《互联网周刊》发布的《2019年中国十大网络音乐平台》显示：十大网络音乐平台排行为酷狗音乐、QQ音乐、酷我音乐、网易云音乐、全民K歌、华为音乐、唱吧、5sing原创音乐、咪咕音乐、虾米音乐。

在以上音乐平台中，酷狗音乐、QQ音乐、酷我音乐、全民K歌依靠腾讯，实现资源聚合与平台的强强联合。2016年，腾讯与中国音乐集团合并数字音乐业务，成立腾讯音乐娱乐集团（纽约证券交易所代码：TME），整合双方旗下QQ音乐、酷狗音乐、酷我音乐等音乐产品和品牌，在后续的打造中，围绕在线音乐，开发"听、看、唱、玩"私发音乐支柱服务，贯通音乐产业链上线游，打造腾讯音乐人平台、激励和孵化音乐人创作原创音乐作品，完善原创内容制作体系，打造TME live综合演出平台，构建线上线下立体内容布局。腾讯突破了传统音乐平台提供的"云鉴赏"单一功能服务，依托泛娱乐产业布局，整合文娱资源，深度培育和挖掘"为音乐付费"的高质量用户群体，探索从"音乐鉴赏"转型为"音乐人扶持+音乐创作+音乐演出+音乐欣赏+全民K歌+分享评论"多元化社交运营模式，使音乐深深嵌入用户生活。腾讯音乐娱乐集团2022年3月22日发布的《腾讯音乐娱乐集团2021Q4及全年未经审计财务报告》显示，截至2021年12月31日，腾讯音乐在线音乐付费用户达到了7620万。

网易云自2013年上线，率先推出了"社交化"的运营策略，在原有的用户社群上打造QQ音乐，占尽"人和"之势，突破了QQ音乐、酷狗音乐、酷我音乐等"老牌"音乐单一化"在线音乐+歌单创建"的服务模式，以在线音乐服务主打歌单、社交、大牌推荐和音乐指纹，在一众强势的网络音乐平台竞争中找到了自己的特色定位。尤其是"评论社交+个性化推荐"功能，使每一个使用该平台的用户找到了奇妙的"归属感"，正如电影《卡萨布兰卡》中所言："世界上有那么多的城镇，城镇中有那么多的酒馆，她偏偏走进我的酒馆。"网易云平台恰巧为置身于各种繁忙琐事中的普通大众打造了一个"云村"小酒馆，当他们每一天顶着城市的万家灯火加班归来，丢掉沉重的公文包，甩掉装模作样的高跟鞋，打开网易云，跟着周杰伦来一杯莫吉托，随着热情奔放的鼓点一起摇摆，踱步走进这一家通往宇宙中心的云端小酒馆，邂逅《卡萨布兰卡》，化身"二战"中流浪漂泊的异乡伤心人，在摩洛哥的月光下，在Rick咖啡馆的烛光中，陷入一场北非夏夜干燥而又微醺的破碎绮梦中："问月千万遍，时光流逝，思卿日浓。"在歌曲下，基于音乐文本，每个人心中都搭建起了一个"小剧场"，成为故事中的当事人，只不过有人当主角，有人当观众，如网友"边磕盐边科研"的主角式评论："I love you more and more each day as time goes by，特别是这句，唱着唱着哭了，后来发现，实际上我们感动的是自己，就只是在感动自己，那种很美好，浪漫，有咖啡店的爱情好难，因为我们很难有Rick那样的潇洒与风度，能放手放得那么潇洒。"又如网友"世壹11"的导演式评论："早上叫了个滴滴专车，记得当时车里就放着这首音乐，听得正起劲呢，司机和我聊他的人生观。他说：我是拆迁户，5套房子，500多万元现金，股票爱怎么跌就怎么跌！因为我不买！我有车，有自己的生意，自己当老板，多么自由。除了天王老子谁也命令不了我。我说：前面那条路左拐。他说：好的呢。"网易云村故事书写更注重挖掘青年人的力量。据网易云2021年2月26日披露的财报显示：网易云音乐超9成活跃用户年龄在29岁以下，2020年新增用户中60%是"00后"。

在社交化运营策略下，网络音乐平台以音乐评论为主要形式，围绕歌曲本身展开互动的"轻度"社交，不仅实现了对于音乐作品的大众鉴赏与"口碑式"评价，同时，评论者通过在线的评论与互动，创造了真实感的、多视角的"音乐故事叙事"，实现了音乐内涵的"大众化、多样化"演绎，促成了音乐作品从艺术抽象转换为艺术具象，这是对于音乐作品艺术、价值、功能的"N次"创造与拓展，重塑了音乐的审美体验与艺术价值。因此，在新时代开展音乐评论研究，必须重视媒体深度融合的时代背景，关注网络音乐评论，完善网络音乐孵化、创作、传播、评论系统性的理论体系建构，强化对网络音乐生态中音乐创作和音乐欣赏、评论、社交的引导，构建良性的互联网音乐生态。

5.1.2 媒体融合时代音乐评论的生态格局

1）大众音乐评论

大众音乐评论是在网络音乐平台社交化运营的背景下，大众基于音乐聆听产生的感性体验与审美的个性体验，在网络音乐平台、贴吧、论坛等媒体平台上以文本形式进行表达的在线音乐评说，在语言风格上具有浓浓的"网感"，即具有随意、有趣、反讽、戏谑、白话、运用网络流行语等特点，呈现即兴性、感悟式、碎片化、交互性、叠加性等特征。

（1）大众音乐评论的"两大"特性

大众音乐评论的"大"有两层含义，首先是评论主体数量规模大，其次是评论文本产量大。

如2021年五四青年节当天，为庆祝中国共产党建党100周年，共青团中央宣传部、中国歌剧舞剧院联合发起了一首国风作品《万疆》。截至2022年4月16日，仅是该曲在网易云音乐平台的评论就超4万次，"红日升在东方，其大道满霞光，我何其幸生于你怀，承一脉血流淌"，悠扬婉转的旋律、深情而又充满希冀的歌词，引起大众对革命先烈、英雄功勋的缅怀，引发了对当下生活的珍惜与思考，激发了大众对于民族复兴的信心与决心，强化了民族与文化认同。

（2）基于"故事"叙事的三类评论

在音乐社交化的大众音乐时代，音乐创作、欣赏与评论特色，用一句网络流行的话来表达，便是："我有酒，你有故事吗？"人们来到形形色色的音乐平台"小酒馆"，听一首歌，显然"醉翁之意不在酒"，更重要的是借助音乐去表达、重塑自我，即挖掘和改写音乐文本中的故事，这是一种深度"代入"与"转化"的状态，最终的审美认同与情感暴发点并不在于音乐本身，而在于音乐故事中的"自我"。

每一首音乐都通过音符叙述了一个音乐故事，大众在聆听音乐时，便是进入了这个基于音乐文本"原装"设定而又经由用户评论众筹"改装"的"情景小剧场"。用户成为这个故事的当事人，只不过有人是主角，有人是看客，有人是导演，基于不同的"入戏"体验，可将大众音乐评论分为感悟式、点评式、编导式等三种基本形式。

感悟式评论是用户基于音乐文本与个人生活体验的代入，进行衍生联想，针对音乐主题、情感进行的研发式思考，其评论的出发点是以个人生活经验为中心进行表达，具有高度的"自我"生活观照性，犹如故事主角在讲述故事本身，是由音乐作品引发共鸣而产生的自发性的情感流露。点评式评论则是用户远离故事中心，作为"看客"针对音乐的本身比如主题、思想、价值或者是其他用户的"故事"，而形成的在线评说，相较于感悟式评论，此种评论更具有"他者"的客观性，具有较为理性的思想露出。编导式评论则是基于音乐作品与用户的"故事"引发的"跳跃性"联想，在内容上与音乐作品本身的主题故事没有直接关联，而是用户在音乐作品的灵感激发下编写的其他主题故事，更突出用户评论的创造性、分享性。

以网易云音乐周杰伦、温岚版本的《屋顶》为例，网友"李草乙"的评论是典型的感悟式评论："今年夏天去了周董演唱会常州站，我想所有去过周董演唱会的人都会对这首歌无比熟悉而且无比震撼，三万人男女分声部的大合唱，那句在屋顶唱着你的歌的时候我身边的男生特别温柔地看着我，我们就在这首歌的时候在一起了，然后一起旅行，一起恋爱，感谢在周董得到自己幸福的时候，送给了我最爱的人。"而网友"笑里有雨滴"对"李草乙"评论的点评"人海中你们找到彼此，你们把彼此还回人海"则是点评式评论。网友"哈哈哈小子岂有此理"的评论"有一天我家电视突然看不了，上阳台看，发现天线被人扭成了爱心的形状哭了"则是典型的"编导式"评论。

（3）"赏、评同步"与"赏、评"分离两种模式

按照大众音乐欣赏与评论产生的平台，可以将其分为"赏、评同步"与"赏、评分离"两种模式。前者是以网络音乐平台为主，用户可边聆听音乐边在音乐下方评论区在线点评，赏、评可以实现同步；后者如百度音乐贴吧、豆瓣音乐小组及乐评等，音乐欣赏与音乐评论发生的平台分离。所以，前者的音乐评论往往呈现出感性、即兴等特点，以短评为主，语言风格较为散乱、口语化，较容易引起认同与互动，而后者则是脱离了音乐热潮，内心的情感沸腾已逐渐转化为理性的思考，所以后者的评论呈现出较深的思考性，评论篇幅较长，语言风格更为书面、学理化。

如2022年4月16日，网易云音乐热歌榜榜首由陈奕迅的《孤勇者》占据，该曲为动漫《英雄联盟:双城之战》主题曲，讲述的是在充满蒸汽朋克气息的乌托邦-皮尔特沃夫和由化学品驱动的地下城-祖安中，蔚和金克丝两姐妹由于全新的半魔法半科学的海克斯科技，导致她们在一场激烈的碰撞后发现两个人站在了对立面，在正义与亲情之间，应该如何抉择？截至2022年4月16日，该曲在网易云的评论累计达26.8万余次，其中点赞最高的评论为"'谁说站在光里的才算英雄'——敬缉毒警"，而值得注意的是，该条评论发布时间为2021年12月8日。截至2022年4月16日，该曲的点赞超33.1万次，此时正是边境缉毒英雄蔡晓东遗体告别仪式举行当天，引起社会大众线上线下集体的怀念与追思，《孤勇者》呐喊道："人只有不完美，值得歌颂，谁说污泥满身的不算英雄""致那黑夜中的呜咽与怒吼，谁说站在光里的才算英雄"。这不正是那些"隐藏缉毒警察身份、潜伏在缉毒一线、面对穷凶极恶的贩毒分子英勇无畏、冲锋在前的平凡而又伟大的"缉毒警察的真实写照吗？正是在这样的社会背景下，正是在这样一位缉毒一线中"隐身"、殉职后才被曝光的缉毒英雄的送别仪式当天，这样短短的一句"'谁说站在光里的才算英雄'——敬缉毒警"让大众将对因公殉职的缉毒警察的敬佩与哀悼之情注入到对于《孤勇者》的音乐体验与想象中，抽象音乐通过短评的诠释找到了具体音乐形象的着落，通过社会热点的赋能与主流价值观的加持，实现

了艺术超越现实但又观照现实的一次升华。

而在豆瓣乐评上，该曲短评为4614条，而热评为网友Tom发布的豆瓣乐评《主题的暴击，歌词的复兴，华语乐坛的变化与拥抱变化》，立足于当前流行音乐的现状分析"华语乐坛为什么出不来周杰伦了"。对比两个平台上发布的关于某一首热歌的评论可见，"赏、评同步"网络音乐平台评论基数明显大于"赏、评分离"的音乐论坛，但后者评论的专业度却要高于前者。

２）非大众音乐评论

（１）业内音乐评论

业内音乐评论是指专业音乐人士、行业音乐人士进行的音乐评论，其主体包括高校与研究院所的音乐专业的评论家与学者，也包括音乐行业里的从业者，相较于大众音乐评论，专业音乐评论在评论主体和评论文本的数量上呈现出小的趋势，受众范围小，传播力度小。

专业音乐评论主要依托于线上、线下的期刊报纸进行传播。学院派的音乐评论，相较于大众音乐评论，较为注重音乐的本体分析、历史比较、逻辑论证、美学与史学的探讨，具有深度、高度与思想性，语言风格更学术化、书面化，评论的篇幅更长，所以这就决定了专业评论被接受的门槛较高，受众面较小，其话语方式决定了其受众范围只能是专业知识阶层，也决定了评论文本传播力度小。而专业音乐评论，其受众则是从事音乐创作、营销、宣传、管理等的相关人员。

（２）媒体音乐评论

媒体音乐评论的主体是媒体从业人员或媒体特约评论员，因媒体承担着主流仪式形态传播的使命，所以相较于大众音乐评论、专业音乐评论，媒体音乐评论具有很强的社会价值导向性、热点或舆情的针对性。一般来说，它在音乐形态上更关注"主旋律"音乐作品，在评论视角上更注重音乐行业观察、音乐作品社会价值与功能的评论，不注重音乐形式的本体分析与评价，具有及时性、话题性、客观性、权威性等特点。

5.1.3　新时代音乐评论发展路径

在当下的音乐评论中，作为专业音乐评论的主要组成部分的"学院派"的音乐评论应承担起音乐评论建设的"引路人"角色，所以本章将聚焦探讨"学院派"上线的机制、网评美学与网评价值。

１）探索"学院派"网评机制

在市场经济浪潮下，音乐创作呈现出大众化、流量化趋势，部分创作者或是审美情趣不高，或是故意媚俗化以博人眼球，创作了部分歌词内容肉麻、艳俗、口水化现象严重的网络歌曲，使得网络歌曲创作一度出现"三俗"化现象——词俗、曲俗、人俗，粗俗、低俗、恶俗。早在2007年，针对当时一些网络流行歌曲歌词内容色情、低俗的问题，中国音乐家协会召开会议，抵制网络歌曲恶俗之风。2015年，文化部公布包括《北京混子》《不想上学》《自杀日记》等120首含淫秽暴力元素的网络音乐黑名单。2017年，文化部对网络表演市场开展"双随机一公开"执法检查，重点打击"三俗"等违规内容，关停"悟空TV"等12家手机表演平台，在新时代，为了讲好中国故事，传播中国好声音，以"学院派"为代表的文艺评论应主动出击，配合国家监管政策，积极进行文化价值引导，"软硬相合"营造清朗的网络文化生态。

要做到"学院派"音乐评论的"上线"，首先要建立相应的网评机制，激发高校研究者对网络音乐评论的兴趣，保障其进行网络音乐评论的条件。其中，最直接的便是，推动高校对优秀互联网学术成果的认定，将其作为学者学术研究成果的考核指标之一。在媒体深度融合的时代下，不仅是文艺评论，学术研究也走出象牙塔，走向互联网。一方面是学术讨论从线下拓展到了线上，学术资源从线下集中到了云端。另一方面是为了学术成果的大众化传播，提升学术成果的公共服务能力。高校的学术机制改革也应顺势而为，而针对"学院派"音乐评论"上线"机制的构建便是其中的一环。

2）探索"学院派"网评风格

"学院派"音乐评论要实现"上线"，还需强化对网络音乐及评论的研究。

首先要厘清网络音乐的内涵，辨明网络音乐究竟是一种音乐媒介形态，还是一种音乐艺术风格，并对其产生原因、机制、服务面向、评判标准、艺术特色进行系统的理论构建。其次，在深入探讨网络音乐的内涵基础上，加强网络音乐评论建设，即探索网络音乐评论相较于传统音乐评论在文本体裁、风格、研究视角等方面的特色，并建立网络音乐评论的标准。最后，要在深入研究网络音乐、网络音乐评论的基础上，探索出相关成果适应媒体融合生态下的独特表达风格，即要突破传统"学院派"音乐评论文本长篇幅、多术语、深奥晦涩的书写方式，探索通俗、多元、有趣的网络评论书写方式。

丁旭东《论音乐评论家的修养》[16]中指出，评论家在语言文字修养上要做到"三个字"：一是"准"，实现准确的文义表达；二是"趣"，让读者读来轻松愉悦、趣味盎然；三是"妙"，文字（观点）表现到传神程度。外加一个"短"，凑成"四字箴言"，对当下"学院派"开展网络音乐评论具有借鉴意义。即在网络上发表音乐评论，首先要"准"，即准确地传达评论信息，体现真实性、客观性。第二个是要"趣"，要适应网民图文阅读的习惯，语言风格要具有"网感"，形式可以图文结合，甚至使用表情包。第三个是"妙"，即要体现思想性，网上有句流行语叫作"好看的皮囊千篇一律，有趣的灵魂万里挑一"，借此比喻网评，这个"妙"就是一篇网评的"灵魂"，突出表达了它的思想性。第四个就是"短"，要适应信息爆炸时代网民碎片化阅读的行为习惯，文章篇幅不能过长。

3）探索"学院派"网评精神

与其他文艺形式一样，一方面，在市场化浪潮下，音乐评论难免受到商业化的影响，呈现出"推介式"的评论，评论内容充满溢美之词，不能真实地反映音乐作品的水平，揭露其存在的不足；另一方面，在自媒体喧嚣的网络生态中，为了在信息泛滥的海量内容中脱颖而出，可能会出现评论者为持续更新内容而出现评论文章粗制滥造的情况。所以在市场化、媒介化的网络音乐评论创作背景下，更要树立严谨、客观，"为时代画像，为时代立传"的网评精神。

5.2　见山见水，论世论画：美术评论

英国作家奥斯卡·王尔德把批评比喻为"另一种艺术创作"。文艺上的一切评论来源于文艺审美和创作体验后的冲动，文艺评论本身就是一种艺术创作，它不仅是文艺作品创作的诠释的二次创造，其本身产生的过程就是一种艺术创作，是评论家对人、艺术、世界关系的重整与编码。美术批评具有其独立于其所评论的美术作品的艺术、社会、文化价值。美术批评家通过对美术作品、美术思潮、美术现象的解析、阐释和评价，进一步使美术作品获得接受和认可，实现其美学价值与社会价值。因当前国内美术评论一般称为"美术批评"，下文统一使用"美术批评"进行表述。

5.2.1　理解美术批评

1）美术批评的三个环节

美术批评的创作、接受要经历三个环节。宋代禅宗大师青原行思提出参禅的三重境界："见山是山，见水是水；见山不是山，见水不是水；见山还是山，见水还是水。"这句禅语是对所有艺术创作、接受过程的真实写照。在艺术创作中，长久存在着对于艺术主客体关系的讨论，具体到美术批评的领域里，则是关于评论文本与美术作品文本的关系的讨论。"见山是山，见水是水"则是说明艺术创作都有一个基础的底本，山水画创作要见山见水，当然，这个山并非此时此刻眼见为实的山水，可以是曾经的跋山涉水，也可以是梦中的千山万水，归根结底是一个具象的山水；而通过这个具象的山水形象，产生了抽象的艺术形象，即纸上之山水并非任意一个具体的山水形象，如王希孟的《千里江山图》，以墨色勾皴，后施青绿重彩，呈现出了江山万里、村居城镇的岁月静好，画面上江水浩荡，浩渺天际，应是南方水色；而群山起伏，略少平原，危峰高耸，岩断崖，却是北方山景。在艺术创作中，创造性地将南北景致的特点融于一处，此时是"见山不是山，见水不是水"，因为此时的纸上的山水是艺术形象，而非自然形象。最后，当艺术作品被观众观赏，猛然从艺术家纸上的艺术形象飞入千万人的心里，此时，王希孟的山水则是观众家乡的山水，他回忆起儿时在这座山上捡蘑菇，在这条溪流边捉鱼虾，夏季雨后，山水间挂起了五彩的虹桥，老人们还说是水里的龙伸长脖子到山的那边喝水去……于是，此时在观众眼里，则"见山还是山，见山还是水"，艺术家通过艺术创作向天空抛洒下串串星光，而这一粒粒

星辉映照在每个人的心湖，照亮了被隐藏的心灵记忆，使得它本来的形象被显露出来，艺术则借助观众的想象回归到现实中去，最终完成了观众心中的艺术与自然交叠的形象建构。

基于上述艺术创作的过程，美术批评是源于美术作品，但又高于美术作品的存在，所以美术批评与评论对象即美术作品并不是简单的诠释与被诠释、还原与被还原的关系，好的美术批评文本不一定非要接近美术文本本身。作为一种特殊的艺术创作，评论首先是依据美术批评产生的艺术创作，基于美术作品的欣赏完成"见山是山，见水是水"的第一重境界，即把握美学作品本身的审美与内涵，此时的美术批评是感悟式的评论。其次，美术批评要经历"见山不是山，见水不是水"的二次创作过程，此时美学评论要在感悟式评论的基础上对文本内容进行阐发式、研究式评论，评论内容超越美术本体研究范畴，扩展到美术与社会、文化、经济、历史的研究，此时"见山不是山，见水不是水"。最终，美术批评通过读者的阅读，又回归到对美术作品的欣赏与认知上，则"见山还是山，见水还是水"。

2）美术批评的文体风格

新文化运动、五四运动对中国现代文艺的形成影响深远，对于美术批评而言，上述运动极大地丰富了评论文体，推动美术批评从传统走向现代。美术批评的文体可划分为传统画论文体与现代评论文体。

（1）传统画论文体

传统画论主要分为序跋、论文体两种。

序一般题于画作前面，如曹植《画赞序》、宗炳《画山水序》等，跋则题于画作后面，如董逌《广川画跋》、王时敏《西庐画跋》等，两者既有见于画面者，也有不见于画面者，以及另题保存备用等形式。序跋涉及画作缘由、画法、画理、品评、考据等，它们探讨了传统绘画的本质、技法以及功用、鉴赏等。

论文体见于说、志、论、品、录、记、评、集、鉴等文章或著述，它们或探求画法、画理，或注重品评分析，或描述画作画家，论述特征明显。如谢赫《古画品录》，评论自三国吴到萧梁300年间27个名画家的绘画作品，并根据他们的艺术造诣而将其分成六品，其"六法论"分别为"气韵生动""骨法用笔""应物象形""随类赋彩""传移模写"，其中，"气韵生动"被其视为作画的第一法则与最高标准。论画诗往往以短小的奇思妙语解画、评画，流传较广，如苏轼的《书鄢陵王主簿所画折枝二首》："论画以形似，见与儿童邻。"表达了对"形与神"关系的看法。

总体来讲，中国传统画论较为"偏重直觉与经验，习惯于作印象式或妙悟式的鉴赏，以诗意简洁的文字，点悟与传达作品的精神或阅读体验，这种批评的特征，都不太注重语言抽象分析和逻辑思维，缺少理论系统性"[17]。

（2）现代评论文体

现代评论文体分为宣言、演讲稿、公开信、随笔、发刊词等。

宣言如《决澜社宣言》。决澜社是中国第一个油画艺术团体，也是中国早期西画运动里十分有影响力的美术团体之一。在其宣言里，其成员呐喊："我们承认绘画绝不是自然的模仿，也不是死板的形骸的反复，我们要用全生命来赤裸裸地表现我们泼剌的精神。"[18]演讲稿如梁启超1923年4月15日在北京美术学校的演讲《美术与科学》中说："我希望中国将来有'科学化的美术'，有'美术化的科学'。"蔡元培1920年的《在北京大学画法研究会之演说辞》，亦为演讲文稿。公开信如1925年至1926年间刘海粟与军阀、官府关于裸体模特的论战，双方相互致信并将之公开发表于《申报》和《新闻报》上。再如著名的"二徐论争"，1929年4月23日，徐悲鸿以公开信《惑》拉开序幕，之后有徐志摩《我也"惑"》，李超士《我不"惑"》等，陆续在1929年《美展》刊物的5、6、8期相继表达艺术观点与立场。早在1918年10月，上海图画美术学校编辑出版的《美术》第1期上，刘海粟便撰写有发刊词。随笔，如庞薰琹的《庞薰琹随笔》中包含大量艺术思考"自我表现的艺术不能说不是人生的，因为自我表现的艺术是自我情感的表示，而情感不能脱离生活，生活不能脱离人生"。得益于当时报刊传媒的发展，其开创的"公共领域"不仅让作者和民众同时在场，更扩大了批评空间，使自由讨论得以开展，它们为多种文体并存的格局提供了重要条件。

随着现代化进程的加速，"文学批评越来越要兼有文化信息传播的功能，光靠悟性的点拨不行了，理论化、明晰化、系统化就势必成为批评所要追求的目标"。传统画论的思维方式是经验的、直观的，比较零散、随意，同时重比拟、感悟和意会，其诗性表述与西方重逻辑思辨和分析推理的科学表达形成对比。[19]

3）美术批评与时代之变

同音乐评论一样，美术批评作为一种艺术创作，其审美、功能、价值确立，受到政治变迁的影响，同时，美术也是一种传播内容的媒介，其审美、功能、价值的表达与实现同时也受到媒介变革的深刻影响。本小节回首新中国成立以来的美术评论与政治之变，着眼于当下的媒介转型升级，讨论政治与媒介的变迁对美术的影响。

（1）美术批评与政治之变

中国近现代百年美术史变迁与民族解放、社会主义建设息息相关。

民国初期，以康有为、梁启超、陈独秀、鲁迅为代表的新文化运动、新美术运动，批判传统文人画的无为遁世，提出以西画写实主义改良中国画，以求美术积极反映时代变革，反映社会现实，传递民族的进步力量，唤醒民众的觉醒。鲁迅最早推介西方版画，是中国新兴木刻版画运动的倡导者和推动者，徐悲鸿、林风眠、吴作人、刘海粟等都是学贯中西的佼佼者，在继承和发扬中国传统美术的同时，融会西方的色彩学、解剖学、透视学等美术技法，创造出"中西合璧"的中国美术绘画，推动中国传统美术向现代美术转型。通过艺术改革，知识分子们呐喊的救亡图存、民族解放这一主旋律成为美术批评的政治基本标准，艺术反映着当时社会的政治诉求。

1942年，毛泽东《在延安文艺座谈会上的讲话》明确指出："文艺批评有两个标准，一个是政治标准，一个是艺术标准""以政治标准放在第一位，以艺术标准放在第二位""我们的要求则是政治和艺术的统一，内容和形式的统一，革命的政治内容和尽可能完美的艺术形式的统一"，这确立了"艺术与政治"的关系，而生活是文艺的唯一源泉，倡导"为人民大众的艺术"，则确立了艺术的服务面向。相关讲话精神为后来的新中国文艺建设工作建设指明了方向，奠定了基本原则。

首先，创造性地使用民间美术形式进行宣传动员。1949年，开始兴起了"新年画"运动，利用年画，宣传新社会。年画作为中国民间艺术之一，属于中国画的一种，是中国老百姓喜闻乐见的艺术形式，大都用于新年时张贴，装饰环境，含有祝福新年吉祥喜庆之意。1949年，新中国成立，文化部召开新年画工作会议，同年11月，中央人民政府文化部颁布了《关于开展新年画工作的指示》，要求全国各地文教机关、美术团体和美术工作者积极响应，推动"新年画"创作，反映新生活、新民俗，这一特殊的政治倡导，直接造就了年画在20世纪50年代至60年代的红火繁荣。

其次，兴起了反映新中国风貌，记录新中国现实的"新国画"运动。国画是中国的传统绘画形式，主要指画在绢、宣纸、帛上并加以装裱的卷轴画。有人物、山水、花鸟等题材，写实和写意等技法，在内容和艺术创作上，体现了古人对自然、社会及与之相关联的政治、哲学等方面的认知，相较于年画等民间艺术形式，卷轴画则反映出文人的审美情趣。新中国成立初期，国画被认为是"封建社会文人的艺术"，难以反映群众的审美需求，难以记录新中国的社会生活，所以不少曾经从事国画创作的画家则停笔改行。为了改革旧国画，为新社会服务，"新国画"运动兴起。1949年，《人民日报》刊载了蔡若虹的《关于国画改革问题——看了新国画预展之后》，提出了国画急需改革的必要性。1949年召开了第一届全国美术展览会，展览了系列表现新生活的作品，如齐白石的《老农》、徐悲鸿的《泰戈尔像》等"新国画"的作品。在新国画运动的大潮下，不少画家探索如何用传统画作的人物画、山水画、花鸟画反映新社会、新生活、新人物，为国画突破传统文人画作的风格，变中求新积累了经验。

最后，如何利用油画这一外来画种为新社会服务。如果说国画是写意的，那么油画便是写实的，在西方社会的革命进程中，油画成为传播革命思想、宣传启蒙运动的重要艺术体裁，在反映严峻的重大的历史、现实题材上，十分有力。如法国画家雅克·路易·大卫创作的《马拉之死》，揭露了法国资产阶级革命进程中的社会动荡与人民对于民主的追求。新中国成立之后，油画创作就采用现实主义创作手法，表现革命历史与社会主义建设，反映出蓬勃的时代风气，取得了卓越成效，同时，油画进一步朝着民族化的方向发展。

20世纪70年代末，美术创作更加关注艺术本身的价值与规律，回归"本体论"。1979年，一群未受过正规美术训练的艺术家通过模仿西方现代艺术，表达对自由的渴望与自我意识的觉醒，尝试颠覆艺术本质，进行多元化的创作，系列画作被展览，被称为"星星美展"。紧接着，"85美术新潮"兴起，掀起了一场美术界的思想大解放运动，是继1979年"星星美展"之后中国美术的又一个高潮，体现着强烈的开拓精神与先锋意识，对中国现代美术发展影响深远。一个碰撞交汇的时代来临，涌现了"伤痕美术""乡土写实绘画""理性之潮""生命之流""新古典风潮""政治波普""新生代""玩世现实主义""艳俗艺术""卡通一代""女性主义绘画"等美术思潮，促进了当代中国美术创作的繁荣，为美术批评提供了多元化的研究视角。

在20世纪70、80年代的新潮美术运动下，美术评论发展起来，注重吸收和借助西方的现代文艺理论、批评方法与概念、模型、术语进行研究、分析，涌现出邵大箴、栗宪庭、薛永年、李小山、高明璐、郎绍君、朱青生等知名美术批评家。同时，又因为此时的艺术创作更加关注个体生存经验、生存状态和精神诉求的表达，从80年代的政治宏大叙事到90年代转向个体叙事，这使得美术批评在整体上难免失去了像80年代那样主动引领中国当代艺术的优势。

在20世纪90年代初，伴随市场经济的发展，中国经济、文化生活逐步全面走向市场经济时代，当代的艺术发展也迅速契合市场的发展，迅速地实现市场化、商品化，在此背景下，美术批评界提出的"文化转型"还未能进一步地具体和深入，美术批评在方法论上再次面临批评话语方式的转换，即必须借鉴社会学方法——向社会学转型。中国的当代艺术也迅速向全球化、信息化、市场化蔓延，艺术家们的价值观也随之改变。艺术家与批评家之间的许多问题和矛盾也逐渐显现，批评的话语缺少力度和应有的风骨，美术批评变成一律的抚慰和颂扬。

（2）美术批评与媒介之变

技术的发展使传统的绘画形式也进行了深层次的变化，随着网络技术的发展，传统的绘画形式已经从纸笔画布转变为电脑技术的创作。尤其是电脑软件的应用，促进了建筑美术、工艺美术的设计等等的表现形式更加直观和立体，还可以进行二维、三维绘画。电脑还可以进行超现实的艺术绘画，将现实中不可能出现的场景，通过电脑特技，逼真地展现在观众眼前。可以说新媒体传播不仅普及了美术知识，还对传统的美术手法进行了革命，使传统的殿堂级艺术创作融入大众生活之中。

事实上，绘画的发展总是走在各类艺术变革创新的前列，这一点从近三十年来的发展历程中可以看出。自20世纪90年代以来，随着各类实验艺术的多元取向，市场推手的作用、现代传媒的介入，当代中国绘画出现全新的面貌景观。传统的绘画开始从以架上创作为主迅速扩展到装置、行为、广告、环艺等各领域。20世纪60年代以前，其评价对象主要是精英作品，80年代注重于思想的解放和方法的引入，而90年代面临的主要是商品化加速影响，批评家也改变以往形象开始向展览策划、社会活动转型，加上新媒介的普及使绘画批评综合运用声音、图像和文字，大众通过各种接收终端提取他们感兴趣的文本，并同步就其中的话题展开思考、讨论和交流，传媒的泛滥带来了所谓"批评"的泛化，盲目地追求消解"权威"，艺术批评变成了情绪的发泄。

5.2.2 中国当代美术批评的现状

1）美术批评的两个转向

（1）美术批评转向大众化

在互联网时代，网络社交平台的出现，促进了美术批评大众化。在公共文化场域内，除了高校及业内人士的精英式的"主流"评论，逐渐出现了大众、多元的美术批评。一方面，是行业网络平台的成立，汇聚了美术行业资源，吸引美术爱好者前往。2000年10月，雅昌艺术网成立，目前已成为全球最重要的中国艺术品专业门户与最活跃的在线互动社区，用户可以在平台上进行画作交易、浏览资讯、观看讲座、参与论坛讨论，该网站有200万专业会员，800万人次日均浏览量。2003年9月9日，99艺术网成立，作为一家专业的艺术网络媒体平台，为大众提供艺术动态、展览资讯、艺术品售卖等服务；随后，文化艺术国家网成立，成为当代艺术领域里最具互联网影响力的平台。美术爱好者可以在相关网站上进行艺术欣赏，进行美术点评。另一方面，是更为大众化的社交媒体如微博、微信公众号等平台的兴起，人们随时可在相关平台上发表观点，自然也包括美术批评。相较于前者，后者更具有零散性、泛在性。

但是相较于其他文艺形态如文学评论、音乐评论的大众化，美术批评的大众化则相对滞后，一方面是因为美术欣赏仍需具备较高的艺术修养，另一方面则是美术欣赏更注重在场感的氛围。虽然借助于网络平台，近年来兴起了一系列"云字号"的休闲娱乐方式，比如"云演出""云旅游""云展览"，但是"在线"的美术作品云欣赏缺乏空间和氛围感。

（2）美术批评转向学科化

在我国，美术学直到20世纪90年代末才被正式列为二级学科，而美术批评也从美术史中分离出来。与美术史研究、美术理论一起，成为美术学的三个重要分支，进行独立的学科建设。为了构建中国特色哲学社会科学，强化文艺工作对内的价值引领与对外的话语体系建设，必须加快推进美术批评的学科化建设与学术规范建设，使"学院派"美术批评成为今后美术批评的重要力量。本世纪之初，我国在艺术批评的学科建设上取得了一些进展。2003年，《美术观察》首倡"设计批评"栏目（后改为"批评"），中央美术学院在新设立的人文学院中增开"艺术批评"本科专业，中国艺术研究院、清华大学美术学院、北京大学艺术学院、西安美术学院等艺术院校先后开始招收美术批评硕士、博士，相当一部分艺术院校增设了美术批评等课程。[20]此外，在互联网时代，文艺评论大众化的时代，美术批评也与其他评论一样，面临着"人人都是评论家"的现状，加之本身学科体系建设处于起步阶段，美术批评的门槛较低，近年来学术研究又呈现多学科视角交叉融合的趋势，其他非美术学专业的学者也从事美术批评，使得"学院派"美术批评呈现出"喧嚣无序"的态势。

2）美术批评的四个困境

（1）言必称西：话语权的丧失

同其他文艺一样，美术学科建设是在近现代西方学科文化影响下建立的，在自身学科建设底气不足、传统学术思想文化资源未能创造性传承、西方国家学科文化建设较为成熟繁荣的情况下，中国的学人在学科话语体系构建、学术文化研究上难免有"崇洋媚外"的心态，"言必称西方"。放在美术学科建设中的具体情况来看，便是大量移植西方的艺术理论，运用西方的概念和标准，如"视觉心理学""精神分析""抽象主义"等观念盛行，"后现代主义""后殖民主义""女性主义""行为艺术""装置艺术"等术语广为使用，缺乏对本民族传统艺术思想、本土审美情趣与社会现实的观照。事实上，中国和西方在美术批评话语体系上还是有一定的差别的，中国独特的美术批评话语体系和习惯性的西方美术批评话语体系有着迥然的差异。中国的有些美术批评术语，在西方术语中根本找不到与之直接对应者。比如"气韵"不等于节奏，"笔墨"不等于形式，"意象"也不等于图像等等。用西方的理论批评中国特有的美学内容，无异于将中国美术按照西方的标准进行筛选，最终会造成中国美术的自我"阉割"，以至于中国美术的特色终将无法维持，中国美术的自身传统终将无法延续。

（2）边缘放逐：理论体系的缺失

文艺评论需要明确立场、对象、服务面向以及具体的标准、方法，而在美术批评理论建设兴起之时，又正值世界大变革、中国社会文化急剧转型的时代，理论体系建设面临"筑基"与"创新"的双重使命，不仅要改善缺乏理论支撑的美术批评的边缘化遭遇，应对层出不穷的新艺术现象、艺术形式，同时也要观照转型中的中国政治文化建设与大众的经济文化需求。

与新潮美术的兴起、西方美术理论涌入同步，在20世纪中国艺术史上影响深远的现实主义艺术创作方法受到"反思"。1917年，马塞尔·杜尚的"现成品"艺术品《泉》的出现，给现代美术批评带来了全新的观念，对约定俗成的"艺术品"提出挑战。由此启发的后现代艺术创作现象，逐步成为当代美术批评的中心话题。面对种种艺术现象，当代美术理论的准备显然不足。在艺术多元化发展的同时，由于缺少自身有效的理论建构，我们无法对艺术创作提供及时的、学术上的判断。

中国当代美术理论建设起步较晚，从现状来看，理论建设晚于美术创作。因为在实践中缺乏理论支撑，一方面，当代美术批评更容易一边倒在西方的理论上，往往生搬西方的美术理论和概念；另一方面，一些评论者的批评乏力、质量不高，缺少真正的具有学术价值的美术批评。美术批评无法深入到艺术创作和艺术现象的实质，往往点到即止，流于表态，缺乏深入的分析、研究和讨论。批评无法从对创作的追随、依附中解脱出来，难以显示自身独立的价值，甚或批评行为本身也被其他因素所裹挟。与创作领域的活跃成对比的是，面对新的美术现象的不断出现，特别是对20世纪90年代中后期以来的实验美术的兴起，缺少理论建构支持的美术批评家们一时难以找到评价的标准，难以与美术创作者沟通与对话，当然也就更谈不上对他们施以积极的影响。

（3）纸醉金迷：商业化的影响

在市场经济的浪潮下，面对美术的商业化，美术批评的商业化在所难免。资本强势进击文化艺术产业，强力影响了美术创作、美术批评。在炒作、营销下，大量的"推介型"美术批评出现。但看字面而言，美术批评则重点强调了对于美术作品的"批"，即对不足之处的揭露，而部分批评家在金钱、人情的诱导下，为美术作品"代言"，对美术作品的不足之处缄默不言，或是隔靴搔痒，提一些无关痛痒的小问题，缺乏对于作品思想性、艺术性和社会效益的深刻评判。表面上看，美术批评"百家争鸣"，主题、"主义"花样百出，形式"一片大好"，但深究批评文本的内容，不过是虚假繁荣，存在类型化、模板化、空泛化等问题。这一类的美术批评，使学术丧失了本来的求真性，批评丧失了该有的客观性，评论家丧失了该有的权威性，媒体丧失了该有的公信力，学术批评被浓厚的商业氛围所笼罩，大众也被迷惑。

（4）主流弱化：媒介化的影响

随着自媒体平台的出现，人人都拥有了发声的"麦克风"。具体到美术批评领域，则是美术批评的泛化。

一方面，美术批评的泛在化是有意为之的结果。自媒体如贴吧、知乎、微博、微信公众、百家号等平台出现，有了更多的营销模式，在流量经济时代，在商业运作中，随着艺术行业从业者的增多与市场竞争激烈化，艺术品的售卖、艺术家的成名不仅需要潜心创作，还需"好风凭借力，送我上青云"。所以，在自媒体上进行推文营销，便成了一种流行的营销方式，美术批评无处不在。

另一方面，美术批评的泛在化是无心插柳的结果。普通的社会大众在网络平台上受内心情感的驱使，在观看美术作品后，由衷地表达自己的观点，进行作品点评，这是大众文艺评论的一部分，来自大众的良言可以让艺术家借助"他者"的视角进行自我反思，帮助发现不足，但也存在少量人滥用自媒体平台进行虚假信息散布、扭曲价值观传播，引起艺术论战的围攻与谩骂，混淆了公众的视听，影响了真善美的传达。

5.2.3　新时代美术批评发展的路径探析

立足新时代的政治文化，谈及文艺评论的发展，核心在于文艺评论精神的重塑，始终绕不开三个问题即"中与西""艺术与政治、商业""艺术与媒介"，分别对应的是文艺评论的"民族性""主体性""时代性"问题，具体到美术批评的发展，亦然。

1）彰显民族性

当下，美术批评存在"言必称西""边缘放逐"的尴尬处境，为了实现突围，必须构建美术批评的民族性，一方面要强化历史视野，充分继承和发扬中华民族文化特色，构建具有中国独特审美的艺术价值。党的十八大以来，习近平总书记先后对如何继承和弘扬中华优秀传统文化进行了多次论述。如2013年9月26日，习近平在会见第四届全国道德模范及提名奖获得者时的讲话指出："中华文明源远流长，蕴育了中华民族的宝贵精神品格，培育了中国人民的崇高价值追求。自强不息、厚德载物的思想，支撑着中华民族生生不息、薪火相传，今天依然是我们推进改革开放和社会主义现代化建设的强大精神力量。"又如2014年5月4日，习近平在北京大学师生座谈会上的讲话指出："中华文明绵延数千年，有其独特的价值体系。中华优秀传统文化已经成为中华民族的基因，植根在中国人内心，潜移默化地影响着中国人的思想方式和行为方式。今天，我们提倡和弘扬社会主义核心价值观，必须从中汲取丰富营养，否则就不会有生命力和影响力。"这说明，传统文化不仅外显为具体的文化形态，更深深根植在中华民族的血脉基因中，作为民族文化与精神"储备"动能，推动着中华民族继往开来，奔赴伟大复兴。立足当下，推动美术批评的民族性建设一方面要转向中国传统的艺术文化中寻找资源，彰显中华民族优秀的传统文化的个性。

另一方面，要强化时代视野，拥有海纳百川的文化气魄，秉持开放、包容的文化心态，强化对外学术交流，在学习、借鉴国外美术批评的学术研究、学科建设的经验的同时，坚定文化自信，不失自我本性，在"中西文化"融会贯通的基础上，与时俱进，变中求新，构建反映新时代民族文化复兴、满足大众文化精神需求的美术批评理论体系。

2）彰显主体性

美术批评的主体性体现为美术批评的独立性、自主性，深刻影响着批评文本的真实性、客观性、思想性。在改革开放之前的社会主义建设中，美术批评的主体性受到政治文化的影响，而在市场化浪潮下，美术批评的主体性受到商业化的影响。当下，美术批评呈现出"纸醉金迷"的状态，为了实现突围，优化美术批评生态，必须强化美术批评的主体性建设，首先要加强美术批评的主体——批评家队伍的建设，而作为批评队伍中思想的领军者，"学院派"的批评家为重中之重。批评重在"眼力"，一方面，批评家必须提升自己的"眼界"，在当前跨学科、中西文化思潮相互碰撞的学术研究态势下，批评家必须开拓进取，善于学习中西美术学理论，融会贯通，增强专业理论修养，深入地开展美术批评工作；"欲穷千里目，更上一层楼"；另一方面，批评家必须强化自己的"站位"，坚守学术道德与职业操守，鉴定为人民创作、为时代发声的理想信念，才能触目千里，拥有更广阔的视野。

3）彰显时代性

艺术不仅深受媒介的影响，其本身作为一种媒介，也时刻处在动态的演变中。

一方面，在信息技术变革的推动下，涌现了5G、大数据、云计算、AR、VR、人工智能、可穿戴设备等新兴媒介，新的媒介形态和传播技术，推动美术材料的不断创新、新艺术形式（诸如装置艺术、行为艺术以及影像方式）不断出现。面对新潮的美术形式、美术现象，既有的美术批评理论、标准难以奏效，美术批评必须更新自己的理论体系。

另一方面，美术批评本身就是媒介，是桥梁，需要沟通艺术创作与艺术接受，在全球化浪潮、自媒体兴起、大众文化诉求的背景下，连篇累牍、术语充斥的美术批评不符合大众的阅读习惯与审美趣味，作为主流的传统的"学院派"美术批评必须转型，进一步适应大众文化话语、融合媒体格局。

5.3 和光同尘，变中求新：其他艺术评论

除音乐评论、美术评论外，在新时代，舞蹈评论、摄影评论等也面临着"和光同尘，变中求新"的时代挑战。

舞蹈评论包括舞蹈批评、舞蹈研究和舞蹈欣赏。在实践操作中，舞蹈评论经常被称为舞蹈批评，侧重对当前舞蹈创作和舞蹈事象（各种有规律的理念、活动、作品、事件和现象）进行阐释、评价，是一项具有主体性、当下性、公开性，注重方法论的艺术探讨活动，将身体感受性体验和理性分析融为一体，强调的是对于舞蹈作品和事象的描述、感受、阐释和评判，通常包括描述整体、分析局部、阐释意义与判断价值等四个步骤。[21] 在媒体深度融合时代，舞蹈评论与文学、音乐、美术评论发展动向一样，出现大众化的趋势。当前，舞蹈评论按评论主体可分为"专业评论"与"大众评论"，前者是学术界、行业内的专家学者，而后者是普通的大众。前者主要发布在杂志上，后者主要发布在自媒体平台上。

专业的舞蹈评论模式可分为"模仿论""表现论""实用论""客观论"四种。"模仿论"关注作品与客观世界的关系，主要强调作品对于世界真实的反映。"表现论"关注作品与艺术家的关系，主要强调作品是艺术家心灵的投映。"实用论"关注作品与欣赏者的关系，强调作品被观众接受、再创造之后的价值、影响。"客观论"则关注作品本身，对其进行结构阐释、调度认知、动作分析、道具剖析、形象解读等。随着传统媒体融合新兴媒体，专业评论也逐渐转向微信公众号、百家号等自媒体平台，但是就目前评论文本来说，这种转向主要还是内容的"上网"，如何从文本的语言风格、审美情趣、研究视角进行转变，在保持评论思想性的同时提升评论的趣味性，适应大众阅读与审美的需求，是舞蹈评论需要探索的问题。

摄影评论又称为摄影批评。一般是指对摄影作品、摄影家风格、摄影思潮等进行评判和研究的文艺活动。随着社会经济的发展，媒介尤其是智能手机、数码相机的普及，摄影从精英化走向大众化，从艺术化走向生活化，"大众创作、大众表达、大众评论"成为摄影的主要趋势。一方面，临此作品爆棚的全民摄影时代，"拍客"随处可见，也似乎随处可拍，我们的生活暴露在摄像头下，个人隐私与民俗文化是否得到了充分的尊重？镜头的视野是否应该有禁区？媚俗化、过娱化的摄影创作是否应该

被约束？这需要摄影评论发挥引导作用，针对大众创作的专业审美与道德规范进行引领。另一方面，面对人人可评论的互联网生态，高校及行业的专家学者的摄影评论是否应该放下"身段"，转变"腔调"，以更加多元的视角、通俗有趣的文字进行摄影评论，更好地适应大众的阅读习惯、媒体深度融合的传播生态。

参考文献：

［1］明言.当代中国音乐批评理论研究［J］.天津音乐学院学报，2012（2）：68-75.

［2］焕之.我对音乐中社会主义现实主义的理解［J］.人民音乐，1953（00）：22-24.

［3］焕之.我对音乐中社会主义现实主义的理解（续）［J］.人民音乐，1954（1）：18-23.

［4］贺绿汀.论音乐的创作与批评［J］.人民音乐，1954（3）：18-25.

［5］毛泽东.同音乐工作者的谈话［J］.新文化史料，1956（6）:4-8.

［6］明言.中国近现代音乐批评观念价值问题寻思［J］.中国音乐学，2018（1）：102-112.

［7］于润洋.器乐创作的艺术规律［J］.人民音乐，1979（5）：24-28.

［8］吕骥.音乐艺术要坚定走社会主义道路［J］.文艺理论与批评，1987（4）：34-37.

［9］喻国明，张珂嘉.作为媒介的音乐：传播中音乐要素的新价值范式［J］.现代传播(中国传媒大学学报)，2022，44（3）：84-90.

［10］邬治国.媒介技术形态变革与音乐传播［J］.新闻界，2012（4）：34-36.

［11］梁茂春，李姝.网络音乐——音乐传媒的一场革命［J］.人民音乐，2007（9）：82-84.

［12］朱星辰.媒介融合对中国传统音乐传播方式的影响［J］.中国音乐，2015（4）：242-244.

［13］文化部出台《网络音乐发展和管理的若干意见》［N/OL］.中央政府门户网站，2006-12-14（2022-04-15）.

［14］《2020中国音乐产业发展报告》（总报告）在京发布：中国音乐产业总规模去超3950亿元［N/OL］.中国新闻出版广电网，2020-12-14（2022-04-15）.

［15］喻国明，张珂嘉.作为媒介的音乐：传播中音乐要素的新价值范式［J］.现代传播(中国传媒大学学报)，2022，44（3）：84-90.

［16］丁旭东.论音乐评论家的修养［J］.中国文艺评论，2017（4）：85-91.

［17］李昌菊.本土美术批评的现代转型与当代价值［J］.中国文艺评论，2019（9）：36-45.

［18］王骁.二十世纪中国西画文献——决澜社［M］.北京：文化艺术出版社，2010：1.

［19］李昌菊.本土美术批评的现代转型与当代价值［J］.中国文艺评论，2019（9）：36-45.

［20］杨简茹.网络·青年·学科化——近十年中国美术批评关键词［J］.美术观察，2013（11）：14-15..

［21］慕羽.舞蹈批评类型和模式探讨［J］.民族艺术研究，32（3）：103-112.

第6章　新时代文艺评论高质量发展

党的十八大以来，中国特色社会主义发展到具有时代特点、时代意义的新阶段，中国特色社会主义进入了新时代。习近平总书记在党的十九大报告中明确指出："这个新时代，是承前启后、继往开来、在新的历史条件下继续夺取中国特色社会主义伟大胜利的时代，是决胜全面建成小康社会、进而全面建设社会主义现代化强国的时代，是全国各族人民团结奋斗、不断创造美好生活、逐步实现全体人民共同富裕的时代，是全体中华儿女勠力同心、奋力实现中华民族伟大复兴中国梦的时代，是我国日益走近世界舞台中央、不断为人类作出更大贡献的时代。"这段重要论述从"五个时代"的角度和层面，全面清晰地定义了"新时代"的特定内涵，也是中国特色社会主义发展的重要判断。

"新时代"是对历史进程客观而准确的表达，充分肯定了改革开放40余年我国所取得的举世瞩目的伟大成就，也为未来谋划了蓝图，提出分两步走在本世纪中叶建成富强民主文明和谐美丽的社会主义现代化强国，为中华民族实现从富起来到强起来提供思想指导和行动指南。新时代我国发展处于重要战略机遇时期，前景十分光明，挑战也十分严峻。

中央宣传部等五部门联合印发《关于加强新时代文艺评论工作的指导意见》，该意见提出了加强新时代文艺评论工作的总体要求，并就把好文艺评论方向盘、开展专业权威的文艺评论、加强文艺评论阵地建设、强化组织保障工作提出具体意见。文件继承了中国共产党领导文艺工作的优秀传统与丰富经验，又与时俱进，针对当前文艺发展的特点与发展趋势，从宏观与微观上提出了开展文艺评论的意见与要求。[1]

习近平总书记在关于文艺工作的多次会议中都有重要论述，对艺术规律有着全面总结和阐发："文艺事业是党和人民的重要事业，文艺战线是党和人民的重要战线。""文艺是时代前进的号角。""因时而兴，乘势而变，随时代而行，与时代同频共振。""运用历史的、人民的、艺术的、美学的观点评判和鉴赏作品。""人民是文艺创作的源头活水。""优秀文艺作品反映着一个国家、一个民族的文化创造能力和水平。""只有永远同人民在一起，艺术之树才能常青。""揭示人类命运和民族前途是文艺工作者的追求。""对于文艺来讲，思想和价值观念是灵魂，一切表现形式都是表达一定思想和价值观念的载体。""伟大的作品一定是对个体、民族、国家命运最深刻把握的作品。""文艺创作不仅要有当代生活的底蕴，而且要有文化传统的血脉。""没有文化自信，不可能写出有骨气、有个性、有神采的作品。""为了谁、依靠谁、谁是作品的主人公""文艺巨制无不是厚积薄发的结晶。""重建一个具有马克思主义批判精神的多元文艺批评体系""凡是传世之作、千古名篇，必然是笃定恒心、倾注心血的作品。""不日新者必日退。""明者因时而变，知者随事而制。""创新是文艺的生命。""要把创新精神贯穿文艺创作全过程。""文艺批评是文艺创作的一面镜子、一剂良药。""人民的需要是文艺存在的根本价值所在。能不能搞出优秀作品，最根本的决定于是否能为人民抒写、为人民抒情、为人民抒怀。""在提高原创力上下功夫。""典型人物所达到的高度，就是文艺作品的高度，也是时代的艺术高度。""只有创作出典型人物，文艺作品才能有吸引力、感染力、生命力。""把人民作为文艺表现的主体，把人民作为文艺审美的鉴赏家和评判者，把为人民服务作为文艺工作者的天职。""加强本土话语体系建设，建构中国风格中国气派的文艺理论评论话语，进而使之在世界领域内发出强健的声音。""要重视发展民族化的艺术内容和形式，继承发扬民族民间文学艺术传统，拓展风格流派、形式样式，在世界文学艺术领域鲜明确立中国气派、中国风范。"等等。在新时代，未来已来，文艺评论面对新的机遇，具有新的挑战，打开了全新的阶段，走向了高质量发展的道路。

6.1　新时代文艺评论拉开新的序幕

新时代，我们正处在一个百年未遇的大变局、大改革的时代，面临着许多复杂的形势和环境，文艺评论与社会发展、时代精神、政治、经济、科技等方面都密切相关，新时代的文艺评论更应该走在时代的前列，引领时代的潮流。从历史上看，文艺评论与文艺创作的繁荣、文艺的消费与欣赏的提高都有密切的联系；从现实来看，文艺评论促进文艺创作的价值提升、欣赏的审美能力提升。新时代文艺评论关系的处理已经不再是简单的文艺评论与文艺创作、文艺受众之间的关系了，文艺评论置身于文艺创作、文艺生产、文艺消费、文艺作品、文艺受众、文化传播等整体、复杂、系统的工程中，事实上，要繁荣文艺评论，真正发挥文艺评论的作用，确实有许多工作要做，有许多问题要解决。

6.1.1　文艺评论的表现形式以多元化、丰富化吹响了集结号

新时代，文艺评论的表现形式更加多元化和丰富化，有许多传统文艺评论以外的声音也参与其中。这些特殊形式的表现和声音，虽然可能在平时文艺评论所关注的视野之外，甚至不被认可为文艺评论，但是其实这些特殊形式本身已经成为文艺评论多元化表现形式的组成部分，尤其是在技术发展的背景下，比如短视频的表现，豆瓣评论、知乎

评论、弹幕评论的发展，读书会，比如微信、微博，比如跟帖、留言等等，这些文艺微评、短评、快评和全媒体评论产品，进一步推动专业评论和大众评论有效互动，也进一步丰富了文艺评论的表现形式。

在新时代，一方面，文艺工作的对象、方式、手段、机制本身就相较于以前出现了许多新的情况，也呈现了许多新的特点；另一方面，在新时代，社会大众、人民群众的审美需求与生活方式、欣赏习惯也发生了翻天覆地的改变，并时刻在更新。伴随着这些变革，文艺作品的生产、传播、创作都紧跟着发生变化，文艺评论的表现形式也需要创新表达。习近平总书记曾经指出：做好宣传思想工作，比以往任何时候都更加需要创新。其实，新时代文艺评论表现形式的多元化和丰富化正是创新的重要体现，这些不同的表现形式发表意见、传达思想，以自己的方式，通过广大群众、社会大众喜欢的方式和视角去表达、体悟、分析、思考、评判文艺作品，起到了"出圈""破圈"的作用，也拥有了不可忽视的影响力，并广泛地受到社会各界的关注。事实上，文艺评论语境已经面临着多元化的现状，也意味着在不同的场景就应该有不同的表现形式，新时代文艺评论应该大胆地尝试不同的表现方式，专业表达与大众表达相结合，不要在形式主义中走入误区，在多元化、丰富化、不同语境的表达方式中重视内在逻辑的阐释，承担艺术价值、文化价值、审美风尚等新时代责任。

新时代以来，为文艺评论的表达吹响了集结号，拉开了全新的文艺评论表现形式的大幕。

6.1.2　文艺评论的传播渠道以跨时空、多屏幕拓展了新场域

技术的发展，革新了社会大众的生活方式，社交多元化的发展、媒体深度融合的背景下，传统媒体与新媒体从相争、相加走向相融，极大地拓宽了新时代文艺评论的发声渠道，也让文艺评论的发声变得活跃起来。

首先，文艺评论本身也是一种传播媒介，是评论者与文艺创作者、广大读者与社会沟通、交流、互动的媒介，虽然这个媒介会根据不同的评论主体有个人的行文风格、艺术理解的个性表达，但是文艺评论的媒介属性变得丰富，拓展了传播的场域。其次，新媒体的发展使文艺评论从专业赛道逐步走向大众赛道，单向传播到双向传播、互动传播的网络促使了文艺评论不再是少数评论家的专利，每个读者都享有评论的权利，并且也有发表的渠道。再次，民间文艺评论变得十分活跃，传播渠道也十分多元，大屏、小屏、横屏、竖屏，媒体传播矩阵的构建，评论声音随处可见，一些自发的声音表达自己的观感和看法，没有顾虑，没有修辞装饰，接地气、新鲜活泼，成为文艺评论新的力量，并促进传播渠道的拓展，也进一步促进了中国文艺评论的接地气、通民意，提升了文艺评论的社会效力。另外，新媒体的优势大大体现，碎片化、便捷、快速等特点都提升了文艺评论的效力，渠道的多元化，增强了文艺评论发声的力度，也体现了文艺评论的见识、思想与力量，跨时空、多屏幕的传播渠道也拓展了文艺评论的影响力，新时代

的文艺评论更加焕发出新的活力，接通了生活的源泉，也汲取了传播的营养，充分地通过多渠道的传播方式，为新时代社会主义文化强国建设助力鼓劲。

新时代以来，文艺评论的传播渠道日趋多元，拓展了传播的场域，在广度和深度上都丰富了文艺评论的影响力，并反哺于文艺创作。

6.1.3　文艺评论的价值内涵"时代性""人民性"承载了新使命

新时代文艺评论更应该为人民服务，为文艺创作而负责，优秀的文艺评论要站在人民大众的立场上，要立足于人民大众美好文化生活需求，与时代共振，为人民而呼，切实做到培育、提升新时代人民群众的审美水平，并引领、带动人民群众的审美能力的提升和担当。

首先，新时代文艺评论具有"时代性"特征，文艺评论质量的高低关系着推动文艺创作与文艺评论的有效互动，新时代文艺评论的战斗力、说服力、影响力的提高都应该站在时代需求的基础上，从文艺评论的功能、价值和职责中，促进提高文艺作品的精神高度、文化内涵和艺术价值，为人民提供更好更多的精神食粮。一方面，文艺评论是对文艺作品的认识、鉴赏、评判与判断，文艺创作后，成为文艺作品，才是文艺评论，但是文艺评论也是独立的，并不是文艺创作的点缀，也不应该依附于文艺创作，文艺评论有其自身独特的文艺价值，并与文艺创作相互砥砺，有效互动。另一方面，文艺评论也不能凌驾于文艺创作之上，对文艺创作的分析与解读不能指手画脚，应该对文艺创作展开平等、真诚的对话，才能有利于文艺事业的健康发展。

新时代文艺评论具有新时代的责任，应坚持正确的方向导向，为人民群众负责，为时代负责。文艺评论具有独立性和本体性，具有褒贬甄别功能，具有战斗力、说服力与影响力，文艺创作与文艺评论应在思想与审美的较量中，不断地挑战和应战，并不忘初心，互相成就。文艺评论的初心和使命正在于严肃客观地评价作品，坚持从作品出发，提高文艺评论的专业性和说服力，把更多有筋骨、有道德、有温度的优秀作品推介给读者、观众；同时，文艺评论与文艺创作要进行有效互动，相互促进、共同提高。[2]

因此，就宏观层面而言，新时代文艺评论具有价值引导、精神引领、审美启迪等作用，具有弘扬真善美、批驳假恶丑的社会效应；从微观层面讲，新时代文艺评论应对具体的文艺创作作出正确评判，具有褒优贬劣、激浊扬清的作用，要把政治性、艺术性、社会反映、市场认可统一起来，把社会效益、社会价值放在首位，发挥文艺评论特有的"批评精神"，着眼于提高文艺作品的思想水准和艺术水准。

其次，新时代文艺评论具有"人民性"特征，"人民性"问题是马克思主义文论的核心概念，人民的立场更是"人民性"的基本体现，也是文艺评论标准的基本尺度。事实上，文艺评论在发声的时候，站在什么样的立场来发声，首先就决定了文艺评论的属性和立场，在任何时候，文艺评论在评论的时候，都要坚持评论的"人民性"，也就是要站在人民的角度来分析、鉴赏、评价文艺作品，文艺作品的思想层次、艺术水准、受欢迎的程度、影响的力度等等评判权都要站在人民的立场，并把主动权交给人民，由人民来评判。如果在文艺评论的时候，评论的立场有问题，或者评判权和评价权没有交给人民，那么在文艺创作中的主动权、话语权就很难体现，被人民所喜欢的文艺精品也很难出现，只有把文艺作品的评价权交给人民，才能有利于增强人民在文艺创作中的话语权、主动权，有利于更多地以人民为中心的文艺精品不断涌现。

习近平总书记强调，"改进作风必须改进文风。"在文艺评论方面，文艺评论的"人民性"特性从本质上就决定了评论的本质是为人民服务的，是为人民大众喜闻乐见、看得懂的。从根本上说，文艺评论的为人民服务，其实重点就是要把握人民对文艺作品的要求、质量、风格、品位等，把握人民的认同，引发人民群众深度共鸣，提升文艺评论的效力。

6.2　新时代文艺评论实践发展路径

梳理百年中国文化发展史、文艺发展史，可以发现，在长期的文艺评论发展的实践过程中，文艺评论都一直在场，并充分地展示了"中国"话语图景。当今，在马克思主义中国化、大众化、时代化的背景下，更应该全面辩证地认识各种文化思潮、文艺观念的历史脉络，并在此基础上把握文艺评论的时代价值。

事实上，在党的十八大后，习近平总书记做了一系列关于文艺工作的重要论述，为建构新时代中国特色社会主义文艺评论话语实践指明了方向。社会主义的文艺事业也以强烈的民族责任感和国家意识，开展和组织了一系列民众性、本土化的文艺实践活动，创作了一大批具有时代特色和中国特色的文艺精品，并形成了相应的文艺实践生产模式。

6.2.1　新时代应提升和加强文艺评论的文化自信

新时代，文化自信是对中国特色社会主义先进文化的文化自信，伴随中国和世界的发展大势，新时代的文艺评论更应该站在人类命运共同体的高度来认识文艺评论。缺乏文化自信的文艺评论是没有力量的，是软弱的，因此，要开拓文艺评论的实践发展，就必须从根本上、多种渠道上加强和提升文艺评论的文化自信。

首先，在文艺创作上要坚定文化自信，也包括对中华民族优秀传统文化的文化自信。几千年来，中华民族出现了很多优秀的文化，中华民族优秀的传统文化是文化自信的基础和源泉，包括中国古代文论在内的优秀文化资源是话语建构的根基，具有鲜活的生命力和有效性。近年来，有很多优秀的文艺作品，《中国诗词大会》《经典咏流传》《典籍里的中国》等优秀的文化类节目深受广大观众的喜爱，也展示了中国传统文化的价值。因此，在文艺作品中，要深切地梳理和概括中华民族优秀传统文化，包括生存哲学、人生美学、精神文化，围绕这些精神内核建构文艺作品，并重视文艺创作的文艺评论理论建构。

其次，在挖掘中华优秀传统文化资源的同时，还要提升文艺评论在指导思想上的文化自信。按照习近平总书记在"七一"讲话中提出的"坚持把马克思主义基本原理同中国具体实际相结合、同中华优秀传统文化相结合"，提升文艺评论的文化自信要做好"两个结合"，要和中国的具体实际情况相结合，要和中华优秀传统文化相结合。一方面，中国在百年未有的大变局中蓬勃发展，文艺评论的发展要全面总结中国文艺评论的理论创造和实践经验，从中国的实际情况出发，并与实际情况相结合，立足于中国共产党领导广大文艺工作者建立社会主义新文艺的伟大实践，建立新时代文艺评论工作的思想体系、理论体系和话语体系；另一方面，要提升文艺评论的文化自信，还应该建立在中华优秀传统文化的沃土上，同中华优秀传统文化相结合，文艺评论应该具有更高的站位和气势，站在人类命运共同体的角度，建构文艺评论发展的共同体，大力挖掘中国古代文艺批评理论优秀遗产，为文艺评论提供中国智慧、中国价值和中国立场，向世界贡献中国方案、中国特色和中国智慧。

再次，新时代要提升文艺评论的文化自信，还要在实践上加强文艺评论的力量，提升文艺评论在文艺事业发展中的文化自信。尤其是在新时代，新时代拥有新格局，新时代的发展大势不可逆转，文艺评论进入新阶段，新评论呼唤新的力量，新时代文艺评论要整合各方力量，形成多种文艺评论力量相互支撑、共生共荣的良好生态，其中核心的理念就是形成中国特色，建立中国学派，凝练中国特色，提升文艺评论在当代中国社会的文化自信。"要以坚定的文化自信着力构建中国特色评论话语，坚持把马克思主义基本原理同中华优秀传统文化相结合、同中国具体文艺实践相结合，继承创新中国古代文艺批评理论优秀遗产，批判借鉴现代西方文艺理论，不仅要做好文艺作品与其接受者之间的中介，也要做好文艺作品与文艺理论之间的中介，促进建设具有中国特色的文艺理论与评论学科体系、学术体系和话语体系，不断增强新时代文艺评论构建力、阐释力。"[3]

习近平总书记说，"文艺工作者要讲好中国故事、传播好中国声音、阐发中国精神、展现中国风貌"，要全面提升新时代文艺评论的文化自信，焕发出新的生机和力量，就要保持文艺评论的在场性与介入性，形成具有新时代特色的文艺评论的接地气、有人气，引领社会风气、审美倾向和精神追求的优秀的好的文艺评论。在新时代，人民群众日益增长的精神文化需求已进入美好生活的中高级阶段，随着需求的升级，人民群众的需求已经不再满足于娱乐至死的短平快的精神消费，呼唤更多的高质量、高层次、精品的文化产品和文艺作品的出现。

6.2.2　新时代文艺评论应发挥"文艺评论两新"重要作用

新时代的文艺评论正处于复杂的时代背景中，文艺事业繁荣发展，中国文艺评论的队伍在逐渐壮大，文艺评论的表现形式也更加多元和丰富。层出不穷的艺术新形式、新现象，对新时代文艺评论提出了新的挑战。因此，要发挥好"文艺评论两新"的积极作用，将新文艺组织的主要作用体现，新文艺群体的主体作用呈现，推动其文艺评论发展的健康发展。

1）要切实加强"文艺评论两新"新力量的作用

在新时代，"文艺评论两新"，新文艺组织、新文艺群体应该发挥其重要作用。新文艺组织与新文艺群体是繁荣社会主义文艺事业的新兴力量。新文艺组织，是指在民政或工商部门注册的以民办非营利文化社团、民营文化企业、民营文化工作室、民营文化经纪机构、网络文艺社群等形式从事文化艺术创作生产和服务的组织。新文艺群体是指以签约文艺家、独立制片人、音乐制作人、独立演员、文创艺术设计者、非遗传承人等身份示人，并通过举办文艺沙龙、读书会、国学班、传习所、茶艺社、琴画苑等形式聚集起来的一种文艺群体。事实上，我国的新文艺组织、新文艺群体是在改革开放进程中产生与发展起来的，"新"在于体制的新，有着更为灵活而完备的商业机制，活跃在广袤的社会空间中，摸准观众的心理，抓准发声的角度和时机，以自身的艺术创作和文化服务，覆盖特定人群和目标受众，丰富人民群众的精神文化生活。

2）要为"文艺评论两新"营造理想环境

外经济贸易大学深圳研究院院长廉思说，"文艺评论两新"有着很强的"杠杆性"，属于关键少数，往往能以个体发声发挥宏观的撬动作用；同时，"文艺评论两新"又有着很强的"原子性"，一个个独立个体被散落似满天星，很难系统性对接，这就给组织和引导带来了很大困难。因此，要发挥好"文艺评论两新"的作用，就要为"文艺评论两新"提供更多的空间和更好的条件，以保障个人的书写和整体的团队都能够在文化建设当中发挥应有的作用。

在文艺事业繁荣发展的过程中，"文艺评论两新"也被寄予了厚望，建设和平风气、树立专业标准、引导正向价值，都需要"文艺评论两新"的努力，通过"文艺评论两新"发挥作用，将更多接地气、懂市场、有活力的文艺评论延伸至社会生活的各个空间，直接服务于广大人民群众，成为繁荣社会主义文艺的有生力量。因此，要充分地发挥"文艺评论两新"的作用，用新思维、新特点、新类型、新表达去支持文艺评论的文化环境，为文艺评论事业贡献智慧和力量。

3）要坚持正确的方向，让"文艺评论两新"自觉担当光荣使命

"新文艺组织、新文艺群体"要充分地发挥"文艺评论两新"的批评精神，坚持以马克思主义文艺理论为指导，传承弘扬中华美学精神，弘扬社会主义核心价值观，着力塑造"文艺评论两新"良好形象，开展科学、健康、理性、客观、公正的文艺评论，不断提高引导创作、推出精品、提高审美、引领风尚的能力和水平，把好文艺批评的方向盘，运用历史的、人民的、艺术的、美学的观点评判和鉴赏作品，发挥新时代"文艺评论两新"的重要作用，共同为文艺评论事业贡献智慧和力量。

6.3　新时代文艺评论的高质量发展策略

中宣部等五部委发布的《关于加强新时代文艺评论工作的指导意见》出台后，就意味着，新时代文艺评论的建设有了新的要求，并且"开展专业权威的文艺评论"作为一项重要任务，也被摆在了关键位置，新时代文艺评论呼唤高质量发展。

6.3.1　新时代文艺评论应开门见山，有效抵达，突出引领性

长期以来，文艺评论因为种种原因和社会现实，呈现了一些不好的发展现状，其原因之一是因为对文艺评论的不重视，把文艺评论作为业余的评价和分析，从而缺乏专业的评论和评论人才；其原因之二是长期以来，影响文艺评论真实评论的因素太多，"红包评论""人情评论""概念评论""炒作评论"等等功利性的因素，使得文艺评论的说服力、权威性和影响力下降，严重影响其公信力；其原因之三是文艺评论的作用被削弱，通常沦为"花瓶"，依附于生存，成为装饰，在麻木中失去了人格，在麻木中失去了思想，在麻木中变成了工具，言不及物。

文艺评论在文艺创作中的作用是十分重要的，其一在于引导和反哺文艺创作者的创作，用文艺评论来影响创作思潮与风格，进而创作出文艺精品；其二是通过文艺评论去引领读者鉴赏、欣赏文艺作品，构建审美意识，提升鉴赏能力，继而影响整个社会风气，通过评论去引领社会风气向"好"的、正能量的方向发展。因此，新时代的文艺评论应开门见山，有效抵达，突出引领性。

1）创作出有筋骨、有道德、有温度的文艺评论

"专业""权威"的文艺评论是"引领""提升"文艺创作的重要环节，因此，开展专业的文艺评论，实现有效的抵达，才能构建权威的评论，实现文艺评论的有筋骨、有道德与有温度。

习近平总书记提出的"要提倡说真话、讲道理"，其实就是文艺评论的风骨、责任与担当。如果文艺评论没有风骨，就不能展现时代的风气，就不能成为时代的先行者与倡导者；如果文艺评论没有责任，就不能坚持实事求是，没有独立的品格；如果文艺评论没有担当，就没有求真向善的思想境界，就不能"以理服人"。

有筋骨的文艺评论是引导文艺创作、提高审美、引领风尚的关键，有筋骨的文艺评论是有道理的文艺评论，是专业的文艺评论，是权威的文艺评论，也是令人信服的文艺评论。有筋骨的文艺评论应该把政治性、艺术性、社会反映、市场认可统一起来，坚持思想性与艺术性相统一的评价标准。

有道德的文艺评论是理论的深度与实践的深度的结合，要创作有道德的文艺评论必须紧密地联系文艺的创作实践，进一步提升大局的意识，加强理论的站位，提升实践的品格。要创作出有道德的文艺评论，必须加强文艺评论者的学养、修养与涵养，文艺作品的优劣、创作现象的得失离不开价值的判断和专业的储备，文艺思潮的剖析、艺术规律的把握更离不开基础理论的支撑。

有温度的文艺评论是"充满同情的理解"和"充满敬意的批判"，尤其是文艺批评，是艺术的再创造，是创作的延伸与接续。文艺批评要学会讲道理的技巧和艺术，要坚持以理立论、以理服人，坚持说真话、讲道理，文艺评论的专业权威才能逐步建立，才能真正把"引领""提升"等词转化为动能。

北京电影学院副校长胡智锋说："好的文艺评论应该有温度、有高度、有锐度，这就要求文艺评论工作者应以善意、建设性的态度去面对批评对象，从历史与现实、纵向与横向、理论与实践、中国与世界的广阔视野出发，站在人类发展、国家发展、社会发展、文化与艺术发展的高远境界，全方位、多层面地解读评论对象，能够秉笔直书，以犀利的视角、锋利的表达切中要害。"

因此，要创作出有筋骨、有道德、有温度的文艺评论才是伟大的时代需要伟大的评论，新时代的文艺评论要坚持"批评精神"，才能有更多的战斗力、说服力和影响力的文艺评论。

2）创作出文质优美、神采飞扬的文艺评论

长期以来，文艺评论的文风也是社会大众、人民群众所关注的重点，当前，文艺评论的文风也存在一定的问题，有些文艺评论的文风缺乏秉笔直书、公道直言的实事求是精神；有些文艺评论文风晦涩难懂、高深莫测；有些文艺评论文风空洞乏味、浮皮潦草；使得文艺评论没有鲜活的神采，没有丰富的灵韵，不能发挥相应的作用，影响了公信力和权威性。"文风是文艺评论的命脉。没有好的文风，改进和加强文艺评论就是一句空话。文风得到改进，文艺评论的生机活力才有望得以焕发，权威性、公信力才能得到彰显。文质兼美，应该成为文艺评论文风的自觉追求。"[4]中国社科院民族文学研究所研究员刘大先建议，改进文风应在三个方面着力：首先明确为什么要写，要具有主体性，提炼出关乎现实的议题，而不仅仅是吟风弄月，帮闲或帮忙；其次明确怎么写，树立文体、风格与美学的自觉，做到雅俗共赏，普及与提高相结合；最后是明确为谁写，解决写作目的与站位问题。

要创作出文质优美、神采飞扬的文艺评论，就要改进文艺评论的文风，要从实践中贯彻实践的观点，文艺评论的源头与活水来自变化发展中的文艺实践，评论从实践中来，也作用于实践，因此文艺实践是文艺评论的生命力。在进行文艺评论的时候，要根据文艺实践，紧贴文艺事业发展的实际，把文艺评论置身于文艺创作的现场，让时代与文艺的发展同向同行，解读文艺实践，通过文艺现象去看到文艺创作的本质，并找到规律，发现规律，揭示本质，使之文艺评论文质优美，具有丰富的内涵，有引领性，并反哺于文艺创作，对文艺创作以启发。

要创作出文质优美、神采飞扬的文艺评论，文风还需要进一步激发创造性，文艺评论与文艺创作都是富于个性化和创造性的精神活动，要使文艺评论能够鲜活地反映文艺创作，就要使文艺评论的文风鲜活生动、活泼可亲，不能千篇一律、陈旧呆板，对不同的文艺创作、文艺现象、文艺作品都要进行具体的分析，才能提供真知灼见。

要创作出文质优美、神采飞扬的文艺评论，还要增强文艺评论的主动性与针对性，如果文艺评论在评论的时候缺乏议题，只是陈词滥调、言不及义，就失去了文艺评论的风骨。优秀的文艺评论，要用敏感的雷达，较强的问题意识，敏于反应、率先发声，善于主动设置议题，关心文艺现象，围绕热点发声，旗帜鲜明，深刻揭示本质，要做新时代最新文艺佳作的发现者、推荐者。

因此，文艺评论要文质优美、神采飞扬，就要从根本上是什么问题就解决什么问题，评论文艺作品的时候要反对居高临下、指手画脚的评论姿态，要倡导评论贴近群众，从实际出发；文艺评论要抵制庸俗吹捧的评论，抵制效益评论，反对刷分控评等不良现象，要以更多风格和更多短、实、新的评论，春风化雨、润物无声，促进文艺事业的健康发展。

3）新时代文艺评论应挺起脊梁骨

新时代文艺评论在时代的发展中容易遇到种种迷人的诱惑和具有诱惑力的歧路，因此，新时代的文艺评论更应坚守独立的品格，孟子说："富贵不能淫，贫贱不能移，威武不能屈，此之谓大丈夫。"当今文艺批评，更需要挺起脊梁骨，培养和树立这种大丈夫的傲然风骨。

首先，文艺评论要坚定求真的信念，坚守坚定的信念，要说真话，让自己的观点能够经得起时间的检验。文艺评论要丢掉华丽的修辞，要用"干货"开门见山，直接触达，用真话，注重骨气，守诚信。

其次，文艺评论要挺起脊梁骨。脊梁骨是人挺直腰杆和后背的重要支撑，用来比喻人的志气和骨气。文艺评论要有骨气，文章有骨气才有力量，才能发挥褒优贬劣、激浊扬清的作用。

再次，文艺评论要注重以理立论、以理服人，要秉持严肃科学、理性公正的艺术良心，坚守正确的价值判断，明辨是非、甄别良莠、褒优贬劣，要有见解、有思想、有价值，能够给人审美陶冶和心灵启示，这样才能形成有利于文艺健康发展的良好环境和氛围。

6.3.2　新时代文艺评论应走出圈子，认真打磨，突出建设性

《关于加强新时代文艺评论工作的指导意见》指出：要发扬艺术民主、学术民主，尊重艺术规律，尊重审美差异，建设性地开展文艺评论。这为推进新时代文艺评论高质量发展提出了明确要求。新时代的文艺评论，是在丰富多彩的文艺载体、优秀作品中呈现的，习近平总书记曾经说过："优秀作品并不拘于一格、不形于一态、不定于一尊，既要有阳春白雪、也要有下里巴人，既要顶天立地、也要铺天盖地。只要有正能量、有感染力，能够温润心灵、启迪心智，传得开、留得下，为人民群众所喜爱，这就是优秀作品。"文艺评论在这些具有丰富的内容、形式、色彩、旋律的优秀作品中，探索每一次精彩、每一个启迪、每一抹色彩、每一次震撼，并通过理性关怀来呈现感性的丰富和

深厚，创作出新时代的精品。

1）发扬艺术民主、学术民主，尊重艺术规律，建设性地开展文艺评论

党的十八大报告在丰富民主形式方面创造性地提出了发扬学术民主、艺术民主等口号，标志着中国的民主建设将在包括这些领域的社会生活中得到全面的发展和加强。发扬艺术民主和学术民主，是落实"双百"方针的基本要求，文艺评论同样要尊重艺术规律，建设性地开展文艺评论，把文艺评论融入人民生活、事业中，发挥向善向美的效应，创作出有正能量、有感染力的文艺评论。

首先，建设性地开展文艺评论，就要坚持文化文艺创作的百花齐放、艺术民主与学术民主，在不同的艺术流派、学术观点中充分地讨论，充分展现文艺作品的题材、形式与手段，推动文艺评论在观念、内容、风格上以文化人，通过温润心灵、启迪心智的文艺评论让人民群众所喜爱。

其次，建设性地开展文艺评论，要尊重艺术规律。要突破固有的思维和认知，科学、全面、建设性地开展文艺评论。马克思曾经指出，科学研究的任务就在于把看得见的、只是表面的运动归结为内部的现实的运动。文艺评论同样如此，文艺评论从文艺创作的文艺作品中去梳理其基因，把握、阐释、评价、分析、解读，探求文艺作品的艺术规律，从艺术本身的属性去探求，从文艺作品的情感、心灵去探求，从读者的感情、共鸣中去探求，从作品以社会现实的关系中去探求，从创作活动内部的联系中去找到艺术规律，并对文艺创作进行指导和引领。

再次，建设性地开展文艺评论，要尊重审美差异。每一个读者理解每一个文艺作品都是有不同理解的，一千个读者，就有一千个哈姆雷特。所谓审美差异，是一种客观的、普遍存在的审美现象，是文艺作品的丰富性、艺术性、差异性的体现，不同的人解读不同的文艺作品，因为自己的素养、审美等的不同，审美的差异就不同，有些是局部、微观的探讨，有些是纵观全局、高屋建瓴的探讨，有些是深入本质、直击灵魂的探讨，因此，尊重审美差异，更有效地开展建设性文艺评论。

2）新时代文艺评论要走出圈子，认真打磨

新时代文艺评论是文化文艺事业的重要组成部分，是推动社会主义文艺事业、文化繁荣发展的重要力量。新时代文艺评论的发展，面临多元化的发展，文艺评论的生态发生了天翻地覆的变化。尤其在互联网迅速发展的进程中，圈子化、琐碎化、技术化、八股化的那个文艺评论现象时有频出，体现文艺创作内涵的文艺评论更应发挥重要的作用，走出圈子，认真打磨，担当起美学使命和责任。

在新时代，文艺评论类的文章，多数还是主要发表在一些专业性和报纸和文艺理论的期刊上，而这些专业的期刊和报纸的受众也多数是专业的文艺评论业界人士，因此，新时代文艺评论应该主动走出圈子，增加其社会影响，在受众较多、影响较大的电视、网络上都应该主动去探索文艺评论的发展。

正如中国艺术研究院电影电视艺术研究所所长丁亚平所说："文艺评论要打开视

野，与文艺创作实践共生，积极研究、挖掘更多的参照，敏锐地发现、把握一些文艺现象，认识文艺创作的发展趋势和过程，充分发挥文艺评论的优势，推动创作的开展，使局部的文艺创作经验、艺术触角上升为带普遍性的自觉。"新时代文艺评论的关键就是要进一步加强文艺评论与文艺创作之间的联系，要积极建设和涵养文艺生态，维护文艺生态平衡，涵养文艺水土和植被，以更多建设性评论促进文艺繁荣和人的全面发展。

6.3.3　新时代文艺评论应建构话语体系

新时代文艺评论的发展的关键就是应该建立自有的话语体系，从中国近百年文艺创作的文艺实践来看，可以看出文艺实践是波澜壮阔、风起云涌、复杂多变的，文艺评论一方面要对这些波澜壮阔的文艺现实作出回应，还要在另一方面在回应的同时去揭示、总结和预判文艺创作实践发展的现实与趋势，指明价值判断和文化立场。

在中国古代社会的文艺评论体系中，文艺创作与文艺评论的发展是没有独立的基础和条件的，新时代文艺评论有条件也有环境构建自己的话语体系。文艺评论的中国话语，是指专门在文艺评论领域建立植根于中国文化土壤、遵循中国文艺发展规律、彰显中国审美特质的话语体系和表达方式，这种表达方式既能对文艺创作作出有效的分析和指导，又能保持自身独立的话语实践和艺术品格。其实，在文艺评论发展的进程中，不难发现，虽然文艺评论有自己一定的模式，但是更需要在文艺创作的实践中去梳理出文艺规律、审美特性与精神内涵，因此，在新时代，文艺评论更应该在新旧交换的社会变革中建构自己的话语体系。

（1）建构新时代文艺评论话语体系，要建立起新时代文艺评论的学术体系、思想体系和理论体系。新时代文艺评论的话语体系构建的第一环节就是要构建起文艺评论的理论体系，只有在理论体系上构建起自己的标识性范畴的时候，才能进一步地在话语体系的构建中成系列、成系统、成层级地建立起来。

如果文艺评论缺乏理论建构的背景意识，就会出现大量盲从、模仿他人话语，缺乏自己的见解和观点的评论文章。因此，从文艺评论的文本来看，学术体系、思想体系和理论体系的构建尤为重要。要建构具有极高辨识度的话语，具有极高真理含量的话语，具有生命力、创造力的话语，具有个人风格化的话语，并生动活泼地外化于学术体系、思想体系、理论体系的构建中。

新时代文艺评论话语体系的构建要立足新时代发展，立足现实需求，在学术体系、思想体系、理论体系的构建中还要注意不要陷入到理论的僵化中，文艺评论的话语体系必须是人民的、大众的、通俗易懂的，为最广大人民群众喜闻乐见的，看得懂、记得牢、传得开的。文艺评论也不能过于脱离社会实际，新时代的文艺评论话语体系要用全新的学科、理论研究方式来构建。要将文艺评论放置在时代发展和人民群众共鸣的语境中，才能建构好新时代文艺评论话语体系。

（2）建构新时代文艺评论话语体系，要建立创新的话语体系。文艺评论的话语体系是国家文化软实力和话语体系建设的重要组成部分，因此，建构新时代文艺评论话语体系的关键就是要拥有创新的话语体系。话语创新是时代赋予文艺评论的重大责任。尤其在时代的发展过程中，社会转型的关键阶段，国内的思想观念、社会生活方式、经济体制、社会结构和利益格局都在发生深刻的变化，社会赋予了重大的历史使命，因此，话语创新是时代发展的必然要求，话语创新是增强学术原创能力、科研创新能力、文化软实力的迫切要求，是改善目前文艺评论现状的突破口。

因此，新时代文艺评论不能失去话语创新的勇气，要全面、客观地认识话语创新的概念与内涵，并在话语体系构建中去深入调查和客观分析，力争得到社会大众人民群众的认可。新时代文艺评论话语体系的构建要注重概念创新、体系创新。概念创新是思想、科学产生的基础，能够反映新问题、新现象、新趋势，概念创新是要建立概念体系，让文艺评论与理论研究具备系统性、逻辑性和深刻性，形成对于重大问题、重大现象和重大关系的思想观念和理论阐释，这样才能形成独立的创新的话语体系；新时代文艺评论话语体系的构建还要注重评价创新，探索和建立适应话语创新的学术评价范式，要从根本上改变传统的思想观念，培养面向未来、可持续发展的积极评价理念，围绕"创新"重塑评价观，并重视创新的价值，树立全面的、科学的、完善的评价维度，以创新的评价标准去探索新思维，优化和完善公开、公正、透明的评价程序，引导和鼓励学术批评与学术反思活动，形成开放、平等、积极、真诚的批评氛围。

（3）建构新时代文艺评论话语体系，需要寻根溯源，不忘本来，传承发展中华民族古典文论、艺论的优秀历史传统、思维优势、学术积淀、美学范畴和话语特色。要在传统文化中汲取独特的审美精神、审美优势和审美风范，形成独具中华民族独有特色的话语体系。因此，新时代的文艺评论话语体系构建必须认真学习和领悟中华文化传统文化和中华古典文论，通过中华几千年的传统的宝贵遗产，并立足于改革开放的伟大实践与创作实践，在继承的基础上进行创新，并与当代文化相适应，努力实现创造性转化、创新性发展，从而构建既富民族特色又富时代精神的新时代中国文艺评论话语体系。

6.4 奋力书写新时代文艺评论的辉煌篇章

新时代文艺评论需要高质量的发展，更应该在文化强国建设进程中整装待发，激情出发，努力攀登社会主义文艺事业高峰，奋力书写新时代文艺评论的辉煌篇章。

6.4.1 主流文艺评论应发挥文艺评论价值引领功能

近年来，主旋律电视剧、新主流电影，优秀的影视作品越来越多，并且越来越影响青年群体的成长，这些优秀的影视作品用青年们喜闻乐见的方式来表达，也应运而生具有鲜明民族特色的文艺理论与评论话语。事实上，鉴赏中国文艺作品的文艺评论应该在优秀的文艺作品的基础上生长起来，并在创作与评论相互理解的基础上进行深度对话，推动中国文艺理论与评论体系的发展。

其实，面对多元思想文化和多种话语体系的并存和竞争，专业理性的文艺批评不仅不能弱化，反而应背负起更大的责任。在媒介生态多样化的当下，主流的文艺评论如何才能发出强有力的声音？捍卫主流评论的生命线，必须敢于说真话，在任何时候求真都是文艺评论不可忽视的根本价值取向。[5]新时代，主流文艺评论应发出强有力的声音，发挥文艺评论的价值引领功能。

首先，发挥文艺评论价值引领功能，要从群众和生活中获取智慧和营养，要继续深入学习马克思主义，运用辩证唯物主义和历史唯物主义认识历史、观察社会、分析问题、评价文艺作品，并始终保持对时代发展与社会进步的敏锐性；发挥文艺评论价值引领功能，要坚持批评精神，做到讲真话、讲实话，不被世俗干扰，不为私情左右，在真切的批评和充分的说理中实现褒优贬劣、激浊扬清；发挥文艺评论价值引领功能，要深入生活、扎根时代，通过求真务实、开放包容，承担社会的责任和使命担当；发挥文艺评论价值引领功能，要全球视野，放眼未来，打磨好批评利剑，做文艺事业的守望者和时代的先觉者。

其次，发挥文艺评论价值引领功能，要做倡导文艺新风的"播音员"。社会主义文艺归根到底是人民的文艺，文艺评论也要为人民服务、为社会主义服务。优秀的文艺评论能够把文艺作品中展现的崇高理想、时代风貌、良好风尚，更加深入地植根于人们的心中；能够启迪人的思想、温润人的心灵、陶冶人的情操；能够扫除颓废萎靡之风，触及灵魂，引起共鸣。[6]文艺评论既要表扬，也要敢于批评，文艺评论催生精品，提高审美，文艺评论为经典致敬，为创作导航。纵观新时代的文艺作品，一台《典籍里的中国》，传承中国的典籍和古籍文化；一台《中国诗词大会》，点燃了观众心中的诗意和梦想，唤醒了多少人对中华文化根脉的深沉情感和深深眷恋；一部电视剧《山海情》，书写了中国脱贫攻坚到乡村振兴的伟大壮举；一部电视剧《觉醒年代》，体现了党的先驱开天辟地的革命精神和牺牲精神；一部电影《长津湖》，描绘了志愿军战士的英勇精神；一部电影《红海行动》，展现了祖国的温暖和人民的自信；等等。这些优秀的文艺作品，通过文艺评论的展示，坚持高举旗帜、实事求是、以人为本，歌颂光明前景，书写壮美篇章，弘扬文明新风，鼓舞人们奋勇前进，引导人们积极向上。

再次，发挥文艺评论价值引领功能，要发出强有力的声音，文艺评论更要把好手中的"方向盘"，从实践中深挖思想内涵和文化根源，去阐释时代意义和当代价值，指引创作导向和欣赏取向。其实文艺评论本身也是一部文艺作品，这是文艺评论的担当，也是为精品立传、为时代放歌、为风气指向。

文艺评论要敢于"剜烂苹果"。随着逐利资本深度潜入文艺市场这片蓝海，一片繁荣的背后难免鱼龙混杂：机械化生产、快餐式消费；以经济思维误导文艺创作，以利益思维限定审美标准；为了流量不在乎质量，为了走红不惜触及底线；变异的"饭圈"文化操控评论风向和舆论走向，拉低道德和良知底线……凡此种种，无疑会严重侵蚀文艺肌体、扭曲价值导向、破坏社会风气。文艺评论要始终高悬"达摩克利斯之剑"，时刻保持对"失序"和"爆款"的警醒与克制，不被"酷评""歪评"左右，更不能为附庸作品而"失真"，为追求流量而"失向"，为吸引眼球而"失态"，为迎合资本而"失控"。只有尊重文艺规律、坚守审美理想、保持文化内涵的文艺评论才能够褒优贬劣、激浊扬清，才能够为文艺市场引来活水、注入活力，让文艺作品焕发光彩，促进文艺事业健康发展。[7]

另外，发挥文艺评论价值引领功能，要形成具有共识性质的核心价值观。从文艺创作的角度来说，文艺创作者的身份各异；从文艺评论的角度来说，文艺评论者的身份也各异；从文艺接受者的角度来说，文艺受众的身份也是各异的。这些身份各异、价值思想各异、社会生活方式各异的人在观念、美学、价值、思想等等基础上的理解也是各异的，因此要发挥文艺评论的价值引领功能，其实从特定的语境上来说，就是要形成具有共识性质的核心价值观，引发共鸣。

文艺本身的内在规定性有其自律的一面，其独特性体现于美学话语之于科学、宗教、伦理等话语的异质性和创造性，但其异质性与创造性无法脱离社会总体性而孤立存在。这种既有关联又谋求独立的复杂关系，使得文艺不会是同质的、千人一面的，而要在形式与内容上以想象力打破僵化的窠臼，呈现出复杂而丰富的独特性；同时又要呈现出可理解性、共通性与普遍性，从而达到合法性共存。[8]

因为文艺活动是一种多向、复杂的互动，要发挥文艺评论价值引领功能，就要以主流价值观为指引，并在实践探索中巩固与建设具有中国特色的文艺理论与评论学科体系、学术体系和话语体系，将普及与提高相结合，真正起到把握文艺方向盘的作用。

6.4.2　新时代文艺评论要加强文艺评论阵地建设，培养文艺事业的内生动力

《关于加强新时代文艺评论工作的指导意见》提出：要"巩固传统文艺评论阵地，加强文艺领域基础性问题、前沿性问题、倾向性问题等研究"，"要建立线上线下文艺评论引导协同工作机制，建强文艺评论阵地，营造健康评论生态，推动创作与评论有效互动，增强文艺评论的战斗力、说服力和影响力，促进提高文艺作品的精神高度、文化内涵和艺术价值，为人民提供更好更多精神食粮"。

新时代文艺评论的高质量发展，离不开文艺评论阵地的建设。阵地建设是培育文艺评论发展的基地，是在物质或精神方面，建立或充实工作、学习、生活及斗争等的场所的活动。加强文艺评论工作，阵地建设是最好的组织保障，加强文艺评论阵地建设工作，也是培养文艺事业的内生动力。

新时代文艺评论要加强文艺评论阵地建设工作，要提升文艺评论的动力，成为文艺评论的增量，促进文艺评论的高质量的发展。首先，加强文艺评论阵地建设工作，要聚焦在"做人的工作"上，要培养专业、职业的文艺批评队伍。一方面，要从顶层设计上激励文艺评论队伍建设，中国艺术研究院副院长李树峰认为："顶层设计需要对学科设置、职称评定、学术评价等做出分析和部署。例如，可将文艺批评设定为学位教育的一

个专业方向，使之与基础理论和艺术史齐头并进；或在职称评定中，将高质量的文艺批评纳入成果体系。"通过系列政策和顶层设计，让文艺评论队伍加强自身的素质，提升自己的能力，认为自己所从事的职业有价值、有意义；通过积极开展理论评论和调查研究，加强学术交流和骨干培训，增进与文艺创作及传播媒体的交流合作；另一方面，从个人层面，文艺评论工作者也应努力提升自身的素养，北京师范大学教授王一川认为："文艺评论工作者要充分体会创作者的良苦用心，要学会像观众那样紧密联系日常生活经验去鉴赏文艺作品。要秉承'三人行，必有我师焉'的精神，学习同行的长处，同时又必须坚持不盲从、保持个性的批评品格。"文艺评论工作者增强自身的评论的水平，提高评论的能力。

其次，新时代文艺评论要加强文艺评论阵地建设，要充分发挥文联组织在行业建设中的主导作用，要多层次地壮大评论队伍，加强中华美育教育和文艺评论人才梯队建设，始终坚持加强文艺界人民团体建设。一直以来，作为贯彻落实党的文艺理论方针政策的重要人民团体文联组织，在团结文艺工作者方面承担重要职责，因此，中国文艺界的团体建设也应该充分加强对文联组织的建设。党的十八大以来，文联组织按照中央赋予的团结引导、联络协调、服务管理、自律维权等基本职能，认真贯彻落实党中央决策部署，突出政治性、先进性、群众性，聚焦主责主业，推进深化改革，强化基层基础，变思维、换思路，调机构、转职能，有序推进行业服务、行业管理、行业自律，不断增强组织活力、向心力、吸引力和行业影响力，也彰显了文联组织的生机和活力。

再次，要充分运用新媒体平台全面建设"权威公信、广泛联动"的线上线下文艺评论阵地，通过线上线下平台联动，充分发挥阵地的重要作用。文艺评论阵地是发挥文艺评论作用的重要平台，充分运用新媒体建立博客、播客、微博、微信等社交媒体和即时通信工具的发展，充分支持专门的文艺评论理论网站建设，支持综合类网站和商业网站的文艺文化的频道和栏目建设，为文艺评论开辟了新的阵地，并通过这些全新的新媒体阵地，加强新时代文艺评论的覆盖面和影响力。

6.4.3　新时代文艺评论应立足于媒体融合时代，写出中国特色、中国风格、中国气派

2013年8月，习近平总书记首次在全国宣传思想工作会议上强调"加快传统媒体和新兴媒体融合发展"。2014年8月，习近平总书记主持召开中央全面深化改革领导小组第四次会议并发表重要讲话，会议审议通过《关于推动传统媒体和新兴媒体融合发展的指导意见》。之后，习近平总书记在一次次重要会议上、在考察新闻单位时，反复就推动媒体融合发展作出深刻阐述。2020年，中央出台《关于加快推进媒体深度融合发展的意见》。习近平总书记的一系列重要论述和中央出台的相关重要文件对媒体融合发展的功能性目标与实施路径作出了明确规划和要求，也成为国家推进媒体融合发展的根本遵循和行动指南。[9]

习近平总书记深刻指出："我们要坚持不忘本来、吸收外来、面向未来，在继承中

转化，在学习中超越，创作更多体现中华文化精髓、反映中国人审美追求、传播当代中国价值观念、又符合世界进步潮流的优秀作品，让我国文艺以鲜明的中国特色、中国风格、中国气派屹立于世。"这就要求我们把创作的根须深扎在中国大地上，深扎在民族传统的厚实土壤中，深扎在改革开放和现代化建设的伟大实践中，用具有中国特色、中国风格、中国气派的精品力作实现从"高原"向"高峰"跨越。[10]

（1）媒体深度融合时代，文艺评论应做好应对新时代的到来。伴随媒体深度融合时代的到来，在新时代，呼唤文艺评论写出中国特色、中国风格和中国气派，进一步在媒体融合纵深发展过程中助力新时代文艺事业繁荣发展。一方面，媒体深度融合时代，应对媒体技术发展的挑战，尤其是新媒体的发展，为新时代的文艺评论打开了新的舞台。新媒体的便捷、即时、互动、多元、双向等等优势，打开了新时代文艺评论的广阔的舞台，也激发了文艺评论磅礴的生机与活力；另一方面，新媒体也造就了众生喧嚣，在新媒体上的评论现状，"键盘手""喷子"屡屡出现，新媒体的隐匿性也恰好为"乱骂"与"乱捧"打开了"方便之门"，面对纷繁复杂的新媒体环境，更要确保文艺评论健康发展，必须牢牢把握好评论的主心骨，理直气壮地弘扬社会主义核心价值观，弘扬民族精神和时代精神，写出中国特色、中国风格、中国气派。

（2）媒体深度融合时代，新时代文艺评论要遵循传播规律。媒体融合发展是大势所趋，要把好文艺评论方向盘，新时代呼唤着杰出的文艺作品，也呼唤着杰出的文艺评论。正如中国文艺评论家协会副主席、视听艺术委员会主任张德祥所说："如今的新媒体评论人和传统评论人在写作'套路'上不太一样，前者由于没有条条框框的限制，视野开阔、见解犀利，常能从意想不到的角度发表令人眼前一亮的评论；后者有些人学术味儿太浓，总习惯性地从专业出发，结果反而把自己限定在一种类型上。"新媒体时代的文艺评论贵在重拾棱角和发展创新，遵循传播规律，用全新的活力和崭新的视角，书写新时代文艺评论。

（3）媒体深度融合时代，新时代文艺评论要充分运用媒介资源，全面整合媒体资源，并吸引广大群众积极参与到文艺评论工作中来。新时代，随着5G通信网络技术的普及，移动端越发展现出强烈的爆炸式增长，传媒技术的发展新格局倒逼文艺评论的发展要重视技术的发展，尤其要将最新的媒介技术运用到文艺信息采集、生产、分发、接收、反馈中，使新技术更好地为内容服务；积极运用新技术新应用创新媒体传播方式，聚焦移动端新媒体内容生产传播，始终占领文艺信息传播制高点。

新时代，加强文艺评论工作，是创造文艺经典、攀登文艺高峰的前提条件和迫切任务。新时代，文艺事业正呈现出大繁荣大发展的生动景象，文艺评论工作也踏上新征程，文艺评论大有可为，也需有所作为。新时代，只有塑造精神品格，围绕中国精神、中国气派、中国故事、中国经验等展开文艺评论，才能助推文艺创作，攀登文艺高峰。

参考文献：

［1］汪政.再出发：中国文艺评论吹响集结号［N］.新华日报，2021-08-12.

［2］饶翔.文艺评论应秉持初心，助力创作［N］.光明日报，2021-08-04.

［3］马潋漳.把好新时代文艺评论方向盘［J］.中国艺术报，2021-08-06.

［4］梁鸿鹰.倡导文质兼美、神采奕奕的文艺评论［N］.光明日报，2021-08-11.

［5］龙其林.不套用西方理论剪裁中国人的审美［N］.光明日报，2021-08-13.

［6］《思想政治工作研究》评论员.文艺评论要有价值坚守［J］.思想政治工作研究，2021(8)：11.

［7］岚山.文艺评论要做好"剜烂苹果"的工作［N/OL］.人民网，2021-08-04.

［8］刘大先.凝聚共识发挥文艺评论价值引领功能［N］.光明日报，2021-08-16.

［9］文新达.推进媒体深度融合繁荣发展新时代文艺［N］.中国艺术报，2021-06-09.

［10］孙煜华.写出中国特色、中国风格、中国气派［N］.文艺报，2021-03-23.